CLASSIQUES LAROUSSE

Collection fondée en 1933 par FÉLIX GUIRAND
continuée par
LÉON LEJEALLE (1949 à 1968) et JEAN-POL CAPUT (1969 à 1972)
Agrégés des Lettres

GUSTAVE FLAUBERT

MADAME BOVARY

extraits

avec une Notice biographique, une Notice historique et littéraire,
des Notes explicatives, une Documentation thématique,
des Jugements, un Questionnaire et des Sujets de devoirs,

par

PAUL JOLAS
Agrégé des Lettres

LIBRAIRIE LAROUSSE

17, rue du Montparnasse, 75298 PARIS

RÉSUMÉ CHRONOLOGIQUE
DE LA VIE DE FLAUBERT
1821-1880

1821 — **Naissance à Rouen** de Gustave Flaubert (12 décembre), fils du docteur Achille-Cléophas Flaubert, chirurgien-chef de l'hôtel-Dieu de Rouen (1784-1846), et de Justine-Caroline Fleuriot (1794-1872). Le fils aîné, Achille, est né en 1813.

1824 — Naissance de Caroline Flaubert, sœur de Gustave.

1832 — Gustave Flaubert entre au Collège royal (lycée de Rouen), où il fera ses études.

1834 — Flaubert rédige au collège le journal *Art et progrès*. — Il a pour camarade Louis Bouilhet. — A Trouville, il fait la connaissance de l'amiral anglais Collier et de ses deux filles, Gertrude et Harriet. — Il écrit *la Mort de Marguerite de Bourgogne*.

1835 — Il insère dans *Art et progrès* le *Voyage en enfer*.

1836 — Il écrit de nombreux récits : *Un parfum à sentir*, *la Femme du monde*, *la Peste à Florence*, *Bibliomanie*, *Rage et impuissance*, *Chronique normande du X⁰ siècle*. — A Trouville, **il conçoit une grande passion** pour la compagne de Maurice Schlésinger, éditeur de musique. — Il commence les *Mémoires d'un fou*.

1837 — *Rêve d'enfer*, *la Main de fer*. — Sa première œuvre imprimée, *Une leçon d'histoire naturelle : genre commis*, paraît dans le *Colibri*, journal de Rouen. — Il imagine le Garçon, prototype d'Homais.

1838 — *Loys XI*, drame en 5 actes. *Agonies*, *Pensées sceptiques*, *la Danse des morts*, *Ivre et mort*. — Flaubert termine les *Mémoires d'un fou*, dédiés à Alfred Le Poittevin, son ami d'enfance (première ébauche de *l'Education sentimentale*).

1839 — *Smarh*, première esquisse de *la Tentation de saint Antoine*.

1840 — Flaubert est reçu bachelier. — Voyage en Corse avec le docteur Cloquet.

1841 — Il tire au sort un bon numéro qui le dispense du service militaire; il s'inscrit à la faculté de droit de Paris.

1842 — Installé à Paris, il fait la connaissance de Maxime Du Camp. — Il écrit *Novembre*.

1843 — Echec à l'examen de droit. — Il se lie avec la famille Pradier, fréquente les Collier et les Schlésinger. — Début de *l'Education sentimentale*, première version.

1844 — Au cours d'un voyage à Pont-l'Evêque, **premiers symptômes d'une maladie nerveuse,** qui l'oblige à abandonner ses études. — Le docteur Flaubert achète la maison de Croisset.

1845 — Flaubert achève *l'Education sentimentale*, première version. — Mariage de Caroline Flaubert avec Emile Hamard.

***

1846 — Flaubert perd successivement son père et sa sœur. Secondé par sa propre mère, il élèvera la fille de sa sœur. — Au cours d'un voyage à Paris, il rencontre Louise Colet, qui devient sa maîtresse. — Il se met à *la Tentation de saint Antoine*.

© *Librairie Larousse*, 1971.   ISBN 2-03-870051-6

1847 — Voyage à pied en Bretagne et en Normandie avec Maxime Du Camp; les notes de ce voyage paraîtront sous le titre *Par les champs et par les grèves*.

1848 — Flaubert accourt à Paris dès les premières nouvelles de la révolution de février. — Il se brouille avec Louise Colet.

1849 — Lecture de *la Tentation de saint Antoine* à Du Camp et à Bouilhet. — Première idée de *Madame Bovary*. — Départ pour l'Orient avec Du Camp; embarquement à Marseille (4 novembre).

1850-1851 — Voyage en Orient : Egypte, Beyrouth, Jérusalem, Rhodes, Constantinople, Athènes, l'Italie; retour en juin 1851. — Flaubert, **retiré à Croisset avec sa mère et sa nièce**, travaille à *Madame Bovary*. — Au cours d'un voyage à Paris, il assiste au coup d'Etat du 2 décembre. — Réconciliation avec Louise Colet.

1852-1853 — Correspondance suivie avec Louise Colet.

1854 — Rupture définitive avec Louise Colet.

1856 — Flaubert termine *Madame Bovary* (30 avril) et l'expédie à Du Camp (31 mai). Le roman paraît d'octobre à décembre dans la *Revue de Paris*.

1857 — **Poursuites judiciaires** contre Flaubert. Le 31 janvier, le procès a lieu : plaidoirie de maître Sénard. Le 7 février, **acquittement; le livre paraît en librairie**.

1858 — Voyage en Tunisie pour préparer *Salammbô*.

1862 — Publication de **Salammbô**. — Flaubert met en chantier *l'Éducation sentimentale*.

1863 — *Le Château des cœurs*, théâtre.

1869 — Flaubert fréquente la princesse Mathilde, le prince Napoléon. — Mort de Louis Bouilhet. — **L'Éducation sentimentale** paraît le 17 novembre. Flaubert passe les fêtes de Noël à Nohant, chez George Sand.

1870 — Flaubert lieutenant dans la garde nationale de Croisset, mais sans participer aux hostilités.

1872 — Mort de Mᵐᵉ Flaubert mère.

1873 — *Le Candidat*, pièce de théâtre.

1874 — Echec du *Candidat*. Flaubert fait paraître *la Tentation de saint Antoine* chez Charpentier. — Il réunit une énorme documentation pour les *Trois Contes* et pour *Bouvard et Pécuchet* (ce dernier livre paraîtra en 1881). — Graves ennuis de santé.

1876 — Mort de Louise Colet.

1877 — Publication des *Trois Contes*.

1880 — **Mort** subite de Flaubert (8 mai) à **Croisset**.

Flaubert avait trente-huit ans de moins que Stendhal, vingt-deux ans de moins que Balzac, dix-neuf ans de moins que Hugo, dix-huit ans de moins que Mérimée, dix-sept ans de moins que Sainte-Beuve et George Sand.

Il avait le même âge que Baudelaire; il avait un an de plus qu'Edmond de Goncourt, dix-neuf ans de plus que Zola et Alphonse Daudet, et vingt-neuf ans de plus que Maupassant.

GUSTAVE FLAUBERT ET SON TEMPS

	la vie et l'œuvre de Flaubert	le mouvement intellectuel et artistique	les événements historiques
1821	Naissance de Gustave Flaubert à Rouen (12 décembre).	Ch. Nodier : Smarra. H. de Saint-Simon : Du système industriel. W. Scott : Kenilworth. Weber : le Freischütz.	Ministère Villèle. Mouvements libéraux en Italie, écrasés par les Autrichiens. Début de la guerre d'indépendance en Grèce.
1838	Mémoires d'un fou, non publiés.	V. Hugo : Ruy Blas. Lamartine : la Chute d'un ange. E. A. Poe : Arthur Gordon Pym.	Coalition contre le ministère Molé. Mort de Talleyrand.
1842	Installation à Paris. Début de l'amitié avec Maxime Du Camp. Rédaction de Novembre, non publié.	V. Hugo : le Rhin. Aloysius Bertrand : Gaspard de la nuit. E. Sue : les Mystères de Paris. H. de Balzac : Ursule Mirouet; préface de la Comédie humaine. Chassériau : la Toilette d'Esther.	Ministère Guizot (formé depuis 1840). Loi organisant les chemins de fer français. Protectorat français à Tahiti.
1846	Début de la liaison avec Louise Colet.	G. Sand : la Mare au diable. H. de Balzac : la Cousine Bette. H. Berlioz : la Damnation de Faust. Le Verrier établit l'existence de Neptune.	Retour au pouvoir de Palmerston : rupture de l'entente franco-anglaise. Avènement de Pie IX.
1848	Il assiste à la révolution de février à Paris.	Mort de Chateaubriand; publication des Mémoires d'outre-tombe. Dumas fils : la Dame aux camélias (roman). E. Brontë : les Hauts de Hurlevent. Schumann : Manfred.	Mouvements révolutionnaires et libéraux en France, en Italie et en Allemagne. Echec de la plupart de ces tentatives.
1856	Madame Bovary.	V. Hugo : les Contemplations. Champfleury : Monsieur de Boisdhyver. H. Taine : Essai sur Tite-Live. Mrs. Browning : Aurora Leigh. R. Wagner : la Walkyrie.	Congrès de Paris et traité de paix qui met fin à la guerre de Crimée en garantissant l'intégrité de l'Empire ottoman contre les prétentions russes.

1862	Salammbô.	V. Hugo : *les Misérables*. E. Fromentin : *Dominique*. Leconte de Lisle : *Poèmes barbares*. E. Manet : *Lola de Valence*. Carpeaux : *Ugolin et ses fils*.	Campagne du Mexique : siège de Puebla par les troupes françaises. Bismarck, premier ministre de Prusse. Guerre de Sécession aux Etats-Unis.
1869	L'Education sentimentale.	P. Verlaine : *Fêtes galantes*. V. Hugo : *L'homme qui rit*. Lautréamont : *les Chants de Maldoror*. A. Daudet : *Lettres de mon moulin*. Carpeaux : *la Danse*. R. Wagner : *l'Or du Rhin*.	Mesures libérales de Napoléon III. Inauguration du canal de Suez. Ouverture du concile du Vatican.
1872	Mort de M⁰⁰ Flaubert mère.	V. Hugo : *l'Année terrible*. A. Daudet : *Tartarin de Tarascon*.	Réaction après l'échec de la Commune de Paris : loi contre l'Internationale. Début du Kulturkampf.
1874	La Tentation de saint Antoine.	Barbey d'Aurevilly : *les Diaboliques*. V. Hugo : *Quatrevingt-Treize*. C. Franck : *Rédemption*. Moussorgsky : *Boris Godounov*.	Après l'échec de la tentative de restauration monarchique, mise en place des structures républicaines.
1877	Trois Contes.	E. Zola : *l'Assommoir*. E. de Goncourt : *la Fille Elisa*. V. Hugo : *la Légende des siècles* (2ᵉ série). A. Rodin : *l'Age d'airain*. R. Wagner : *Parsifal*.	Crise du 16 mai. Le président Mac-Mahon renvoie le ministre Jules Simon. Dissolution de la Chambre, élections républicaines. Guerre russo-turque.
1880	Mort de Flaubert à Croisset (8 mai).	G. de Maupassant : *Boule-de-Suif*, dans les *Soirées de Médan*. E. Zola : *Nana*. A. Daudet : *Numa Roumestan*. Dostoïevsky : *les Frères Karamazov*. A. Rodin : *le Penseur*. Ebert découvre le bacille de la typhoïde. Invention de la bicyclette.	Décrets contre les congrégations en France (mars). Ministère Jules Ferry (septembre) : institution de l'enseignement primaire laïque.

BIBLIOGRAPHIE SOMMAIRE

OUVRAGES GÉNÉRAUX SUR FLAUBERT ET SUR SON ŒUVRE

René Dumesnil   *Flaubert, l'homme et l'œuvre* (Paris, Desclée, 1933).

Albert Thibaudet   *Gustave Flaubert* (Paris, N. R. F., 1935).

ÉTUDES CRITIQUES SUR « MADAME BOVARY »

Jules de Gaultier   *le Bovarysme* (Paris, Mercure de France, 1902).

René Dumesnil   *Madame Bovary : collection des « documents littéraires »* (Paris, les Belles-Lettres, 1945). — *Madame Bovary, étude et analyse* (Paris, Mellottée, 1958).

Jean-Pierre Richard   *Littérature et sensation* (Paris, Seuil, 1954).

Géraud Venzac   *Au pays de Madame Bovary* (La Palatine, Paris-Genève, 1957).

Geneviève Bollème   *la Leçon de Flaubert* (Paris, Julliard, 1964, Dossiers des Lettres nouvelles).

Claudine Gothot-Mersch   *la Genèse de « Madame Bovary »* (Paris, Corti, 1966).

Maurice Nadeau   *Gustave Flaubert, écrivain* (Paris, Denoël, 1969 ; nouv. éd., Lettres modernes, 1980).

Jacques Louis Douchin   *le Sentiment de l'absurde chez Gustave Flaubert* (Paris, Lettres modernes, 1970).

Victor Brombert   *Flaubert par lui-même* (Paris, Seuil, 1971).

Maurice Bardèche   *l'Œuvre de Flaubert d'après ses carnets..., sa correspondance inédite* (les Sept Couleurs, 1974).

André Vial   *le Dictionnaire de Flaubert. Le rire d'Emma Bovary* (Paris, Nizet, 1976).

MADAME BOVARY
1856-1857

NOTICE

CE QUI SE PASSAIT VERS 1856-1857

■ *EN POLITIQUE.* Louis-Napoléon Bonaparte (1808-1873) gouverne la France depuis le coup d'État du 2 décembre 1851; en 1852, il a pris le nom de Napoléon III. En 1856, le traité de Paris met fin à la guerre de Crimée (France et Angleterre contre Russie). En Algérie, la Kabylie est pacifiée. En 1857, la France traverse une grave crise financière. Les Anglais sont aux prises dans les Indes avec la révolte des Cipayes.

■ *EN LITTÉRATURE.* Alfred de Musset, Auguste Comte, Eugène Sue et Béranger meurent. Gautier prépare le Roman de la momie, qui paraîtra en 1858. L'activité dans le domaine du roman est très réduite; Prosper Mérimée et George Sand ne publient pas. En revanche, un nouveau mouvement, le réalisme, se dessine. Il s'impose après 1850, grâce à Murger, dont les Scènes de la vie de bohème sont de 1851, à Duranty et à Champfleury (1856 : Monsieur de Boisdhyver. 1857 : les Souffrances du professeur Delteil). O. Feuillet prépare le Roman d'un jeune homme pauvre (1858).

Dans le domaine de la poésie, l'activité est intense : Vigny achève les Destinées, qui paraîtront après sa mort; Hugo a publié en 1856 les Contemplations et il prépare à Guernesey la première partie de la Légende des siècles, recueil de « petites épopées ». Leconte de Lisle publie, depuis 1855, des pièces qui seront reprises dans l'édition définitive des Poèmes antiques. Baudelaire, qui a déjà publié des pièces dans la Revue des Deux Mondes, fait paraître en librairie les Fleurs du mal.

Dans le domaine de l'histoire, Guizot termine en 1856 son Histoire de la révolution d'Angleterre, Michelet continue son Histoire de France.

Dans la critique littéraire, Sainte-Beuve publie depuis 1851 ses Causeries du lundi.

■ *DANS LES ARTS.* En France : Corot expose le Concert champêtre au Salon; Courbet expose les Demoiselles du bord de la Seine; il est un des animateurs du mouvement réaliste.

Delacroix entre à l'Institut et travaille à la chapelle des Saints-Anges, à Saint-Sulpice. Le peintre et graveur Whistler fait ses débuts à Paris.

Berlioz travaille depuis 1855 à son opéra les Troyens; *il le terminera en 1863. Gounod met la dernière main à Faust, qui triomphera à l'Opéra en 1858.*

A l'étranger : *En Allemagne, Wagner commence cette année* Tristan et Isolde. — *En Angleterre, le préraphaélisme triomphe, défendu par Ruskin; son principal représentant est le poète-peintre Dante-Gabriel Rossetti. En 1857, Burne Jones se met à l'école de Rossetti.*

LA GENÈSE DE L'ŒUVRE

En 1849, Flaubert n'a guère publié; on peut toutefois citer *Une leçon d'histoire naturelle : genre commis,* publiée dans *le Colibri,* journal édité à Rouen, en 1837 et imitée des « Physiologies » à la mode. Mais il a derrière lui un long apprentissage, dont on suit la progression à travers les œuvres de jeunesse, en particulier les *Mémoires d'un fou, Novembre* et la première version de l'*Education sentimentale.* Toutes ces œuvres reposent sur l'exploitation de souvenirs personnels, fixés dans des incarnations littéraires sans cesse remaniées. Depuis 1847, Flaubert travaille d'arrache-pied à *la Tentation de saint Antoine,* qu'il considère comme son premier travail digne de la publication. Pour réaliser cette entreprise, il a mis en œuvre une documentation considérable, parfaitement assimilée. La vue d'un tableau de Bruegel, *la Tentation,* a déclenché en lui le mécanisme de la création. Cette vue est le don des dieux, et ensuite viennent le métier et les ressources de la technique. Le sujet est grandiose : l'ermite dans sa Thébaïde est mis face à face avec le mystère de la vie et de la nature; Satan lui tendra tous les pièges, fera défiler devant lui tout ce qui peut ébranler la foi d'un croyant. L'auteur décide de soumettre son livre au jugement de ses amis, Maxime Du Camp et Louis Bouilhet. Il veut connaître leur opinion le plus rapidement possible, car il a décidé de faire un voyage en Orient avec Du Camp et il a subordonné le départ à l'achèvement de l'œuvre. La lecture a lieu à Croisset, et le verdict des auditeurs est sans appel : le livre est bon pour le feu. Du Camp a raconté cette scène qui se passe en septembre 1849 dans ses *Souvenirs intimes.* Les deux amis conseillent à Flaubert l'abandon du lyrisme, le choix d'un sujet terre à terre. Bouilhet fait quelques suggestions : « Astreins-toi à le traiter sur un ton naturel, presque familier, en rejetant les divagations »; il lui offre même un thème : « Pourquoi n'écrirais-tu pas l'histoire de Delaunay ? »

Qui est ce Delaunay? C'est encore Du Camp qui nous renseigne sur l'identité de ce personnage. En fait, il s'appelait Eugène Delamare, mais l'auteur des *Souvenirs intimes* ne pouvait relater les mésaventures d'individus dont certains appartenaient encore au monde des vivants, en conservant les noms réels. Ce Delamare, ancien élève du père de Flaubert, devenu officier de santé, grade médical inférieur à celui de docteur, avait d'abord épousé une femme beaucoup plus âgée que lui; puis, devenu veuf, il s'était remarié avec Alice-Delphine Couturier, jeune fille sans grande beauté et atteinte de nymphomanie. Installés à Ry, les nouveaux mariés ne furent pas longtemps heureux; la jeune femme tomba dans les griffes d'un don Juan de village, Louis Campion, puis s'abandonna à un clerc qui devait finir notaire dans l'Oise. Elle fit des dettes pour entretenir son amant, puis mourut en 1848, laissant une petite fille; elle avait à peu près vingt-sept ans. Mais on n'a pas prouvé le suicide. Eugène Delamare devait mourir l'année suivante. A Ry, ils avaient été en rapport avec le pharmacien Jouanne, le prototype d'Homais.

C'est donc une histoire strictement contemporaine que Bouilhet proposait aux méditations de son ami. Mais ce sujet divers si loin du lyrisme et des prestiges de l'Orient était-il aussi éloigné qu'on veut bien l'affirmer des préoccupations de Flaubert? En fait, depuis sa jeunesse, il a conçu une haine féroce à l'égard de tout ce qui est bourgeois. On peut discerner dans cette haine une attitude littéraire, une révolte de nature romantique contre l'ordre social de l'époque, mais il y a aussi chez Flaubert une option fondamentale, car pour lui est bourgeois tout individu qui pense par idées reçues. Dès son enfance, au collège de Rouen, il avait créé avec ses amis un mythe grotesque, le Garçon, destiné à scandaliser le bourgeois. Puis il avait songé à un vaste sottisier, un *Dictionnaire des idées reçues*, somme de toutes les phrases conventionnelles, des lieux communs et des stupidités qui dispensent de la pensée réelle. Il voulait le rédiger de telle sorte que « le lecteur ne pourrait jamais savoir si l'auteur s'est f... de lui ». Avant de réaliser ce projet sur le plan romanesque dans *Bouvard et Pécuchet*, il a placé dans la bouche des personnages de *Madame Bovary* des propos « bourgeois ». De cette façon, l'œuvre devient une machine de guerre contre la sottise, voire la bassesse de la classe dominante. Des personnages comme Homais, dont la conversation n'est qu'un tissu de lieux communs, ou même Mme Bovary, dans la partie conventionnelle de ses rêveries, illustrent ce dessein de l'auteur.

Cependant, après le verdict de ses amis, Flaubert partit pour l'Orient, emportant avec lui son sujet. Devant la seconde cataracte du Nil, il trouva le nom de son héroïne : Emma Bovary. D'où a-t-il tiré ce nom? Il affirme lui-même que le vocable représente la déformation de Bouvaret, hôtelier du Caire. Mais il a pu aussi être influencé par le souvenir d'Esther de Bovery mise en cause dans un procès à Rouen en 1845. Quoi qu'il en soit, le point de départ de la création littéraire est toujours dans la réalité. De retour à Croisset, il se met au travail en septembre 1851; l'histoire de Mme Bovary ne sera achevée qu'en 1856, le 30 avril. On peut suivre à travers la *Correspondance* les méandres de cette laborieuse élaboration et apprendre ainsi quels sont les passages qui ont donné le plus de mal à l'écrivain. Après avoir conçu le plan d'ensemble de l'œuvre, il rédigea les scénarios, puis, par esquisses successives des grands tableaux, il s'achemina péniblement vers la version définitive. Le manuscrit primitif comportait trois parties, mais la répartition en chapitres, neuf, quinze et onze, ne fut indiquée que sur la copie préparée pour l'impression. Flaubert travailla particulièrement les scènes de la noce, du bal, de l'auberge, la scène symphonique des comices et, enfin, celle de l'agonie d'Emma. Les autres passages portent également la trace de multiples retouches. Lorsqu'un chapitre est à peu près au point, Flaubert convoque Bouilhet, lit le fragment, tient compte des observations. Des passages entiers comme la description des jouets des petits Homais sont sacrifiés. C'est en 1936 que Mlle Leleu publia les *Ebauches et fragments inédits de « Madame Bovary »* : la comparaison avec la rédaction définitive permet de mesurer le travail d'émondage opéré par le créateur dans l'intention de condenser et de simplifier le roman.

LA PUBLICATION ET LE PROCÈS

Après cinquante-cinq mois de labeur, Flaubert peut enfin envisager la publication. En mai 1856, le texte mis au point est envoyé à Paris, muni d'une dédicace à Bouilhet. Du Camp, qui dirigeait avec Laurent-Pichat la *Revue de Paris,* se chargeait de faire éditer le manuscrit. Mais à la lecture les directeurs de la revue prirent peur et demandèrent des corrections. Le roman ne commença à paraître que dans le numéro du 1er décembre; ce début est bien accueilli; l'éditeur Michel Lévy propose d'acheter l'œuvre. Mais la *Revue de Paris,* d'inspiration libérale, est très mal vue de l'autorité. Laurent-Pichat et Du Camp redoutent un procès qui ruinerait le journal. Ils exigent des suppressions, et le numéro du 1er décembre paraît avec un avis à l'auteur sur la « suppression d'un passage ». Il s'agit de la scène du fiacre, au cours de laquelle Emma est séduite par Léon Dupuis. Le numéro du 15 publie la protestation de l'auteur : « Je déclare dénier la responsabilité des lignes qui suivent. » A Laurent-Pichat il écrit : « C'est à l'ensemble qu'il faut s'en prendre. L'élément brutal est au fond, et non à la surface. On ne blanchit pas les nègres et on ne change pas le sang d'un livre. »

Cependant, la censure s'émeut : on est sous l'empire autoritaire, et les écarts d'expression sont réprimés au moyen d'avertissements. Le roman est épluché mot à mot. Flaubert, Laurent-Pichat et l'imprimeur Pillet sont traduits en police correctionnelle pour offense à la morale publique et offense à la morale religieuse. L'auteur ne reste pas inactif; il met en jeu ses relations, ses partisans pour essayer de faire classer l'affaire. Le succès de l'œuvre lui a valu bien des sympathies; il rend visite à des personnalités, notamment à Lamartine, qui lui déclare : « Mon cher enfant, il n'est pas possible qu'il se trouve en France un tribunal pour vous condamner. » Mais rien n'y fait. L'assignation arrive, le 31 janvier 1857, les trois inculpés sont au « banc d'infamie ». Un historien du droit romain, Dubarle, présidait le tribunal. Le réquisitoire est prononcé par le substitut Pinard, lui-même auteur de poésies graveleuses. Son argumentation, très nette, porte sur les deux chefs d'accusation : l'offense à la morale publique est dans les tableaux « lascifs », l'offense à la morale religieuse, « dans les images voluptueuses mêlées aux choses sacrées ». L'avocat de la *Revue de Paris* était maître Sénard, grand bourgeois normand qui avait brisé les émeutes de Rouen en 1848. Dans sa plaidoirie, il reprocha au substitut d'isoler des passages et par suite d'altérer le sens réel de l'œuvre. Il présente l'auteur appartenant à une famille honorable, rappelle le succès du livre, mentionne le témoignage flatteur de Lamartine. Puis il montre chez Flaubert un observateur de la vie réelle, un peintre des passions et enfin un moraliste. Emma expie cruellement ses défaillances : « La lecture d'un tel livre donne-t-elle l'amour du vice, inspire-t-elle l'horreur du vice? L'expiation terrible de la faute ne pousse-t-elle pas, n'excite-t-elle pas à la vertu? » L'avocat concluait en demandant l'acquittement, et, le 7 février, les prévenus entendaient la lecture du jugement aux « attendus » multiples qui se terminait par l'acquittement et le renvoi sans dépens. Le réquisitoire et la plaidoirie ont été joints à l'édition définitive chez Charpentier (1873).

Le procès devait donner une publicité énorme à l'œuvre. Mais Flaubert n'apprécia pas ce succès, dans lequel le scandale avait joué un grand rôle, et l'espoir chez certains lecteurs de trouver dans le roman les lascivités dont parlait Pinard. Lévy, qui avait acheté l'œuvre pour cinq ans moyennant 800 francs, fixa le tirage à 15 000 exemplaires. Ceux-ci furent rapidement écoulés, et d'autres tirages suivirent de près.

LA TECHNIQUE ROMANESQUE

Pour l'invention, Flaubert a utilisé le procédé classique de la contamination. Il adopte dans ses grandes lignes l'histoire de l'officier de santé Eugène Delamare et de sa deuxième femme, Delphine Couturier. Eugène Delamare devient Charles Bovary; tous deux ont été des élèves médiocres travaillant avec « un entêtement de bélier » pour obtenir le grade d'officier de santé. Delphine Couturier devient Emma Rouault. Pour les lieux, Flaubert introduit une variante : les époux Delamare ont toujours vécu à Ry, alors que, dans le roman, les Bovary se fixent d'abord à Tostes, puis, à la suite d'une maladie d'Emma, abandonnent leur premier domicile et viennent habiter Yonville-l'Abbaye. Delphine devient la maîtresse de Louis Campion, Emma celle de Rodolphe Boulanger; toutes deux tombent ensuite dans les bras d'un clerc. Delphine se crible de dettes en entretenant un amant; Emma, dupée par l'usurier Lheureux, au nom prédestiné, est menacée de saisie. Delphine est morte à 27 ans, en laissant une petite fille; son mari ne lui survit qu'un an; Emma meurt aussi en pleine jeunesse, laissant à Charles une fillette, Berthe, et Charles ne tarde pas à la rejoindre.

Mais Flaubert attribue aussi à Emma les aventures et la psychologie de Louise Pradier, au moins dans la dernière partie. Nous connaissons cette source depuis la publication en 1947 par M^IIe Leleu d'un article intitulé *Du nouveau sur « Madame Bovary »*, dans la *Revue d'histoire littéraire de la France*. L'auteur y fait état d'un document trouvé parmi les papiers de Flaubert et intitulé *Mémoires de Madame Ludovica*; selon M^IIe Leleu « l'auteur est anonyme ». Il s'agit du récit des folles amours de Mme Pradier, née d'Arcet, la femme du sculpteur Pradier. Le frère de Louise d'Arcet avait été le camarade de Flaubert au collège. Mme Pradier fit des dettes, collectionna les aventures : avec Jules Janin, Dumas fils, le ténor Roger (à rapprocher de l'épisode de Lagardy, lorsque Mme Bovary assiste à une représentation au théâtre de Rouen). Elle fit des billets, c'est-à-dire des reconnaissances de dette pour que son mari ne se rendît pas compte de la situation, après lui avoir soutiré une procuration : Mme Bovary, guidée et exploitée par Lheureux agit de la même façon. La maison est menacée de saisie; Mme Pradier sollicite en vain les hommes dont elle a été le jouet. Mme Bovary, pressée par Lheureux, menacée de saisie, va supplier inutilement Léon et Rodolphe. Pradier trouve les affiches de vente par décision de justice, comme Bovary les trouvera. Mais Louise Pradier continua de végéter, alors qu'Emma préfère disparaître.

Ainsi, l'intrigue résulte de la superposition de ces deux histoires vécues. Cependant, l'œuvre elle-même vit d'une vie propre, irréductible à l'anecdotique. D'où vient donc cette force intérieure à la reconstitution romanesque?

Il faut d'abord remarquer l'ordre de présentation des personnages; l'œuvre consacrée à Emma introduit Charles en premier lieu. A la manière d'un biographe, l'auteur prend son héros adolescent et nous fait suivre son évolution en le montrant dans ses milieux successifs : famille, collège, faculté. Le livre se termine par la mort de Charles. De ce fait, on pourrait le prendre pour le personnage principal, alors que le titre mentionne Emma. Cette disposition résulte pourtant d'une nécessité interne : Charles est, sans le vouloir, le mauvais génie d'Emma; sans lui, elle ne serait pas tombée dans les bras de Rodolphe pour passer ensuite dans ceux de Léon. Charles accuse le destin : « C'est la faute à la fatalité », déclare-t-il. Mais il en est l'agent. C'est lui qui vient au-devant d'Emma, qui la lie à son sort; c'est lui qui la pousse vers Rodolphe Boulanger en lui permettant de s'adonner à l'équitation. Il est inconscient au point d'écrire à M. Boulanger qu'« Emma était à sa disposition ». C'est lui aussi qui conseille à la jeune femme de rester à Rouen (fin de la deuxième partie), où elle deviendra la proie facile et consentante de Léon Dupuis.

Pour Emma, Flaubert utilise une autre technique de présentation : il la montre d'abord de l'extérieur; nous la voyons comme Charles peut la voir, nous remarquons comme lui la hardiesse de son regard, signe prémonitoire. Puis dans un des chapitres suivants, l'auteur présente un tableau complet de la vie de son héroïne, avant la rencontre de Charles. Cette technique du retour en arrière permet de compléter le portrait et de cerner la réalité de façon très précise; en même temps, la variété des procédés de présentation empêche la monotonie.

D'un point de vue plus général, la technique employée pour l'introduction des deux protagonistes est celle employée pour l'œuvre elle-même : à un chapitre présentant de façon complexe une « scène » succède un chapitre où se trouvent rassemblés beaucoup d'événements. Souvent l'opposition se trouve marquée par le jeu des temps (alternance entre le passé simple et l'imparfait). Ainsi le roman se déroule sur deux rythmes temporels tout à fait différents. Au premier correspondent les grandes scènes symphoniques qui constituent les temps forts : le mariage, le bal à la Vaubyessard (première partie), la scène de l'auberge, les comices (deuxième partie), la scène du fiacre, la scène de l'agonie et de la mort (troisième partie). Les autres chapitres se déroulent sur un rythme temporel différent; ils présentent une accumulation d'événements, c'est-à-dire correspondent à la durée.

Les grandes scènes jouent sur plusieurs registres : la scène du mariage et celle du bal juxtaposent plusieurs mouvements; celle de l'auberge est plus complexe. Quand les Bovary arrivent à Yonville (deuxième partie, chap. II), ils sont accueillis par Homais chez la veuve Lefrançois, à l'auberge du *Lion d'or*. Le curé Bournisien fait une apparition; Binet, le percepteur, est là, silencieux, pensant à son tour et à ses ronds de serviette. Homais étale avec complaisance une science mal digérée; pendant ce temps Léon Dupuis et Emma Bovary parlent de livres, de voyages, de la musique allemande, « celle qui porte à rêver », et découvrent leurs goûts communs. Mais les deux groupes ne sont pas séparés : Homais suit la conversation de Léon et d'Emma, et, de temps à autre, place une réflexion qui établit un lien. De même, Léon répond à Charles. Ainsi se trouve assurée l'unité de l'ensemble, en dépit de la multiplicité des registres. La scène des comices (deuxième partie, chap. VIII), est encore plus complexe : après une partie descriptive, Flaubert met en présence Emma et Rodolphe. Du premier étage de la mairie, ils assistent à toute la cérémonie; d'une part, nous écoutons, comme ils peuvent l'écouter, le discours du conseiller de préfecture Lieuvain; d'autre part, nous suivons en même temps la scène qui se joue entre eux, la comédie de la séduction dont Emma sera la victime. Mais, au passage, Rodolphe accroche une phrase du conseiller sur les devoirs et se lance dans une définition du devoir : ainsi l'unité entre les deux mouvements est assurée.

Puis Flaubert passe au discours indirect, se contentant de résumer le discours de M. Derozerays et d'indiquer les thèmes développés par Rodolphe; il revient à la description, lors du passage consacré à la remise des récompenses, pour nous présenter Catherine-Nicaise-Elisabeth Leroux; il termine enfin le chapitre par la description du feu d'artifice avorté et le résumé de l'article d'Homais paru dans le *Fanal de Rouen*, à propos de ce jour mémorable.

La virtuosité de l'auteur apparaît encore plus savante par l'utilisation de la technique dramatique des préparations; à travers toute l'œuvre s'établit un réseau de correspondances subtiles, que l'on découvre peu à peu. Par exemple, avec Charles, nous remarquons l'intensité du regard d'Emma, comme un indice de la vie intérieure et le signe avant-coureur des orages futurs; Léon annonce (deuxième partie, chap. VI) son départ pour Paris; la diligence l'*Hirondelle*, qui assure le service entre Rouen et Yonville, constitue le trait d'union entre l'ancienne résidence des Bovary et leur nouvelle demeure; elle conduira plus tard Emma vers l'adultère. Un jour, la jeune femme entend Homais parler de son « capharnaüm », dans lequel il range les poisons; quand il a décidé de se supprimer, elle sait où se trouve l'arsenic et peut en dérober aisément.

Autres traits d'union entre le présent et le passé : les signes mémoratifs. Une sensation ou un objet servent de clés pour revivre le passé. Ainsi, lors de la fête de la Vaubyessard, Emma aperçoit « dans le jardin, contre les carreaux, des faces de paysans qui regardaient. Alors le souvenir des Bertaux lui arriva »; quand elle quitte le domaine merveilleux, elle emporte un porte-cigares, et, au cours des longues journées ennuyeuses qui suivent, elle accède à nouveau, grâce à ce talisman, aux splendeurs de cette soirée exceptionnelle. Parfois, c'est une odeur qui la réintroduit à la Vaubyessard; lors des comices, elle sent le parfum de vanille et de citron se dégageant de la pommade qui lustre la chevelure de Rodolphe; le Vicomte, qui l'avait fait danser, dégageait la même odeur. Toujours un élément commun, retrouvé dans le présent, permet d'opérer cette « recherche du temps perdu ». D'ailleurs Emma n'est pas la seule à voyager ainsi dans le passé. Le père Rouault, après le mariage de sa fille, accompagne les nouveaux mariés lors du départ; après la séparation, il se souvient de son propre mariage, lorsqu'il avait emmené sa femme. Après la mort d'Emma, Homais, pour se donner une contenance, arrose des géraniums. Charles le remercie : « Il n'acheva pas, suffoquant sous une abondance de souvenirs que ce geste du pharmacien lui rappelait. » En effet, quand il partait, le matin, pour voir ses malades, Emma se mettait ainsi à la fenêtre pour arroser les fleurs. Pour retrouver le souvenir d'Emma et revivre les jours heureux, Charles se sert d'une mèche de cheveux noirs : il meurt en tenant cette mèche. Avant Proust, Flaubert a donc utilisé cette technique de présentation qui permet la restitution du temps psychologique.

Emma et Charles, Emma et Rodolphe, Emma et Léon, passage du présent au passé, scènes se déroulant sur deux plans : Flaubert utilise de façon constante le dédoublement. On retrouve ce procédé dans les situations elles-mêmes : Charles est marié deux fois, Emma et lui habitent successivement deux villages, elle essaie d'être bonne mère et bonne épouse avant de devenir le contraire; on assiste à la déchéance progressive des Bovary et à l'ascension des Homais. Par cette présentation savante, par cette technique dans laquelle se trouve une grande part de son originalité, Flaubert a voulu éviter les inconvénients du roman à thèse, dans lequel l'écrivain manie ses personnages en fonction des idées qu'il veut démontrer. Mais, surtout, il les a insérés dans un cadre réel et contemporain.

LE RÉALISME DE L'ŒUVRE

Le réalisme se trouve à la fois dans le souci de la documentation exacte et dans une certaine qualité de la vision; à cet égard d'ailleurs, l'étude du réalisme rejoint celle de la technique proprement dite.

Flaubert a voulu que ce drame soit localisé de façon exacte dans le temps et dans l'espace. Pour y parvenir, il n'a pas ménagé les efforts de documentation. Le village d'Yonville doit être celui de Ry; l'auteur a conservé la topographie des lieux, le nom de l'auberge, les distances exactes entre les diverses maisons. Il a choisi Ry parce que Delamare y a vécu. René Dumesnil fait observer toutefois que le romancier, fidèle d'ailleurs en cela à son procédé de la contamination, a pu avoir à l'esprit Neufchâtel-en-Bray, Forges-les-Eaux; Ry a fourni l'essentiel. La maison de Bovary, près de l'auberge du *Lion d'or*, existe toujours; la chaumière de la mère Rollet, nourrice de la petite Berthe, se trouve plus loin que l'église. Une allée, au fond du jardin, dans la demeure du médecin, conduit hors du village. (Voir, page 73, le croquis de Flaubert.)

Pour les personnages secondaires, Flaubert a aussi très souvent utilisé des contemporains; le docteur Laloy, oncle de Jules Levallois (qui fut le secrétaire de Sainte-Beuve), est devenu le docteur Canivet. Le propre père de l'auteur, le docteur Flaubert, se retrouve sous les traits du docteur Larivière. Pour Homais, l'écrivain a combiné le portrait d'un pharmacien de Trouville et d'un apothicaire de Forges-les-Eaux, qu'il était allé observer sur place. La pharmacie elle-même est celle du pharmacien Jouanne. Gérard Gailly, dans son livre *A la recherche du pharmacien Homais*, montre que Flaubert a aussi utilisé des détails empruntés à Esprit Bellemère, pharmacien à Veules. Jouanne, de Ry, était « clérical »; c'est le pharmacien de Trouville qui était anticlérical. Jouanne, par contre, avait entrepris, comme Homais, différentes recherches : méthodes nouvelles de culture, procédés de fabrication, théories d'éducation. L'abbé

Bournisien, qui ne saura jamais comprendre les élans mystiques d'Emma, lorsqu'elle tente, entre ses deux adultères, de se reprendre, a pu s'appeler dans la réalité l'abbé Lafortune.

La documentation peut aussi être d'ordre livresque. Pour le chapitre consacré à l'éducation d'Emma, Flaubert a relu Walter Scott et des livres « de naufrages et de flibustiers »; le 2 mars 1852, il écrit : « Voilà deux jours que je tâche d'entrer dans des rêves de jeune fille et que je navigue pour cela dans les océans laiteux de la littérature à castels, troubadours à toque de velours et à plume blanche »; il relit Lamartine, Chateaubriand, dont il reproduit le rythme en les citant, et bien d'autres. Pour l'épisode du pied-bot, l'écrivain lit le *Traité* de Vincent Duval; il interroge Bouilhet, consulte de nombreux traités de médecine afin de décrire l'agonie d'Emma de la manière la plus exacte possible. Selon l'avocat Sénard, Flaubert, pour la scène de l'extrême-onction, a étudié de près le livre d'un de ses amis, l'abbé Guillois, dont le titre est *Explication historique, dogmatique, morale, liturgique et canonique du catéchisme*. On peut voir ainsi le caractère varié des lectures qui ont servi pour l'élaboration du détail de l'œuvre. Flaubert consulte même des spécialistes : en 1855, il s'« empêtre » dans les embarras financiers d'Emma, accablée de dettes et menacée par l'usurier Lheureux; afin de s'y retrouver, il consulte maître Nion, avocat, avec lequel il a « plusieurs séances d'affaires ».

L'expérience personnelle est également mise à contribution. Le premier chapitre, qui se déroule au collège de Rouen et à la faculté, doit beaucoup aux souvenirs de l'auteur et peut-être à une scène vécue, comme le suggérerait la phrase « Nous étions à l'étude », avec l'emploi de ce pronom de la I ᵉ personne du pluriel, qui disparaît par la suite. Le bal de la Vaubyessard représente la transposition d'une soirée chez le marquis de Pomereu, au château du Héron, à laquelle Flaubert avait été convié. Les comices doivent être ceux de Darnétal, « ineptes cérémonies rustiques », car, à Ry, il n'y a pas eu de comices agricoles. D'autres parlent du village de Grand-Couronne. Léon, amoureux transi et platonique d'abord, c'est Flaubert épris de Mᵐᵉ Schlésinger; Léon triomphant, amant de Mᵐᵉ Bovary, c'est Flaubert amant de Louise Colet. D'ailleurs, les colères rentrées d'Emma et son impulsivité peuvent devoir quelque chose à la « Muse ». L'agonie d'Emma ressemble à celle de Caroline Hamard, la sœur morte à la fleur de l'âge et inhumée dans sa robe de mariée.

Mais, plus que dans le respect du fait et dans la documentation livresque, le réalisme se marque dans la présentation des personnages et dans la description.

Les personnages ne sont pas livrés d'un seul coup, dans une galerie de portraits. Il y a d'abord la technique des éclairages successifs. Nous voyons Emma comme Charles la voit, à la ferme des

Bertaux, c'est-à-dire de l'extérieur. Le médecin remarque des détails : la blancheur des ongles; les mains un peu sèches; surtout les yeux et la qualité du regard. De même, lors du bal, au château de la Vaubyessard, « il la voyait par derrière, dans la glace, entre deux flambeaux ». La description qui suit n'est pas une reconstruction; elle ne présente qu'une série d'impressions. Ensuite l'auteur multipliera les prises de vue : la femme idéale pour Charles, la petite provinciale peu évoluée pour Rodolphe, la coupable et la victime pour l'auteur lui-même dans les chapitres de synthèse; car Flaubert n'abandonne pas complètement les techniques classiques, et le récit lui permet de faire le point, par exemple dans le chapitre consacré à l'éducation d'Emma. La technique des éclairages successifs est appliquée à d'autres personnages, Charles vu par son père ou par sa mère (première partie, chap. premier) n'est pas celui dont la médiocrité est percée à jour par le clair regard d'Emma. De même Binet, le percepteur, Léon Dupuis, le clerc, sont campés d'abord par Mme Lefrançois, l'aubergiste du Lion d'or, avant de pénétrer dans l'auberge. Lheureux, au nom évocateur, est défini par deux substantifs : « C'était un enjôleur, un rampant. » On le verra ensuite à l'œuvre.

Flaubert renouvelle la description en appliquant aux paysages et aux maisons la technique de la découverte progressive; il nous montre ce que les personnages voient, sentent, touchent au cours de leurs démarches. Ainsi pour le château de la Vaubyessard : le lecteur prend connaissance progressivement des différents aspects, en même temps qu'Emma les distingue. Dans la galerie des ancêtres, c'est elle qui lit les noms les uns après les autres, et non l'auteur. Après la mort d'Emma, Charles va de déchéance en déchéance; il se cloître chez lui; on prétend qu'il s'enferme pour boire; ce sont les curieux en se haussant par-dessus la haie du jardin qui nous renseignent. Ce procédé permet sinon d'éliminer l'auteur de son œuvre, du moins de l'empêcher de se substituer à ses personnages.

Ensuite Flaubert s'adonne à des descriptions minutieuses, en apparence morceaux de bravoure : la casquette de Charles, la pièce montée servie lors du repas de noces par exemple; mais, en fait, ces pièces d'anthologie ont valeur de peinture de mœurs ou de caractère, ou dissimulent une intention symbolique. La casquette du collégien est à l'image du milieu familial et jette déjà le ridicule sur le personnage; la pièce montée symbolise le travail désintéressé de l'artiste.

Flaubert, du fait de ces techniques, s'est exposé au reproche de froideur et d'impassibilité; Duranty, le champion du réalisme, affirme que le roman est « sec et aride ». Flaubert fait bien de l'objectivité le fondement de son credo artistique; le romancier doit se défier de sa propre sensibilité, qui ne peut lui communiquer une image exacte de la réalité; mais l'art n'est pas non plus la réalité;

Flaubert l'écrivait à Huysmans : « L'art n'est pas la réalité; quoi qu'on fasse, on est obligé de choisir dans les éléments qu'elle fournit. » Or, ce choix se révèle dans *Madame Bovary* par une tactique de présentation qui équivaut à l'introduction de l'ironie dans l'œuvre. Ainsi, dans la description d'Yonville, l'église et la mairie offrent un exemple typique; l'église est pourvue d'un jubé, un bien grand mot pour désigner une simple tribune de bois, tandis que la mairie étale un invraisemblable mélange de styles. Ces deux traits stigmatisent la prétention et la bêtise des bourgeois; mais il appartient au lecteur de s'en rendre compte. La description de la pharmacie d'Homais fournit une illustration encore plus subtile de cet emploi de l'ironie : les affiches proposent des eaux minérales, mais elles juxtaposent les eaux naturelles et l'eau gazeuse artificielle. La sottise prétentieuse d'Homais est ainsi suggérée. Flaubert, auteur réaliste, n'est donc pas totalement absent de son œuvre.

LE ROMANTISME

Le reproche d'aridité tient difficilement si l'on admet que certains aspects de l'œuvre sont d'inspiration romantique. Le romantisme réside dans l'exploitation de l'expérience personnelle et dans une certaine vision du monde.

Madame Bovary est romantique par l'utilisation d'un « je » déguisé, par le thème du rêve, par le dénouement d'allure romantique et, de manière indirecte, par la parodie du romantisme, qui permet d'ailleurs la synthèse dans un cadre unique du réalisme et du romantisme.

« Madame Bovary, c'est moi », affirmait Flaubert; elle représente une des virtualités de l'auteur; le grand romancier est celui qui, par mimétisme intérieur, vit la vie de ses personnages et qui, par une espèce d'osmose, fait passer en eux ses diverses possibilités. Mᵐᵉ Bovary prend en horreur le milieu mesquin dans lequel elle se trouve contrainte de végéter; elle s'échappe par la pensée vers des pays fabuleux où le soleil compose des féeries; elle parcourt ainsi l'espace et aussi le temps quand elle peut accéder à son passé. Mais Flaubert l'avait fait avant elle; il ne pouvait se résigner à la médiocrité de la vie bourgeoise : « Penser que jamais peut-être je ne verrai la Chine, que jamais je ne m'endormirai au pas cadencé des chameaux. » Il fait assumer par son héroïne ses propres rêveries. Inversement, il éprouvera les sensations de son héroïne et ira jusqu'à sentir dans sa bouche le goût de l'arsenic. « C'est moi qui suis en eux », déclarait-il; il pouvait ajouter : « ... et eux en moi. »

Romantique, l'œuvre l'est aussi par l'utilisation systématique de la rêverie comme moyen d'échapper au réel. Comme son ancêtre René, Emma ne veut pas se plier à la médiocrité qui l'entoure. Dès sa jeunesse, elle se fabrique une méthode de rêverie en laissant vagabonder sa pensée sur les mots de « félicité, de passion et d'ivresse, qui lui avaient paru si beaux dans les livres » (première partie, chap. V). Elle se réfugie dans un état vaguement mystique, où le vocabulaire de la passion est appliqué à l'amour divin. Ses lectures favorisent cette tendance à la rêverie : Chateaubriand, Lamartine, Walter Scott. Elle utilise comme instruments de rêverie les objets les plus divers : des assiettes qui présentent l'histoire de M¹¹ᵉ de La Vallière, des livres; elle s'évade vers des pays à « noms sonores », accompagnée par un mari en « habit de velours noir » (première partie, chap. VII). Après le bal de la Vaubyessard, qui constitue pour elle une véritable révélation, elle se servira d'un porte-cigares ramassé par Charles, et qui symbolise pour elle cette vie brillante, dont elle ne peut bénéficier que par le souvenir. Par la suite, sa conduite s'explique en partie par ce désir d'incarner à tout prix un idéal inaccessible. La rêverie aboutit au rêve permanent, à un monde reconstruit à partir des aspirations personnelles : après l'épisode du bal, Emma se réfugie dans un monde imaginaire, un Paris qui miroite « dans une atmosphère vermeille ».

Le romantisme se trouve aussi dans le dénouement; Charles, au grand étonnement de ses intimes, commande pour les funérailles une cérémonie « romanesque », exigeant qu'Emma soit ensevelie dans sa robe de noces. Lui-même, devenu par désespoir une sorte de mort vivant, se désintéresse de tout; il ne survit guère à celle qui représentait tout pour lui; il meurt dans le jardin où Emma recevait Rodolphe; il a été lui aussi « une force qui va ».

Mais ce romantisme est tempéré par l'ironie, cette ironie qui trahissait la présence de l'auteur derrière les descriptions. Le père Rouault, après avoir marié sa fille, se rappelle avec émotion son propre mariage, évoque le souvenir de son fils mort; mais sa « cervelle » est « obscurcie par les vapeurs de la bombance » (première partie, chap. IV). L'intrusion du terme vulgaire dans l'envolée lyrique coupe les ailes au romantisme; chez Flaubert le réalisme est l'antidote nécessaire au romantisme. Lorsque Rodolphe parle des cimetières sous la lune, survient Lestiboudois, le fossoyeur très prosaïque, avec ses gros sabots; quand il utilise pour séduire Emma les lieux communs du romantisme, on entend les échos de la fête, ainsi, lorsqu'il développe pour la jeune femme le thème de l'assiduité, on entend en écho : « Fumiers », et quand il lui déclare : « J'emporterai votre souvenir », la voix du président module : « Pour un bélier mérinos. » Le romantisme est ici le propre du groupe Rodolphe-Emma, dont l'attitude est singulière en comparaison avec celle de la collectivité. Le romantique est isolé. Mais le réalisme n'est pas parodique : la scène des comices peut être ridicule, elle est réelle. L'effet résulte de la juxtaposition de deux mouvements. Parfois, cette juxtaposition donne le sentiment de l'absurde : tandis qu'Emma et Léon préludent à leur entente sur des thèmes romantiques, Homais procède à un étalage de science tout à fait hors de saison. Mais Flaubert gagne à la juxtaposition : d'un côté, il prépare l'idylle future, et, de l'autre, il peint Homais en action.

En définitive, une grande partie de l'originalité de l'œuvre réside dans cette savante combinaison du romantisme, soit sincère, soit parodique, et du réalisme. Cette alliance facilite la peinture des caractères.

LA PEINTURE DES CARACTÈRES. LES PERSONNAGES

Flaubert n'a pas cherché à créer des types classiques, des personnages dont le nom devienne un nom commun. Ses différentes créations ont toutes une origine dans la réalité contemporaine; mais il s'attache à la diversité des types humains qu'il représente, afin de reproduire dans son œuvre la complexité de la vie. *Madame Bovary* contient un inventaire des classes sociales au XIXᵉ siècle. Au premier plan se trouve la bourgeoisie; elle se manifeste par différents représentants : Mᵐᵉ Bovary elle-même, Charles, Homais, Léon Dupuis et Rodolphe Boulanger.

Emma est une jeune paysanne, fille d'un gros fermier; elle reçoit au couvent une éducation fort au-dessus de celle convenant à sa classe sociale, brûlant ainsi ce que Paul Bourget appellera « l'étape »; elle s'initie à une littérature qui développe chez elle le goût de la rêverie et contribue à lui faire prendre en horreur la médiocrité du milieu ambiant. De retour chez son père, elle ne tarde pas à s'ennuyer et à rechercher une évasion. Quand Charles se présente, symbole du dehors et de l'« ailleurs », il est bien accueilli; mais le premier venu l'aurait sans doute été de même. Emma s'aperçoit vite que son évasion est manquée et que sa vie nouvelle débouche sur le néant. Alors elle prend en haine son milieu; elle connaît des périodes d'ennui, qui alternent avec des mouvements de colère refoulés : « Elle était pleine de convoitise, de rage, de haine. » Son drame vient de cette volonté d'incarner à tout prix un idéal qui a été forgé par le rêve; toute confrontation avec la réalité ne peut qu'apporter une déception. Emma vit au-delà du présent, dans une dimension temporelle étrangère à l'humanité ordinaire. Jules de Gaultier, dans sa définition du bovarysme, insiste sur ce sentiment d'Emma, qui se conçoit « autrement qu'elle n'est ». En fait, Emma est double; déjà avant son mariage, des révélations inquiétantes éclairaient un inconscient d'un jour intermittent : le goût des cimetières, les petits péchés inventés pour le plaisir de la confession, la prédilection pour l'aspect sensible de la religion. La soirée de la Vaubyessard va dégager le caractère « sensuel » de la jeune femme : elle a la révélation de la grande vie; la recherche de jouissances tangibles va désormais causer sa perte; inadaptée à son milieu du fait de son éducation, initiée au grand monde, elle est entraînée vers tous les abandons : abandon du devoir conjugal, du devoir maternel, avec de brusques sursauts religieux. Mais là encore, comme le fait remarquer non sans raison le substitut Pinard, « c'est toujours la femme passionnée qui cherche des illusions ». D'où la couleur « lascive » du style dans ces passages, c'est-à-dire l'application des termes de la passion humaine à l'amour divin. A la fin, Emma expie durement ses fautes; son agonie, soulignée par la chanson de l'Aveugle, qui lui rappelle sa vie criminelle, rachète du point de vue moral le passé coupable. De plus, elle est dans une certaine mesure la victime de la fatalité : le mari que la destinée a mis sur son chemin ne pouvait que la décevoir.

Charles représente d'abord l'échec. Echec professionnel : il n'est qu'officier de santé et non pas médecin; il échoue une première fois à l'examen; il ne réussit pas l'opération du pied-bot; il ne parvient pas à s'imposer à Yonville, car Homais lui enlève une grande partie de sa clientèle. Echec sentimental : il est marié une première fois; son second mariage est une déroute. Bafoué, dupé, il continue d'aimer sa femme, même après la découverte des lettres passionnées qui lui apportent la preuve de son malheur. Le bruit de la jambe articulée d'Hippolyte, le pied-bot, se répercutant dans l'église, le jour des funérailles, est le glas qui sonne la fin d'une destinée : rappel d'une carrière ratée, devant le cercueil qui contient la femme qu'il n'a pas su garder. Mais le caractère de Charles est complexe; médiocre au début, Charles évolue et se transforme par le miracle de l'amour. Après la mort d'Emma, par une sorte de réversibilité, il devient romantique; lui qui vivait dans une médiocrité béate, se tenant satisfait du quotidien, s'enfonce maintenant dans le désespoir. La mutation est complète : « Il adopta ses prédilections, ses idées », il prend le goût du luxe. Cette métamorphose est rendue vraisemblable par la qualité exceptionnelle de sa passion.

Le concurrent de Charles, le pharmacien Homais, se livre à la médecine de façon illégale, parce qu'il y trouve son intérêt et aussi parce qu'il se croit autre qu'il n'est; il représente dans cette fresque la caricature de l'artiste. Homais est un touche-à-tout, sans génie, mais animé par le désir de parvenir. Son incroyable suffisance se marque dans ses moindres propos. Il croit toujours s'adresser à un vaste auditoire et déploie ses effets oratoires aussi bien pour l'aubergiste Mme Lefrançois que pour le curé Bournisien. Il affirme froidement que le pharmacien est un chimiste; comme l'agriculture nécessite des connaissances en chimie, voilà l'agriculture annexée au domaine de la pharmacie. Cette soif de tout régenter est révélatrice : Homais se veut universel, et son égocentrisme se manifeste dans cette prétention à se mettre le premier partout. D'où son ascension sociale; symbole de la sottise, mais de la sottise militante, il parvient à duper de plus sots, à faire illusion et à devenir le premier de son village. Il s'étale dans sa réussite, adopte le genre artiste et finit par interdire à ses enfants de fréquenter la petite Berthe Bovary, à cause de la différence des positions sociales.

Parmi les comparses, Rodolphe et Léon sont au premier plan. Rodolphe se sert du romantisme pour séduire Emma; il a su discerner le point faible de la jeune femme et joue au héros romantique pour obtenir gain de cause. Incarnation provisoire de l'idéal d'Emma, il sait faire des modulations sur le thème de la solitude, sur celui de l'âme sœur : « On ne s'explique pas; on se devine » (deuxième partie, chap. VIII). L'étalage des grands sentiments est un moyen de parvenir; mais, au fond, Rodolphe n'est qu'un débauché vulgaire, qui n'a même pas l'excuse d'un Octave ou d'un Lorenzaccio, ses prédécesseurs. Léon est très différent : il représente le rêve trahi, la résignation finale à la médiocrité; son romantisme est une attitude; il trouve maussade « de vivre cloué aux mêmes endroits ». Ce succédané de mal du siècle romantique s'accommode fort bien des platitudes ambiantes; ses rêves sont au rabais, à base d'idées reçues et de clichés à la mode. Finalement, Léon renonce au rêve pour s'ancrer dans une situation sociale stable.

L'ensemble des personnages secondaires présente un tableau complet d'une société; ils ont pour rôle de donner au roman la complexité d'une fresque historique. La noblesse même n'est pas absente de cette esquisse : au cours de la soirée de la Vaubyessard, le lecteur est mis en contact avec cinquante ans d'histoire par l'intermédiaire du vieux duc de Laverdière, beau-père du marquis d'Andervilliers. Les personnages peuvent ne pas être individualisés; ils deviennent le symbole de leur classe sociale : ainsi le groupe d'hommes de la haute société, préoccupés de chevaux de course; ils forment une masse anonyme, de laquelle se distingue seulement le vicomte, parce que Emma l'a remarqué.

Ces personnages secondaires appartiennent aussi à la classe bourgeoise, en pleine évolution à l'époque. Rouen projette son rayonnement sur le petit bourg, dans lequel les « élites » singent les mœurs de la grande ville; et derrière Rouen resplendit Paris, où le petit bourgeois Léon Dupuis achève sa transformation. Ceux qui ne peuvent y aller en rêvent. A Yonville, un autre bourgeois, le marchand et usurier Lheureux, triomphe en ouvrant les « Favorites du commerce » sur les ruines de la famille Bovary, et de beaucoup d'autres de ses dupes. L'esprit de revendication se fait jour : Hivert, le conducteur de la diligence, qui est un bon commissionnaire, exige un « surcroît d'appointements »; sinon il ira s'engager « A la Concurrence ». Tout à fait à l'arrière-plan, l'humble peuple des serviteurs, représenté par Catherine-Nicaise-Elisabeth Leroux, « ce demi-siècle de servitude »; c'est peut-être la seule phrase de l'œuvre où se marque l'intervention directe de l'auteur. Le clergé est incarné par l'abbé Bournisien, brave homme, incapable de comprendre les aspirations mystiques d'Emma, mais enclin à une indulgence universelle au cours de la veillée funèbre partagée avec Homais, l'anticlérical notoire de l'endroit.

LE STYLE

« Ça s'achète cher, le style », écrivait Flaubert. Comme le remarque La Varende, nous sommes trop habitués par suite des exercices scolaires à étudier séparément la forme et les idées, et à considérer la forme comme secondaire. En fait, la forme, véhicule des idées, demeure l'essentiel. Pour Flaubert, c'est l'âme de l'œuvre. Antoine Albalat, dans son livre sur *le Travail du style enseigné par les corrections manuscrites des grands écrivains*, présente Flaubert comme le « Christ de la littérature » : « Pendant vingt ans, il a lutté contre les mots, il a agonisé devant les phrases. » Flaubert a composé *Madame Bovary* de cette façon : il jette d'abord sur le papier les mots sans tenir compte des relations grammaticales, comme le peintre qui jette sur la toile les premières esquisses; puis il construit la phrase en mettant en valeur les mots essentiels; enfin, il fait passer chaque ensemble à l'épreuve du « gueuloir ». De cette manière, les phrases défectueuses ne peuvent résister à cet examen; elles ne correspondent pas au rythme respiratoire. Les brouillons occupent 1 788 feuillets; les pages d'ébauche sont écrites recto et verso : au verso, le premier jet, avec les mots essentiels mis en valeur; au recto, la reprise méthodique, la mise en place définitive des différents éléments de chaque phrase. L'auteur est ainsi conduit à construire par ensembles rythmés à la manière d'un thème musical, avec des temps forts et des temps faibles : d'abord dans les grandes scènes qui marquent elles-mêmes les temps forts du roman, ensuite dans les paragraphes eux-mêmes.

L'élément primordial reste le vocabulaire; mais ce matériel est le bien commun des usagers; l'écrivain devra en tirer parti en donnant aux idées une « force » personnelle. Comment l'obtenir? En adaptant les techniques picturales. Le dessin sera obtenu par le rythme, les coupes et les accents. La peinture comportera l'utilisation des figures de mots, en particulier des métaphores et du mélange des styles.

Le vocabulaire utilisé par les divers personnages est en accord avec leur caractère et leur situation sociale : par exemple les expressions pittoresques de Mme Lefrançois, les termes prétentieux dont Homais émaille sa conversation, les platitudes de Charles, le romantisme de pacotille utilisé par Rodolphe. Tous ces registres de vocabulaire sont autant d'indications sur le caractère de chaque personnage.

Les phrases obéissent à un rythme interne, en accord avec les idées à exprimer. Ainsi Emma, au cours de ses lectures : « Comme elle écouta, les premières fois, la lamentation sonore des mélancolies romantiques se répétant à tous les échos de la terre et de l'éternité. » Toute la phrase est elle-même un écho par les sonorités en « r » qui se répercutent, par les voyelles nasalisées et par l'allongement progressif des groupes, qui traduit l'agrandissement de l'écho. Dans la description du bal à la Vaubyessard, le rythme de la danse est exprimé par l'accumulation des verbes d'action : « Les pieds retombaient en mesure, les jupes se bouffaient et frôlaient, les mains se donnaient, se quittaient. »

Pour les comparaisons et les métaphores, Flaubert s'en sert comme instrument de description ou de peinture des caractères. Ainsi, après le mariage de sa fille, le père Rouault se « sentit triste comme une maison démeublée »; il y a concordance entre sa situation et la comparaison. Yonville, petite bourgade endormie, est couchée « sur la rive, comme un gardeur de vaches qui fait la sieste au bord de l'eau »; la comparaison est ici un élément de pittoresque. Souvent la comparaison n'est pas un simple ornement, elle constitue un outil de description; ainsi ces toits, qui sont « comme des bonnets de chaume rabattus sur des yeux ». Enfin, Flaubert utilise le mélange des styles et tire un grand parti du style indirect libre, pour introduire la variété dans la narration. Les mots d'introduction se trouvent supprimés dans ce cas, et le récit y gagne en vivacité. Pour rapporter les articles d'Homais, l'auteur combine la transcription et le résumé. Ce rapide examen ne peut qu'indiquer des directives de recherche; chez Flaubert, il y a toujours appropriation du style à l'idée.

MADAME BOVARY

PREMIÈRE PARTIE

I

Nous étions à l'étude, quand le Proviseur entra, suivi d'un *nouveau* habillé en bourgeois et d'un garçon de classe qui portait un grand pupitre. Ceux qui dormaient se réveillèrent, et chacun se leva comme surpris dans son travail.

5 Le Proviseur nous fit signe de nous rasseoir; puis, se tournant vers le maître d'études :

« Monsieur Roger, lui dit-il à demi-voix, voici un élève que je vous recommande, il entre en cinquième. Si son travail et sa conduite sont méritoires, il passera *dans les grands*, où
10 l'appelle son âge. » **(1)**

Resté dans l'angle, derrière la porte, si bien qu'on l'apercevait à peine, le *nouveau* était un gars de la campagne, d'une quinzaine d'années environ, et plus haut de taille qu'aucun de nous tous. Il avait les cheveux coupés droit sur le front,
15 comme un chantre de village, l'air raisonnable et fort embarrassé. Quoiqu'il ne fût pas large des épaules, son habit-veste[1] de drap vert à boutons noirs devait le gêner aux entournures et laissait voir, par la fente des parements[2], des poignets rouges habitués à être nus. Ses jambes, en bas bleus, sortaient d'un
20 pantalon jaunâtre très tiré par les bretelles. Il était chaussé de souliers forts, mal cirés, garnis de clous. **(2)**

---

1. *Habit-veste* : vêtement à basques courtes; au chap. IV (ligne 32), le romancier rappellera que l'habit-veste est porté par les gens les moins aisés; 2. *Parements* : parties d'un vêtement qui sont retroussées et ornées, en particulier au bout des manches.

--- **QUESTIONS** ---

1. L'art de commencer un roman : pourquoi l'auteur associe-t-il la première image de son personnage à un souvenir personnel? — La valeur du pronom de la première personne du pluriel : comment le *nouveau* se trouve-t-il, dès le début, opposé à une collectivité? — N'est-il pas dès maintenant en état d'infériorité?

2. Le portrait du *nouveau* : quels sont les détails caractéristiques? Malgré la minutie de certaines précisions, ce portrait est-il complet? Qu'y manque-t-il? Pourquoi?

On commença la récitation des leçons. Il les écouta, de toutes ses oreilles, attentif comme au sermon, n'osant même croiser les cuisses, ni s'appuyer sur le coude, et, à deux heures,
25 quand la cloche sonna, le maître d'études fut obligé de l'avertir, pour qu'il se mît avec nous dans les rangs. **(3)**

Nous avions l'habitude, en entrant en classe, de jeter nos casquettes par terre, afin d'avoir ensuite nos mains plus libres; il fallait, dès le seuil de la porte, les lancer sous le banc, de
30 façon à frapper contre la muraille, en faisant beaucoup de poussière; c'était là le *genre*.

Mais, soit qu'il n'eût pas remarqué cette manœuvre ou qu'il n'eût osé s'y soumettre, la prière était finie que le *nouveau* tenait encore sa casquette sur ses deux genoux. C'était une
35 de ces coiffures d'ordre composite, où l'on retrouve les éléments du bonnet à poil, du chapska[1], du chapeau rond, de la casquette de loutre et du bonnet de coton, une de ces pauvres choses, enfin, dont la laideur muette a des profondeurs d'expression comme le visage d'un imbécile. Ovoïde et renflée de
40 baleines, elle commençait par trois boudins circulaires; puis s'alternaient, séparés par une bande rouge, des losanges de velours et de poil de lapin; venait ensuite une façon de sac qui se terminait par un polygone cartonné, couvert d'une broderie en soutache[2] compliquée, et d'où pendait, au bout
45 d'un long cordon trop mince, un petit croisillon de fils d'or, en manière de gland. Elle était neuve; la visière brillait.

« Levez-vous », dit le professeur.

Il se leva : sa casquette tomba. Toute la classe se mit à rire.

Il se baissa pour la reprendre. Un voisin la fit tomber d'un
50 coup de coude; il la ramassa encore une fois.

« Débarrassez-vous donc de votre casque », dit le professeur, qui était un homme d'esprit.

Il y eut un rire éclatant des écoliers qui décontenança le pauvre garçon, si bien qu'il ne savait s'il fallait garder sa

---

1. *Chapska* (ou *schapska*) : coiffure militaire d'origine polonaise, portée en France par les lanciers du second Empire; 2. *Soutache :* tresse de galon; puis lacet que l'on coud sur une étoffe en formant des dessins; elle sert d'ornement.

─────── **QUESTIONS** ───────

3. La description et l'action : montrez que ce paragraphe (lignes 22-26) correspond au premier moment de curiosité suscité par la présence du *nouveau* dans la classe : qu'y a-t-il d'étrange dans son comportement?

55 casquette à la main, la laisser par terre ou la mettre sur sa tête. Il se rassit et la posa sur ses genoux. **(4)**

« Levez-vous, reprit le professeur, et dites-moi votre nom. »

Le *nouveau* articula, d'une voix bredouillante, un nom inintelligible.

60 « Répétez ! »

Le même bredouillement de syllabes se fit entendre, couvert par les huées de la classe.

« Plus haut ! cria le maître, plus haut ! »

Le *nouveau*, prenant alors une résolution extrême, ouvrit 65 une bouche démesurée et lança à pleins poumons, comme pour appeler quelqu'un, ce mot : *Charbovari*.

Ce fut un vacarme qui s'élança d'un bond, monta en *crescendo*[1], avec des éclats de voix aigus (on hurlait, on aboyait, on trépignait, on répétait : *Charbovari ! Charbovari !*), puis qui 70 roula en notes isolées, se calmant à grand-peine, et parfois qui reprenait tout à coup sur la ligne d'un banc où saillissait encore çà et là, comme un pétard mal éteint, quelque rire étouffé. **(5)**

Cependant, sous la pluie des pensums, l'ordre peu à peu 75 se rétablit dans la classe, et le professeur, parvenu à saisir le nom de Charles Bovary, se l'étant fait dicter, épeler et relire, commanda tout de suite au pauvre diable d'aller s'asseoir sur le banc de paresse, au pied de la chaire. Il se mit en mouvement, mais, avant de partir, hésita.

80 « Que cherchez-vous ? demanda le professeur.

— Ma cas..., fit timidement le *nouveau*, promenant autour de lui des regards inquiets.

— Cinq cents vers à toute la classe ! exclamé d'une voix furieuse arrêta, comme le *Quos ego*[2], une bourrasque

---

1. *En crescendo* : en augmentant progressivement d'intensité ; 2. *Quos ego* : Virgile (Énéide, I, 135) fait dire ces deux mots à Neptune, irrité contre les vents. Prononcés par un supérieur, ils expriment la menace ou la colère. Le sens équivaut à « je devrais... ».

─────── QUESTIONS ───────

4. La description de la casquette : pourquoi Flaubert s'y attarde-t-il ? S'agit-il uniquement d'un hors-d'œuvre ? Cet objet fournit-il des indications psychologiques sur celui qui le porte ?

5. Le caractère « dramatique » de cet épisode : par quelles péripéties passe-t-on avant de savoir enfin l'identité exacte du personnage ? Pourquoi avoir fait attendre une révélation aussi banale ? — Montrez que les sentiments du maître, ceux du *nouveau* et ceux des *anciens* se font jour à cette occasion.

85 nouvelle. — Restez donc tranquilles! continuait le professeur
indigné, et, s'essuyant le front avec son mouchoir qu'il venait
de prendre dans sa toque : Quant à vous le *nouveau*, vous me
copierez vingt fois le verbe *ridiculus sum*[1]. »

Puis, d'une voix plus douce :

90 « Eh! vous la retrouverez, votre casquette; on ne vous
l'a pas volée! »

Tout reprit son calme. Les têtes courbèrent sur les cartons,
et le *nouveau* resta pendant deux heures dans une tenue exem-
plaire, quoiqu'il y eût bien, de temps à autre, quelque boulette
95 de papier lancée d'un bec de plume qui vînt s'éclabousser
sur sa figure. Mais il s'essuyait avec la main, et demeurait
immobile, les yeux baissés. (6)

Le soir à l'étude, il tira ses bouts de manches[2] de son pupitre,
mit en ordre ses petites affaires, régla[3] soigneusement son
100 papier. Nous le vîmes qui travaillait en conscience, cherchant
tous les mots dans le dictionnaire et se donnant beaucoup de
mal. Grâce, sans doute, à cette bonne volonté dont il fit preuve,
il dut de ne pas descendre dans la classe inférieure; car, s'il
savait passablement ses règles, il n'avait guère d'élégance dans
105 les tournures. C'était le curé de son village qui lui avait
commencé le latin, ses parents, par économie, ne l'ayant
envoyé au collège que le plus tard possible. (7)

Son père, M. Charles-Denis-Bartholomé Bovary, ancien
aide-chirurgien-major, compromis, vers 1812, dans des affaires
110 de conscription[4], et forcé vers cette époque de quitter le service, avait alors profité de ses avantages personnels pour
saisir au passage une dot de soixante mille francs qui s'offrait
en la fille d'un marchand bonnetier devenue amoureuse de
sa tournure. Bel homme, hâbleur, faisant sonner haut ses

---

1. *Ridiculus sum :* je suis ridicule; 2. *Bout de manche :* pièce de tissu, pareille à
une manche véritable, qu'on glisse par-dessus les manches du vêtement pour les
protéger; 3. *Régler :* marquer de lignes tracées à la règle; 4. A l'époque où les défaites
de Russie obligeaient Napoléon à lever de nouveaux soldats, le médecin militaire
avait sans doute touché de l'argent pour déclarer inaptes certains conscrits.

─────── **QUESTIONS** ───────────

6. L'intégration du *nouveau* au groupe est-elle réalisée?

7. Comparez l'attitude de Charles pendant l'étude (lignes 98-102) à
ce qu'elle était à son arrivée (lignes 22-26) : quels traits réels de son
caractère se révèlent par son comportement? — Les aptitudes scolaires
de Charles : pourquoi n'est-il pas plus avancé?

115 éperons, portant des favoris rejoints aux moustaches, les
doigts toujours garnis de bagues et habillé de couleurs voyantes,
il avait l'aspect d'un brave, avec l'entrain facile d'un commis
voyageur. Une fois marié, il vécut deux ou trois ans sur la
fortune de sa femme, dînant bien, se levant tard, fumant dans
120 de grandes pipes en porcelaine, ne rentrant le soir qu'après
le spectacle et fréquentant les cafés. Le beau-père mourut et
laissa peu de chose; il en fut indigné, se lança *dans la fabrique*[1],
y perdit quelque argent, puis se retira dans la campagne, où
il voulut *faire valoir*. Mais comme il ne s'entendait guère plus
125 en culture qu'en indienne[2], qu'il montait ses chevaux au lieu
de les envoyer au labour, buvait son cidre en bouteilles au lieu
de le vendre, mangeait les plus belles volailles de sa cour et
graissait ses souliers de chasse avec le lard de ses cochons, il
ne tarda point à s'apercevoir qu'il valait mieux planter là
130 toute spéculation.

Moyennant deux cents francs par an, il trouva donc à louer
dans un village, sur les confins du pays de Caux et de la Picardie, une sorte de logis moitié ferme, moitié maison de maître;
et, chagrin, rongé de regrets, accusant le ciel, jaloux contre
135 tout le monde, il s'enferma, dès l'âge de quarante-cinq ans,
dégoûté des hommes, disait-il, et décidé à vivre en paix. **(8) (9)**

---

1. *Fabrique* : fabrication; puis établissement où l'on fabrique. Bovary père tente
sa chance dans l'industrie; 2. *Indienne* : étoffe de coton peinte, faite primitivement
aux Indes; puis étoffe du même genre faite en France (et spécialement à Rouen).

--- **QUESTIONS** ---

8. Quel changement se produit dans la perspective du roman? Après
la scène vécue du début du roman, quel ton le romancier adopte-t-il
maintenant? — Étudiez la composition de ce portrait : comment la
description des traits physiques et psychologiques s'intègre-t-elle à l'histoire du personnage? — Imaginez le même portrait fait par Balzac :
serait-il très différent? — Bovary père peut-il être considéré comme un
personnage type de la société du XIXe siècle?

9. SUR L'ENSEMBLE DU CHAPITRE PREMIER. — Étudiez la composition
du premier épisode (l'arrivée du *nouveau*) : comment le romancier dra-
matise-t-il la scène? Flaubert est-il le seul à avoir raconté une scène
de ce genre? Comment évite-t-il le faux pathétique et la sensiblerie?
— La peinture du milieu scolaire au XIXe siècle : comparez cette peinture à celle que font Balzac dans *Louis Lambert* et Dickens dans *David
Copperfield*.
— Comparez les portraits du père et du fils : sont-ils faits suivant la
même technique? Comment peut-on expliquer la diversité de leur
caractère ?
— Pourquoi Flaubert présente-t-il d'abord Charles Bovary et non pas
l'héroïne de son roman?

[Madame Bovary mère, déçue par son mariage, reporte son affection sur son fils. Femme de tête, elle dirige sa maison tambour battant; elle charge le curé de donner des leçons au jeune Charles; puis elle conçoit pour celui-ci des ambitions plus élevées : d'abord le collège à Rouen, ensuite la médecine. Durant sa vie d'étudiant, Charles est astreint à suivre de nombreux cours; plein de zèle au début, il finit par se laisser aller; il fréquente le cabaret, contracte la passion du jeu : « C'était comme l'initiation au monde. » Mais il échoue à son examen d'officier de santé. Il se reprend, se remet au travail et est enfin reçu. Sa mère l'installe à Tostes et lui fait épouser une femme âgée et riche, Mme Dubuc.]

II

[Une nuit, un homme vient chercher le médecin pour soigner M. Rouault, le propriétaire de la ferme des Bertaux, qui s'est cassé la jambe. Charles se rend à son chevet; c'est alors qu'il aperçoit Emma Rouault. Il réduit avec succès la fracture, et le père Rouault guérit fort bien; peu à peu, Charles devient un familier de la ferme. Cependant, la femme de Charles s'étonne de l'assiduité de son mari auprès de son malade et ne tarde pas à en deviner la raison. Elle multiplie les scènes; par lassitude, Charles cesse d'aller aux Bertaux. Un notaire qui détenait les fonds de sa femme s'embarque avec l'argent de l'étude : la « veuve Dubuc » est ruinée et meurt peu après.]

III

[Charles retourne alors aux Bertaux et se laisse prendre au charme d'Emma Rouault.]

Il arriva un jour vers trois heures; tout le monde était aux champs; il entra dans la cuisine, mais n'aperçut point d'abord Emma; les auvents[1] étaient fermés (1). Par les fentes du bois, le soleil allongeait sur les pavés de grandes raies minces, qui
5 se brisaient à l'angle des meubles et tremblaient au plafond. Des mouches, sur la table, montaient le long des verres qui avaient servi, et bourdonnaient en se noyant au fond, dans

---

1. *Auvents* : mot employé ici dans le sens de « persiennes ».

QUESTIONS

1. La technique des présentations : appréciez les éléments de vraisemblance et de précision accumulés dans une seule phrase.

le cidre resté. Le jour qui descendait par la cheminée, velou-
tant la suie de la plaque, bleuissait un peu les cendres froides.
10 Entre la fenêtre et le foyer, Emma cousait; elle n'avait point
de fichu, on voyait sur ses épaules nues de petites gouttes de
sueur. (2)

Selon la mode de la campagne, elle lui proposa de boire
quelque chose. Il refusa, elle insista, et enfin lui offrit, en riant,
15 de prendre un verre de liqueur avec elle. Elle alla donc chercher dans l'armoire une bouteille de curaçao, atteignit deux
petits verres, emplit l'un jusqu'au bord, versa à peine dans
l'autre et, après avoir trinqué, le porta à sa bouche. Comme
il était presque vide, elle se renversait pour boire : et, la tête
20 en arrière, les lèvres avancées, le cou tendu, elle riait de ne
rien sentir, tandis que le bout de sa langue, passant entre ses
dents fines, léchait à petits coups le fond du verre.

Elle se rassit et elle reprit son ouvrage, qui était un bas de
coton blanc où elle faisait des reprises : elle travaillait le front
25 baissé; elle ne parlait pas. Charles non plus. L'air, passant
par le dessous de la porte, poussait un peu de poussière sur
les dalles; il la regardait se traîner, et il entendait seulement
le battement intérieur de sa tête, avec le cri d'une poule, au
loin, qui pondait dans les cours. Emma, de temps à autre,
30 se rafraîchissait les joues en y appliquant la paume de ses mains,
qu'elle refroidissait après cela sur la pomme de fer des grands
chenets. (3)

Elle se plaignait d'éprouver, depuis le commencement de
la saison, des étourdissements; elle demanda si les bains de
35 mer lui seraient utiles; elle se mit à causer du couvent, Charles
de son collège, les phrases leur vinrent. Ils montèrent dans
sa chambre. Elle lui fit voir ses anciens cahiers de musique,

─────── QUESTIONS ───────

2. Par quels procédés Flaubert reconstitue-t-il l'atmosphère de la
cuisine (vocabulaire, place des mots, structure de la phrase, sonorités)?
— Comment s'harmonisent les détails vulgaires et les notations qu'on
pourrait appeler poétiques? Quelle impression dominante en résulte?
— Comment le personnage d'Emma vient-il s'intégrer à ce décor?

3. Relevez les traits qui dépeignent chacun des deux personnages :
montrez que, malgré l'objectivité apparente, le lecteur est placé par le
romancier du côté de Charles face à Emma. — Quelles attitudes et quels
gestes de la jeune fille attirent surtout l'attention de Charles et la nôtre?
Peut-on y apercevoir certains traits de son tempérament? — L'opposition
de deux personnalités : comment se manifeste-t-elle dans ce silence
commun?

Portrait dit de Delphine Delamare, l'un des modèles d'Emma Bovary.

Peinture de Joseph-Désiré Court (1797-1865). — Musée de Rouen.

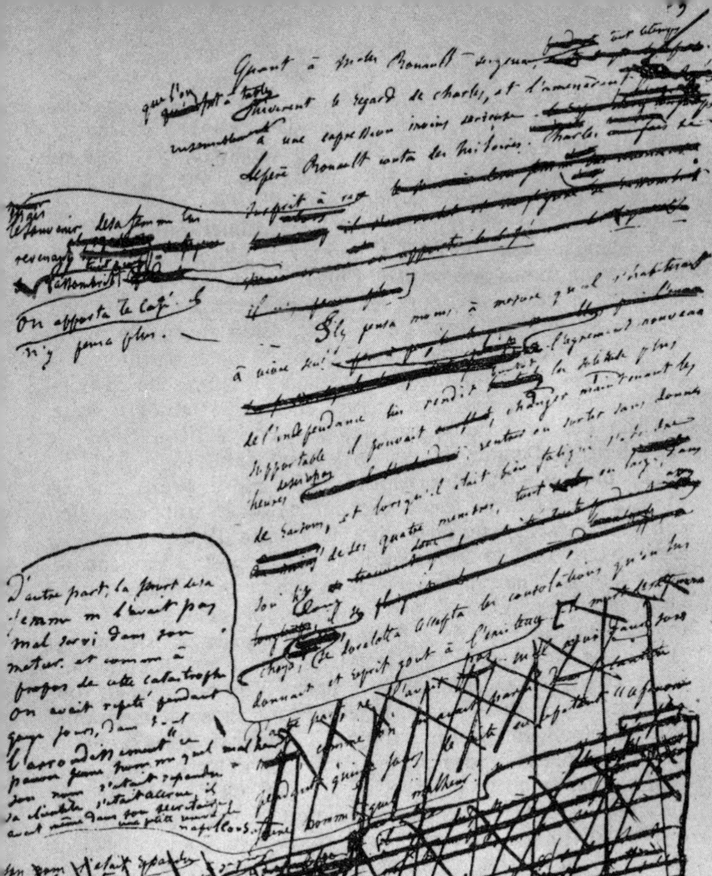

Phot. Edition Conard.

UNE PAGE DU MANUSCRIT DE *MADAME BOVARY*

les petits livres qu'on lui avait donnés en prix et les couronnes
en feuilles de chêne, abandonnées dans un bas d'armoire.
40 Elle lui parla encore de sa mère, du cimetière, et même lui
montra dans le jardin la plate-bande dont elle cueillait les
fleurs, tous les premiers vendredis de chaque mois, pour les
aller mettre sur sa tombe. Mais le jardinier qu'ils avaient
n'y entendait rien; on était si mal servi! Elle eût bien voulu,
45 ne fût-ce au moins que pendant l'hiver, habiter la ville, quoique
la longueur des beaux jours rendît peut-être la campagne plus
ennuyeuse encore durant l'été; — et, selon ce qu'elle disait,
sa voix était claire, aiguë, ou, se couvrant de langueur tout à
coup, traînait des modulations qui finissaient presque en mur-
50 mures, quand elle se parlait à elle-même, — tantôt joyeuse,
ouvrant des yeux naïfs, puis les paupières à demi closes, le
regard noyé d'ennui, la pensée vagabondant. (4)

Le soir, en s'en retournant, Charles reprit une à une les
phrases qu'elle avait dites, tâchant de se les rappeler, d'en
55 compléter le sens, afin de se faire[1] la portion d'existence qu'elle
avait vécue dans le temps qu'il ne la connaissait pas encore.
Mais jamais il ne put la voir en sa pensée différemment qu'il
ne l'avait vue la première fois, ou telle qu'il venait de la quitter
tout à l'heure. Puis il se demanda ce qu'elle deviendrait, si
60 elle se marierait, et à qui? Hélas! le père Rouault était bien
riche, et elle! ... si belle! Mais la figure d'Emma revenait toujours se placer devant ses yeux, et quelque chose de monotone
comme le ronflement d'une toupie bourdonnait à ses oreilles :
« Si tu te mariais, pourtant! si tu te mariais! » La nuit, il ne
65 dormit pas, sa gorge était serrée, il avait soif; il se leva pour
aller boire à son pot à l'eau et il ouvrit la fenêtre, le ciel était
couvert d'étoiles, un vent chaud passait; au loin des chiens
aboyaient. Il tourna la tête du côté des Bertaux. (5)

----

1. Afin de reconstituer pour lui-même.

──────── **QUESTIONS** ────────

4. Étudiez l'utilisation du style indirect dans ce paragraphe : pourquoi
ne pas nous livrer les paroles mêmes d'Emma? — Le caractère d'Emma
d'après ses propos : sa sentimentalité, ses préjugés bourgeois. Est-elle
parfaitement naïve? Peut-on deviner ses sentiments à l'égard de Charles?
— Les attitudes d'Emma : sa voix, ses regards.

5. La naissance du sentiment amoureux chez Charles Bovary : montrez
ce que peut produire une passion sincère dans un esprit dépourvu d'imagination : comment s'accentue le contraste de son caractère avec celui
d'Emma?

Pensant qu'après tout l'on ne risquait rien, Charles se pro-
70 mit de faire la demande quand l'occasion s'en offrirait; mais,
chaque fois qu'elle s'offrit, la peur de ne point trouver les
mots convenables lui collait les lèvres. **(6)**

Le père Rouault n'eût pas été fâché qu'on le débarrassât
de sa fille, qui ne lui servait guère dans sa maison. Il l'excusait
75 intérieurement, trouvant qu'elle avait trop d'esprit pour la
culture, métier maudit du ciel, puisqu'on n'y voyait jamais
de millionnaire. Loin d'y avoir fait fortune, le bonhomme y
perdait tous les ans : car, s'il excellait dans les marchés, où
il se plaisait aux ruses du métier, en revanche la culture pro-
80 prement dite, avec le gouvernement intérieur de la ferme, lui
convenait moins qu'à personne. Il ne retirait pas volontiers
ses mains de dedans ses poches, et n'épargnait point la dépense
pour tout ce qui regardait sa vie, voulant être bien nourri,
bien chauffé, bien couché. Il aimait le gros cidre, les gigots
85 saignants, les *glorias*[1] longuement battus. Il prenait ses repas
dans la cuisine, seul, en face du feu, sur une petite table qu'on
lui apportait toute servie comme au théâtre. **(7)**

Lorsqu'il s'aperçut donc que Charles avait les pommettes
rouges près de sa fille, ce qui signifiait qu'un de ces jours on
90 la lui demanderait en mariage, il rumina d'avance toute l'affaire.
Il le trouvait bien un peu gringalet, et ce n'était pas là un gendre
comme il l'eût souhaité; mais on le disait de bonne conduite,
économe, fort instruit, et sans doute qu'il ne chicanerait pas
trop sur la dot. Or, comme le père Rouault allait être forcé
95 de vendre vingt-deux acres[2] de *son bien*, qu'il devait beaucoup
au maçon, beaucoup au bourrelier, que l'arbre[3] du pressoir
était à remettre :

---

1. *Gloria* : boisson composée d'un mélange de café et d'eau-de-vie ; 2. *Acre* : ancienne
mesure de terre dont l'étendue varie selon les localités. L'acre anglaise vaut 40,477 ares ;
3. *Arbre* : axe (d'une machine ou d'une roue).

--------- QUESTIONS ---------

6. Les retouches successives au portrait de Charles : quel aspect de
son caractère reprend ici le dessus?

7. Le portrait du père Rouault : d'où vient le constraste entre le père
et la fille? — Comment Flaubert fait-il de Rouault un personnage caractéristique, sans qu'on puisse le définir comme un personnage type? —
Comparez Rouault à Bovary père (chapitre premier, lignes 108-130). N'y
a-t-il pas aussi un parallélisme entre les différences qui séparent les générations (Rouault père et fille, Bovary père et fils)?

« S'il me la demande, se dit-il, je la lui donne. » **(8)**

A l'époque de la Saint-Michel[1] Charles était venu passer
100 trois jours aux Bertaux. La dernière journée s'était écoulée
comme les précédentes, à reculer de quart d'heure en quart
d'heure. Le père Rouault lui fit la conduite; ils marchaient
dans un chemin creux, ils s'allaient quitter; c'était le moment.
Charles se donna jusqu'au coin de la haie, et enfin, quand on
105 l'eut dépassée :

« Maître Rouault, murmura-t-il, je voudrais bien vous dire
quelque chose. »

Ils s'arrêtèrent. Charles se taisait.

« Mais contez-moi votre histoire! Est-ce que je ne sais pas
110 tout! dit le père Rouault, en riant doucement.

— Père Rouault..., père Rouault, balbutia Charles.

— Moi, je ne demande pas mieux, continua le fermier.
Quoique sans doute la petite soit de mon idée[2], il faut pourtant
lui demander son avis. Allez-vous-en donc; je m'en vais retour-
115 ner chez nous. Si c'est oui, entendez-moi bien, vous n'aurez
pas besoin de revenir, à cause du monde, et, d'ailleurs,
ça saisirait trop. Mais pour que vous ne vous mangiez pas le
sang, je pousserai tout grand l'auvent de la fenêtre contre le
mur : vous pourrez le voir par derrière, en vous penchant
120 sur la haie. »

Et il s'éloigna.

Charles attacha son cheval à un arbre. Il courut se mettre
dans le sentier; il attendit. Une demi-heure se passa, puis il
compta dix-neuf minutes à sa montre. Tout à coup un bruit
125 se fit contre le mur; l'auvent s'était rabattu, la cliquette[3] tremblait encore. **(9)**

1. *Saint-Michel* : le 29 septembre, date servant d'échéance à des paiements en
Normandie; 2. *Idée* : avis; 3. *Cliquette* : pièce qui maintient la persienne.

─────── ■ QUESTIONS ───────

8. Le « monologue » intérieur du père Rouault : comment ce procédé
emprunté au théâtre se trouve-t-il transformé par des procédés de la
narration? — Qu'y a-t-il de traditionnel dans le bon sens paysan et dans
la conception de l'autorité paternelle chez Rouault?

9. La demande en mariage : quel rôle joue Charles dans cette scène?
D'où provient l'ironie implicite? — L'habileté de Rouault à l'égard de
son futur gendre : ne retrouve-t-on pas ici l'homme *qui excellait dans
les marchés*? Quels sentiments affecte-t-il à l'égard de sa fille et de son
futur gendre? — Pourquoi n'avoir pas montré la scène entre Rouault
et sa fille? En quoi cette omission caractérise-t-elle la technique romanesque de Flaubert, tout en servant la vérité psychologique?

Le lendemain, dès neuf heures, il était à la ferme. Emma
rougit quand il entra, tout en s'efforçant de rire un peu, par
contenance. Le père Rouault embrassa son futur gendre. On
130 se remit à causer[1] des arrangements d'intérêt; on avait, d'ailleurs,
du temps devant soi, puisque le mariage ne pouvait décemment
avoir lieu avant la fin du deuil de Charles, c'est-à-dire vers le
printemps de l'année prochaine.

L'hiver se passa dans cette attente. Mademoiselle Rouault
135 s'occupa de son trousseau. Une partie en fut commandée à
Rouen, et elle se confectionna des chemises et des bonnets de
nuit[2], d'après des dessins de modes qu'elle emprunta. Dans
les visites que Charles faisait à la ferme, on causait des préparatifs de la noce, on se demandait dans quel appartement[3]
140 se donnerait le dîner; on rêvait à la quantité de plats qu'il
faudrait et quelles seraient les entrées.

Emma eût, au contraire, désiré se marier à minuit, aux
flambeaux; mais le père Rouault ne comprit rien à cette idée.
Il y eut donc une noce, où vinrent quarante-trois personnes,
145 où l'on resta seize heures à table, qui recommença le lendemain et quelque peu les jours suivants. **(10) (11)**

---

1. Variante : « on remit à causer », c'est-à-dire « on réserva pour plus tard les
conversations; 2. *Bonnet de nuit :* article à la mode au XVIIIe siècle, mais qui commence
à dater à l'époque; 3. *Appartement :* corps de bâtiment.

────────── **QUESTIONS** ──────────

10. Le rêve romantique tient-il beaucoup de place en comparaison
des réalités bourgeoises dans ce paragraphe? Comment interpréter cette
disproportion? — Y a-t-il accord sentimental entre les deux fiancés?

11. SUR L'ENSEMBLE DU CHAPITRE III. — La technique romanesque de
Flaubert d'après ce chapitre : quels moments choisit-il dans cette rela-
tion d'une action progressive qui aboutit à la décision du mariage? Étudiez en particulier la marche du temps : quelles scènes sont développées?
Lesquelles sont raccourcies? Lesquelles sont escamotées?
— Comparez la scène entre Charles et Emma (lignes 1-52) et la scène
entre Rouault et Charles (lignes 99-121) : quelles différences de perspective offre chacune d'elles? L' « objectivité » y est-elle la même?
— Les sentiments de chacun des trois personnages : connaît-on les
sentiments d'Emma aussi nettement que ceux des deux hommes? Quels
sont les traits de caractère qui se précisent ou se confirment au cours
de cet épisode?
— La peinture d'un milieu : montrez que chez ces trois personnages,
qui vivent à la campagne mais ne sont pas de vrais paysans (pas même
le père Rouault), il y a dans la manière de vivre et dans les sentiments
un mélange de rusticité et de bourgeoisie : que représente pour eux le
mariage? Le réalisme de Flaubert par comparaison aux idylles de George
Sand, et notamment à la façon dont Germain, veuf lui aussi, fait sa
demande en mariage à la jeune Marie (*la Mare au diable*, chap. XVII).

IV

Les conviés arrivèrent de bonne heure dans des voitures, carrioles¹ à un cheval, chars à bancs² à deux roues, vieux cabriolets³ sans capotes, tapissières⁴ à rideaux de cuir, et les jeunes gens des villages les plus voisins dans des charrettes⁵
5 où ils se tenaient debout, en rang, les mains appuyées sur les ridelles⁶ pour ne pas tomber, allant au trot et secoués dur. Il en vint de dix lieues loin, de Goderville, de Normanville et de Cany⁷. On avait invité tous les parents des deux familles; on s'était raccommodé avec les amis brouillés; on avait écrit
10 à des connaissances perdues de vue depuis longtemps. (1)

De temps à autre, on entendait des coups de fouet derrière la haie; bientôt la barrière s'ouvrait : c'était une carriole qui entrait. Galopant jusqu'à la première marche du perron, elle s'y arrêtait court, et vidait son monde, qui sortait par tous
15 les côtés en se frottant les genoux et en s'étirant les bras. Les dames, en bonnet, avaient des robes à la façon de la ville, des chaînes de montre en or, des pèlerines à bouts croisés dans la ceinture, ou de petits fichus de couleur attachés dans le dos avec une épingle et qui leur découvraient le cou par derrière.
20 Les gamins, vêtus pareillement à leurs papas, semblaient incommodés par leurs habits neufs (beaucoup même étrennèrent ce jour-là la première paire de bottes de leur existence), et l'on voyait à côté d'eux, ne soufflant mot dans la robe blanche de sa première communion rallongée pour la circon-

---

1. *Carriole :* charrette couverte, à roues très hautes; 2. *Char à bancs :* voiture longue, garnie de plusieurs rangées de bancs; 3. *Cabriolet :* voiture légère à deux roues, plus élégante que les précédentes; 4. *Tapissière :* voiture qui servait au transport des meubles et des marchandises; elle s'employait aussi pour les transports en commun dans la région parisienne; 5. *Charrette :* voiture servant au transport des marchandises; 6. *Ridelles :* barrières latérales, pleines ou à claire-voie, qui sont placées de chaque côté de la charrette pour maintenir le chargement; 7. Ces trois localités existent réellement dans la Seine-Maritime. Flaubert a sans doute choisi les deux premières à cause de leur consonance bien normande, et la troisième parce qu'elle était le village natal de son ami Louis Bouilhet.

QUESTIONS

1. Étudiez la composition de ce premier paragraphe : ses deux mouvements successifs. — Pourquoi cette énumération de véhicules? Quelle impression veut en tirer le romancier? La hiérarchie des véhicules n'est-elle pas à l'image de la hiérarchie sociale?

25 stance, quelque grande fillette de quatorze ou seize ans, leur
cousine ou leur sœur aînée sans doute, rougeaude, ahurie,
les cheveux gras de pommade à la rose, et ayant bien peur de
salir ses gants. Comme il n'y avait point assez de valets d'écurie
pour dételer toutes les voitures, les messieurs retroussaient
30 leurs manches et s'y mettaient eux-mêmes. Suivant leur position sociale différente, ils avaient des habits, des redingotes,
des vestes, des habits-vestes[1]; — bons habits, entourés de toute
la considération d'une famille, et qui ne sortaient de l'armoire
que pour les solennités; redingotes à grandes basques[2] flottant
35 au vent, à collet cylindrique[3], à poches larges comme des sacs;
vestes de gros drap, qui accompagnaient ordinairement quelque
casquette cerclée de cuivre à sa visière; habits-vestes très courts,
ayant dans le dos deux boutons rapprochés comme une paire
d'yeux, et dont les pans semblaient avoir été coupés à même
40 un seul bloc, par la hache du charpentier. Quelques-uns encore
(mais ceux-là, bien sûr, devaient dîner au bas bout de la table)
portaient des blouses de cérémonie, c'est-à-dire dont le col
était rabattu sur les épaules, le dos froncé à petits plis et la
taille[4] attachée très bas par une ceinture cousue. **(2)**

45 Et les chemises sur les poitrines bombaient comme des
cuirasses! Tout le monde était tondu à neuf, les oreilles s'écar-
taient des têtes, on était rasé de près; quelques-uns même
qui s'étaient levés dès avant l'aube, n'ayant pas vu clair à se
faire la barbe, avaient des balafres en diagonale sous le nez,
50 ou, le long des mâchoires, des pelures d'épiderme larges comme
des écus de trois francs, et qu'avaient enflammées le grand air
pendant la route, ce qui marbrait un peu de plaques roses
toutes ces grosses faces blanches épanouies. **(3)**

---

1. *Habit-veste* : voir page 27, note 1; 2. *Basques* : parties du vêtement découpées
et tombantes; 3. *Collet cylindrique* : collet qui fait le tour du cou sans laisser voir
le linge par-devant; 4. *Taille* : pièce d'étoffe rapportée avec couture sous la ceinture.

─────── **QUESTIONS** ───────

2. Analysez le plan de cette description : comment Flaubert lui
donne-t-il le mouvement? Quelle est d'autre part l'impression dominante qui fait l'unité de l'ensemble? — La hiérarchie sociale à travers
la description des costumes : quel aspect du réalisme de Flaubert apparaît ici?

3. L'art du détail caractéristique : comment les lignes 45-53 corrigent-
elles par une impression de réalité vécue ce qu'il y avait de trop « docu-
mentaire » dans le paragraphe précédent?

La mairie se trouvant à une demi-lieue[1] de la ferme, on
55 s'y rendit à pied, et l'on revint de même, une fois la cérémonie
faite à l'église. Le cortège, d'abord uni comme une seule écharpe
de couleur, qui ondulait dans la campagne, le long de
l'étroit sentier serpentant entre les blés verts, s'allongea bientôt
et se coupa en groupes différents, qui s'attardaient à causer.
60 Le ménétrier[2] allait en avant avec son violon empanaché de
rubans à la coquille; les mariés venaient ensuite, les parents,
les amis tout au hasard, et les enfants restaient derrière, s'amu-
sant à arracher les clochettes[3] des brins d'avoine, ou à se jouer
entre eux, sans qu'on les vît. La robe d'Emma, trop longue,
65 traînait un peu par le bas; de temps à autre, elle s'arrêtait pour
la tirer, et alors délicatement, de ses doigts gantés, elle enlevait
les herbes rudes avec les petits dards des chardons, pendant
que Charles, les mains vides, attendait qu'elle eût fini. Le père
Rouault, un chapeau de soie neuf sur la tête et les parements
70 de son habit noir lui couvrant les mains jusqu'aux ongles,
donnait le bras à madame Bovary mère. Quant à M. Bovary
père, qui, méprisant au fond tout ce monde-là, était venu
simplement avec une redingote à un rang de boutons d'une
coupe militaire, il débitait des galanteries d'estaminet[4] à une
75 jeune paysanne blonde. Elle saluait, rougissait, ne savait que
répondre. Les autres gens de la noce causaient de leurs affaires
ou se faisaient des niches dans le dos, s'excitant d'avance à
la gaieté; et, en y prêtant l'oreille, on entendait toujours le
crin-crin du ménétrier qui continuait à jouer dans la cam-
80 pagne. Quand il s'apercevait qu'on était loin derrière lui, il
s'arrêtait à reprendre haleine, cirait longuement de colophane[5]
son archet, afin que les cordes grinçassent mieux, et puis il se
remettait à marcher, abaissant et levant tour à tour le manche
de son violon, pour se bien marquer la mesure à lui-même.
85 Le bruit de l'instrument faisait partir de loin les petits oiseaux. (4)

---

1. *Lieue* : mesure de longueur variable. La lieue commune de France correspond
à 4 445 m; 2. *Ménétrier* : artiste qui joue du violon pour faire danser; 3. *Clochettes* :
grains d'avoine entrouverts; 4. Galanteries faciles, comme on peut en faire dans
un établissement de boissons fréquenté par des gens vulgaires; 5. *Colophane* : résine
qui sert à frotter l'archet des violons.

──────── **QUESTIONS** ────────

4. La description du cortège de noce. Comment se dégrade l'image
poétique du début? Étudiez en particulier les deux images du ménétrier,
au début et à la fin. — Dans quelles attitudes voyons-nous les personnages
principaux?

C'était sous le hangar de la charretterie[1] que la table était
dressée. Il y avait dessus quatre aloyaux[2], six fricassées de
poulets, du veau à la casserole, trois gigots et, au milieu, un
joli cochon de lait rôti, flanqué de quatre andouilles à l'oseille.
90 Aux angles, se dressait l'eau-de-vie, dans des carafes. Le cidre
doux en bouteilles poussait sa mousse épaisse autour des
bouchons et tous les verres, d'avance, avaient été remplis de
vin jusqu'au bord. De grands plats de crème jaune, qui flottaient d'eux-mêmes au moindre choc de la table, présentaient,
95 dessinés sur leur surface unie, les chiffres des nouveaux époux
en arabesques de nonpareille[3]. On avait été chercher un pâtissier à Yvetot pour les tourtes et les nougats. Comme il débutait
dans le pays, il avait soigné les choses; et il apporta, lui-même,
au dessert, une pièce montée qui fit pousser des cris. A la base,
100 d'abord c'était un carré de carton bleu figurant un temple
avec portiques, colonnades et statuettes de stuc tout autour
dans des niches constellées d'étoiles en papier doré; puis se
tenait au second étage un donjon en gâteau de Savoie, entouré
de menues fortifications en angélique, amandes, raisins secs,
105 quartiers d'oranges; et enfin, sur la plate-forme supérieure,
qui était une prairie verte où il y avait des rochers avec des
lacs de confiture et des bateaux en écales[4] de noisettes, on voyait
un petit Amour, se balançant à une escarpolette de chocolat,
dont les deux poteaux étaient terminés par deux boutons de
110 rose naturelle, en guise de boules, au sommet. (5)

Jusqu'au soir, on mangea. Quand on était trop fatigué
d'être assis, on allait se promener dans les cours ou jouer une
partie de bouchon[5] dans la grange, puis on revenait à table.
Quelques-uns, vers la fin, s'y endormirent et ronflèrent. Mais,
115 au café, tout se ranima; alors on entama des chansons, on fit
des tours de force, on portait des poids, on passait sous son

---

1. *Charretterie* : remise à charrettes; 2. *Aloyau* : pièce de bœuf coupée le long
des reins; 3. *Nonpareille* : petite boule de sucre; 4. *Écale* : enveloppe coriace de certains fruits; 5. Jeu qui consiste à renverser avec des palets un bouchon sur lequel
on a empilé les pièces de monnaie qui constituent l'enjeu.

──────── QUESTIONS ────────

5. Pourquoi cette description minutieuse de la pièce montée? Est-il
vraisemblable que Flaubert, malgré la justification qu'il donne, ait déjà
vu un chef-d'œuvre aussi singulier? Le rôle de l'imagination dans cette
description. Ne peut-on voir ici un témoignage de la complaisance de
Flaubert pour la laideur et le mauvais goût, qu'il a pourtant en horreur?
Suffirait-il de juger ce passage comme un simple « morceau de bravoure »?
Quel rapport entre le travail du pâtissier et celui de l'artiste?

pouce[1], on essayait à soulever les charrettes sur ses épaules,
on disait des gaudrioles, on embrassait les dames. Le soir,
pour partir, les chevaux gorgés d'avoine jusqu'aux naseaux
120 eurent du mal à entrer dans les brancards; ils ruaient, se
cabraient, les harnais se cassaient, leurs maîtres juraient ou
riaient; et toute la nuit, au clair de la lune, par les routes du
pays, il y eut des carrioles emportées qui couraient au grand
galop, bondissant dans les saignées[2], sautant par-dessus les
125 mètres de cailloux[3], s'accrochant aux talus, avec des femmes
qui se penchaient en dehors de la portière pour saisir les
guides. (6)

Ceux qui restèrent aux Bertaux passèrent la nuit à boire
130 dans la cuisine. Les enfants s'étaient endormis sous les bancs.

La mariée avait supplié son père qu'on lui épargnât les
plaisanteries d'usage. Cependant, un mareyeur de leurs cou-
sins (qui même avait apporté, comme présent de noces, une
paire de soles) commençait à souffler de l'eau avec sa bouche
135 par le trou de la serrure, quand le père Rouault arriva juste
à temps pour l'en empêcher, et lui expliqua que la position
grave[4] de son gendre ne permettait pas de telles inconvenances.
Le cousin, toutefois, céda difficilement à ces raisons. En dedans
de lui-même, il accusa le père Rouault d'être fier, et il alla se
140 joindre dans un coin à quatre ou cinq autres des invités qui,
ayant eu par hasard plusieurs fois de suite à table les bas morceaux des viandes, trouvaient aussi qu'on les avait mal reçus,
chuchotaient sur le compte de leur hôte et souhaitaient sa ruine
à mots couverts.

145 Madame Bovary mère n'avait pas desserré les dents de la
journée. On ne l'avait consultée ni sur la toilette de la bru,
ni sur l'ordonnance du festin; elle se retira de bonne heure.
Son époux, au lieu de la suivre, envoya chercher des cigares
à Saint-Victor[5] et fuma jusqu'au jour, tout en buvant des grogs

---

1. Plaisanterie de goût douteux qui consiste à lever le pouce horizontalement
et à faire semblant de passer dessous; 2. *Saignée* : rigole pratiquée perpendiculaire-
ment au bas-côté du chemin pour permettre l'écoulement des eaux de pluie dans
le fossé; 3. Tas de cailloux de 1 m³, placés de distance en distance pour permettre
aux cantonniers de recharger le chemin; 4. La situation importante, la profession
sérieuse; 5. *Saint-Victor* : abbaye à 6 km à l'est de Tostes.

QUESTIONS

6. Le rythme de ce paragraphe (lignes 111-128) : montrez qu'il est en
contraste avec le paragraphe précédent. — Comparez la description
du départ (lignes 119-128) à celle de l'arrivée (lignes 1-15).

150 au kirsch, mélange inconnu à la compagnie, et qui fut pour
lui comme la source d'une considération plus grande encore. (7)

Charles n'était point de complexion facétieuse, il n'avait
pas brillé pendant la noce. Il répondit médiocrement aux
pointes, calembours, mots à double entente, compliments et
155 gaillardises que l'on se fit un devoir de lui décocher dès le
potage. (8) [...]

Deux jours après la noce, les époux s'en allèrent : Charles,
à cause de ses malades, ne pouvait s'absenter plus longtemps.
Le père Rouault les fit reconduire dans sa carriole et les accom-
160 pagna lui-même jusqu'à Vassonville. Là, il embrassa sa fille
une dernière fois, mit pied à terre et reprit sa route. Lorsqu'il
eut fait cent pas environ, il s'arrêta, et, comme il vit la carriole
s'éloignant, dont les roues tournaient dans la poussière, il
poussa un gros soupir. Puis il se rappela ses noces, son temps
165 d'autrefois, la première grossesse de sa femme; il était bien
joyeux, lui aussi, le jour qu'il l'avait emmenée de chez son
père dans sa maison, quand il la portait en croupe en trottant
sur la neige; car on était aux environs de Noël et la campagne
était toute blanche; elle le tenait par un bras; à l'autre était
170 accroché son panier; le vent agitait les longues dentelles de
sa coiffure cauchoise[1] qui lui passaient quelquefois sur la
bouche, et, lorsqu'il tournait la tête, il voyait près de lui, sur
son épaule, sa petite mine rosée qui souriait silencieusement,
sous la plaque d'or de son bonnet. Pour se réchauffer les
175 doigts, elle les lui mettait de temps en temps dans la poitrine.
Comme c'était vieux, tout cela! Leur fils, à présent, aurait
trente ans! Alors il regarda derrière lui, il n'aperçut rien sur
la route. Il se sentit triste comme une maison démeublée; et
les souvenirs tendres se mêlant aux pensées noires dans sa

---

1. Espèce de coiffe très élevée que portent les femmes du pays de Caux.

--- **QUESTIONS** ---

7. Pourquoi l'auteur groupe-t-il ici toutes les remarques qui révèlent
les notes discordantes de cette journée, au cours de laquelle l'unanimité
s'est faite sinon dans la joie, du moins dans les plaisirs de la bombance?
Montrez que ces désaccords viennent de ce que les Rouault ne sont ni
tout à fait paysans ni tout à fait bourgeois.

8. La place accordée à Charles dans le récit de cette journée : cette
remarque sur son comportement est-elle déplacée d'après ce que l'on
sait de son caractère? Aperçoit-on en lui la manifestation d'un sentiment
de bonheur?

180 cervelle obscurcie par les vapeurs de la bombance, il eut bien
envie un moment d'aller faire un tour du côté de l'église.
Comme il eut peur, cependant, que cette vue ne le rendît plus
triste encore, il s'en revint tout droit chez lui. (9)

185 M. et Madame Charles arrivèrent à Tostes vers six heures.
Les voisins se mirent aux fenêtres pour voir la nouvelle femme
de leur médecin.

La vieille bonne se présenta, lui fit ses salutations, s'excusa
de ce que le dîner n'était pas prêt, et engagea Madame, en
attendant, à prendre connaissance de sa maison. (10)

V

[La nouvelle Mme Bovary prend possession de sa maison et l'amé-
nage peu à peu. Charles est heureux; il n'existe plus qu'en fonction d'Emma. Cependant, celle-ci est déçue. « Avant qu'elle se
mariât, elle avait cru avoir de l'amour; mais le bonheur qui aurait
dû résulter de cet amour n'étant pas venu, il fallait qu'elle se fût
trompée, songeait-elle. »]

VI

Elle avait lu *Paul et Virginie*[1] et elle avait rêvé la maisonnette
de bambous, le nègre Domingo, le chien Fidèle, mais surtout

---

1. *Paul et Virginie* de Bernardin de Saint-Pierre (1787) : roman qui a pour cadre
l'île de France (île Maurice). L'auteur montre la naissance de l'amour entre deux
enfants élevés au sein de la nature.

───────── QUESTIONS ─────────

9. Comment se déclenche chez Rouault le mécanisme du souvenir à
partir de la réalité présente? Quel souvenir est associé aux images du jour
de son mariage? — La sensibilité de Rouault d'après cette évocation
du passé.

10. SUR L'ENSEMBLE DU CHAPITRE IV. — La technique et l'art de la
description : comment s'orchestrent les différents thèmes en s'appuyant
sur le déroulement chronologique?

— La couleur locale : comment les détails de la vie normande prennent-
ils place dans ce tableau? Le pittoresque est-il exploité de la même manière
que chez les romantiques?

— Flaubert peintre d'un groupe humain : quel est le sentiment collectif
qui domine cette journée? Que deviennent les individus au cours de cette
noce, et notamment Emma et Charles?

— La noce de campagne vue par Flaubert et par George Sand : faites
une comparaison entre les deux techniques.

l'amitié douce de quelque bon petit frère, qui va chercher pour
vous des fruits rouges dans des grands arbres plus hauts que
5 des clochers, ou qui court pieds nus sur le sable, vous apportant un nid d'oiseau. (1)

Lorsqu'elle eut treize ans, son père l'amena lui-même à
la ville, pour la mettre au couvent. Ils descendirent dans une
auberge du quartier Saint-Gervais¹, où ils eurent à leur souper
10 des assiettes peintes qui représentaient l'histoire de Mademoiselle de La Vallière². Les explications légendaires³, coupées çà
et là par l'égratignure des couteaux, glorifiaient toutes la religion, les délicatesses de cœur et les pompes de la Cour. (2)

Loin de s'ennuyer au couvent les premiers temps, elle se
15 plut dans la société des bonnes sœurs, qui, pour l'amuser,
la conduisaient dans la chapelle, où l'on pénétrait du réfectoire par un long corridor. Elle jouait fort peu durant les
récréations, comprenait bien le catéchisme, et c'est elle qui
répondait toujours à M. le vicaire, dans les questions difficiles.
20 Vivant donc sans jamais sortir de la tiède atmosphère des
classes et parmi ces femmes au teint blanc portant des cha-
pelets à croix de cuivre, elle s'assoupit doucement à la langueur
mystique qui s'exhale des parfums de l'autel, de la fraîcheur
des bénitiers et du rayonnement des cierges. Au lieu de suivre
25 la messe, elle regardait dans son livre les vignettes pieuses
bordées d'azur, et elle aimait la brebis malade⁴, le sacré cœur

---

1. *Saint-Gervais :* quartier de Rouen ; 2. Louise de La Baume Le Blanc, duchesse
de La Vallière, favorite de Louis XIV au début du règne. Elle fut supplantée dès 1667
par Mᵐᵉ de Montespan, mais resta à la Cour jusqu'en 1671. Elle se retira définiti-
vement dans un couvent de carmélites en 1674 ; 3. *Légendaires :* sous forme de légendes,
c'est-à-dire d'inscriptions ; 4. Le Bon Pasteur la prend dans ses bras. Cette parabole
s'applique aux prêtres qui doivent ramener dans le sein de l'Église les âmes péche-
resses.

─────────── **QUESTIONS** ───────────

1. Si on se rappelle le détail évoqué à la fin du chapitre IV (lignes 176-
177) [la mort du fils aîné de Rouault], comprend-on mieux l'influence de
Paul et Virginie sur l'enfance d'Emma ? — Par quels traits le romancier
laisse-t-il comprendre que le roman de Bernardin a été saisi par une imagination enfantine ? — Comparez à l'influence exercée par le même livre
sur Véronique dans le *Curé de village* de Balzac.

2. Le premier contact avec la ville : à quelles images est-il lié dans le
souvenir d'Emma ? — La vérité psychologique de cette impression
d'enfance : la disproportion entre le fait lui-même et ses conséquences.
— Étudiez la valeur des temps (lignes 7-13). — Pourquoi Flaubert choisit-il Mˡˡᵉ de La Vallière ? N'y a-t-il pas là un avertissement ?

percé de flèches aiguës[1], ou le pauvre Jésus qui tombe en marchant sur sa croix[2]. Elle essaya, par mortification, de rester
tout un jour sans manger. Elle cherchait dans sa tête quelque
30 vœu à accomplir.

Quand elle allait à confesse, elle inventait de petits péchés,
afin de rester là plus longtemps, à genoux dans l'ombre, les
mains jointes, le visage à la grille sous le chuchotement du
prêtre. Les comparaisons de fiancé, d'époux, d'amant céleste
35 et de mariage éternel[3] qui reviennent dans les sermons lui
soulevaient au fond de l'âme des douceurs inattendues. (3)

Le soir, avant la prière, on faisait dans l'étude une lecture
religieuse. C'était, pendant la semaine, quelque résumé d'Histoire sainte ou les *Conférences* de l'abbé Frayssinous[4], et, le
40 dimanche, des passages du *Génie du christianisme*[5], par récréa-
tion. Comme elle écouta, les premières fois, la lamentation
sonore des mélancolies romantiques se répétant à tous les
échos de la terre et de l'éternité! Si son enfance se fût écoulée
dans l'arrière-boutique d'un quartier marchand, elle se serait
45 peut-être ouverte alors aux envahissements lyriques de la
nature, qui, d'ordinaire, ne nous arrivent que par la traduction
des écrivains. Mais elle connaissait trop la campagne; elle
savait le bêlement des troupeaux, les laitages, les charrues.
Habituée aux aspects calmes, elle se tournait au contraire vers

---

1. Le cœur de Jésus, à qui l'Église catholique rend un culte de latrie, c'est-à-dire
dû à Dieu seul. La bienheureuse Marguerite-Marie Alacoque a introduit ce culte
au xviiᵉ siècle; 2. Le Christ porte sa croix le jour de sa passion; il trébuche et il
tombe à trois reprises. Toutes les illustrations se trouvent dans les missels; 3. Expressions de l'amour mystique, empruntées aux textes bibliques, notamment au *Cantique
des cantiques;* 4. Denis, comte de Frayssinous (1765-1841), prêtre, puis évêque,
grand maître de l'Université et ministre des Affaires ecclésiastiques. Il fut l'anima-
teur de la réaction religieuse sous la Restauration. Auteur de la *Défense du christianisme* et des *Libertés gallicanes*, il inaugura le genre des *Conférences*, où devait
s'illustrer Lacordaire; 5. *Génie du christianisme :* œuvre de Chateaubriand (1802).
Celui-ci veut prouver la véracité du christianisme en s'appuyant sur des arguments
d'ordre sentimental et esthétique.

=== **QUESTIONS** ===

3. La composition de ce portrait d'Emma au couvent : comment
chaque moment de sa vie de pensionnaire et chaque exercice sont-ils
pour elle causes d'une jouissance nouvelle? — La valeur de l'expression
la *langueur mystique* (lignes 22-23) : ne résume-t-elle pas tous les états
d'âme d'Emma? — L'importance des rites et des aspects extérieurs de
la religion pour Emma. Ce passage contient-il une critique implicite
de la formation religieuse donnée dans les couvents? Ou bien Emma est-elle
un cas singulier?

50 les accidentés. Elle n'aimait la mer qu'à cause de ses tempêtes, et la verdure seulement lorsqu'elle était clairsemée parmi les ruines. Il fallait qu'elle pût retirer des choses une sorte de profit personnel; et elle rejetait comme inutile tout ce qui ne contribuait pas à la consommation immédiate de son cœur,
55 — étant de tempérament plus sentimentale qu'artiste, cherchant des émotions et non des paysages. (4)

Il y avait au couvent une vieille fille qui venait tous les mois, pendant huit jours, travailler à la lingerie. Protégée par l'archevêché comme appartenant à une ancienne famille de gentils-
60 hommes ruinés sous la Révolution, elle mangeait au réfectoire à la table des bonnes sœurs, et faisait avec elles, après le repas, un petit bout de causette avant de remonter à son ouvrage. Souvent les pensionnaires s'échappaient de l'étude pour l'aller voir. Elle savait par cœur des chansons galantes du siècle passé,
65 qu'elle chantait à demi-voix, tout en poussant son aiguille. Elle contait des histoires, vous apprenait des nouvelles, faisait en ville vos commissions, et prêtait aux grandes, en cachette, quelque roman qu'elle avait toujours dans les poches de son tablier, et dont la bonne demoiselle elle-même avalait de longs
70 chapitres, dans les intervalles de sa besogne (5). Ce n'étaient qu'amours, amants, amantes, dames persécutées s'évanouissant dans des pavillons solitaires, postillons qu'on tue à tous les relais, chevaux qu'on crève à toutes les pages, forêts sombres, troubles du cœur, serments, sanglots, larmes et baisers, nacelles
75 au clair de lune, rossignols dans les bosquets, *messieurs* braves comme des lions, doux comme des agneaux, vertueux comme

—————— QUESTIONS ——————

4. Pourquoi le *Génie du christianisme* est-il une œuvre particulièrement propre à influer sur la sensibilité d'Emma? — La phrase consacrée à Chateaubriand (lignes 41-43) est une parodie : montrez-le par l'étude du vocabulaire et du rythme. — Commentez la formule sur *les envahissements lyriques de la nature, qui, d'ordinaire, ne nous arrivent que par la traduction des écrivains* (lignes 45-47); quelle est l'opinion de Flaubert sur le sentiment de la nature? — Comment la condition sociale d'Emma explique-t-elle, tout autant que sa nature, le « profit » qu'elle tire du *Génie du christianisme?* Le résultat est-il conforme à l'intention qui avait déterminé les « bonnes sœurs » à faire la lecture de Chateaubriand à leurs pensionnaires? — Le thème des ruines : pourquoi Emma aime-t-elle les aspects accidentés?

5. La vieille fille : comment Flaubert réussit-il en quelques lignes à camper un personnage secondaire et anonyme? Quel attrait représente-t-elle pour les pensionnaires du couvent?

on ne l'est pas, toujours bien mis, et qui pleurent comme des
urnes. Pendant six mois, à quinze ans, Emma se graissa donc
les mains à cette poussière des vieux cabinets de lecture. Avec
80 Walter Scott[1], plus tard, elle s'éprit de choses historiques,
rêva bahuts, salle des gardes et ménestrels[2]. Elle aurait voulu
vivre dans quelque vieux manoir, comme ces châtelaines au
long corsage qui, sous le trèfle[3] des ogives, passaient leurs
jours, le coude sur la pierre et le menton dans la main, à regar-
85 der venir du fond de la campagne un cavalier à plume blanche
qui galope sur un cheval noir. Elle eut dans ce temps-là le culte
de Marie Stuart[4] et des vénérations enthousiastes à l'endroit
des femmes illustres ou infortunées. Jeanne Darc, Héloïse[5],
Agnès Sorel[6], la belle Ferronnière[7] et Clémence Isaure[8], pour
90 elle, se détachaient comme des comètes sur l'immensité téné-
breuse de l'histoire, où saillissaient encore çà et là, mais plus
perdus dans l'ombre et sans aucun rapport entre eux, Saint
Louis avec son chêne, Bayard mourant, quelques férocités de
Louis XI, un peu de Saint-Barthélemy, le panache du Béar-
95 nais, et toujours le souvenir des assiettes peintes où Louis XIV
était vanté. **(6)**

A la classe de musique, dans les romances qu'elle chantait, il n'était question que de petits anges aux ailes d'or, de
madones, de lagunes, de gondoliers, pacifiques compositions
100 qui lui laissaient entrevoir, à travers la niaiserie du style et les

1. *Walter Scott* : romancier anglais (1771-1832). Principales œuvres : *les Puri-
tains d'Écosse, la Fiancée de Lammermoor, Ivanhoé, Quentin Durward, la Jolie Fille
de Perth*. Ces œuvres avaient remis à la mode la vie du Moyen Âge et les épisodes
de la chevalerie ; 2. *Ménestrel* : poète ou musicien qui chantait des poèmes dans les
châteaux ; 3. *Trèfle* : ornement en forme de trèfle, dans l'architecture gothique ;
4. *Marie Stuart* : veuve de François II, roi de France ; elle fut mise à mort sur l'ordre
d'Élisabeth d'Angleterre ; 5. *Héloïse* (1101-1164) : rendue célèbre par sa passion
pour le philosophe Pierre Abélard. La correspondance (en latin) d'Héloïse et d'Abélard est un mélange de piété et de passion ; 6. *Sorel* (1422-1450) : favorite de Charles VII
morte brusquement, empoisonnée peut-être par le futur Louis XI ; 7. *Ferronnière* :
femme d'un avocat du parlement, nommé La Ferron ; séduite par François Ier ;
8. *Isaure* : dame toulousaine qui aurait fondé les jeux Floraux au XIVe siècle. Les
critiques modernes affirment la fausseté de cette légende.

─────── **QUESTIONS** ───────

6. L'univers romanesque d'Emma : à quel âge prend-il forme pour
elle ? Sous quel aspect paraissent ici les différents thèmes des romans à
la mode à l'époque romantique ? S'agit-il d'une présentation objective ?
A quels signes discerne-t-on les intentions satiriques de Flaubert ? —
Essayez de classer les thèmes romanesques accumulés dans cette énumération : peut-on citer dans certains cas des œuvres précises où l'on trouve
ces thèmes ? — L'importance du dernier détail (ligne 95) : en grandissant,
Emma se délivre-t-elle de ce souvenir encore enfantin ?

imprudences[1] de la note, l'attirante fantasmagorie des réalités
sentimentales (7). Quelques-unes de ses camarades apportaient au couvent les keepsakes[2] qu'elles avaient reçus en
étrennes. Il les fallait cacher, c'était une affaire; on les lisait
105 au dortoir. Maniant délicatement leurs belles reliures de satin,
Emma fixait ses regards éblouis sur le nom des auteurs incon-
nus qui avaient signé, le plus souvent, comtes ou vicomtes,
au bas de leurs pièces.

Elle frémissait, en soulevant de son haleine le papier de soie
110 des gravures, qui se levait à demi plié et retombait doucement
contre la page. C'était, derrière la balustrade d'un balcon, un
jeune homme en court manteau qui serrait dans ses bras une
jeune fille en robe blanche, portant une aumônière[3] à sa ceinture; ou bien les portraits anonymes des ladies anglaises à
115 boucles blondes qui, sous leur chapeau de paille rond, vous
regardent avec leurs grands yeux clairs. On en voyait d'étalées
dans des voitures, glissant au milieu des parcs, où un lévrier
sautait devant l'attelage que conduisaient au trot deux petits
postillons en culotte blanche. D'autres, rêvant sur des sofas
120 près d'un billet décacheté, contemplaient la lune, par la fenêtre
entr'ouverte, à demi drapée d'un rideau noir. Les naïves, une
larme sur la joue, becquetaient une tourterelle à travers les
barreaux d'une cage gothique, ou, souriant la tête sur l'épaule,
effeuillaient une marguerite de leurs doigts pointus, retroussés
125 comme des souliers à la poulaine[4]. Et vous y étiez aussi, sul-
tans à longues pipes, pâmés sous des tonnelles aux bras des
bayadères[5], djiaours[6], sabres turcs, bonnets grecs, et vous
surtout, paysages blafards des contrées dithyrambiques[7], qui
souvent nous montrez à la fois des palmiers, des sapins, des

---

1. Le mauvais goût de notes trop hautes; 2. *Keepsake :* livre contenant des pièces
de vers, des morceaux de prose, et que l'on garde en souvenir (anglais *to keep*, « garder », « conserver »). Pratique très à la mode durant la première moitié du siècle;
3. *Aumônière :* bourse; 4. Chaussures à pointe recourbée, d'origine polonaise, comme
on en portait aux xɪvᵉ et xvᵉ siècles; 5. *Bayadère :* danseuse hindoue; 6. *Djiaour*
ou *giaour :* terme de mépris donné par les musulmans aux chrétiens; mais une œuvre
de Byron, *le Giaour* (1813), avait éveillé la sympathie de l'Europe pour la Grèce,
opprimée par les Turcs; 7. L'adjectif *blafards* s'applique sans doute aux couleurs
douceâtres des images; le terme *dithyrambiques* s'applique aux paysages dont on fait
un éloge naïvement enthousiaste.

——— QUESTIONS ———

7. Est-il étonnant qu'Emma soit sensible à la musique? Quelle révélation celle-ci lui apporte-t-elle? — L'opinion de Flaubert sur certaines
formes du romantisme ne devient-elle pas plus explicite?

130 tigres à droite, un lion à gauche, des minarets tartares à l'horizon, au premier plan des ruines romaines, puis des chameaux
accroupis ; — le tout encadré d'une forêt vierge bien nettoyée,
et avec un grand rayon de soleil perpendiculaire tremblotant
dans l'eau, où se détachent en écorchures blanches, sur un
135 fond d'acier gris, de loin en loin, des cygnes qui nagent. (8)

Et l'abat-jour du quinquet[1], accroché dans la muraille
au-dessus de la tête d'Emma, éclairait tous ces tableaux du
monde, qui passaient devant elle les uns après les autres dans
le silence du dortoir et au bruit lointain de quelque fiacre
140 attardé qui roulait encore sur les boulevards. (9)

Quand sa mère mourut, elle pleura beaucoup les premiers
jours. Elle se fit faire un tableau funèbre avec les cheveux de
la défunte, et, dans une lettre qu'elle envoyait aux Bertaux,
toute pleine de réflexions tristes sur la vie, elle demandait
145 qu'on l'ensevelît plus tard dans le même tombeau. Le bonhomme la crut malade et vint la voir. Emma fut intérieurement satisfaite de se sentir arrivée du premier coup à ce rare
idéal des existences pâles, où ne parviennent jamais les cœurs
médiocres. Elle se laissa donc glisser dans les méandres lamar-
150 tiniens, écouta les harpes sur les lacs, tous les chants de cygnes
mourants, toutes les chutes de feuilles, les vierges pures qui
montent au ciel, et la voix de l'Éternel discourant dans les
vallons. Elle s'en ennuya, n'en voulut point convenir, continua
par habitude, ensuite par vanité et fut enfin surprise de se sen-
155 tir apaisée, et sans plus de tristesse au cœur que de rides sur
son front. (10)

---

1. *Quinquet :* lampe à huile (du nom du fabricant) avec réservoir placé plus haut
que la mèche.

--- **QUESTIONS** ---

8. L'imagerie romantique : étudiez les procédés descriptifs qui créent
un effet de parodie. Quels sont les deux aspects du romantisme qui se
juxtaposent dans cette énumération ? — De quelle façon cette imagerie
agit-elle sur Emma ? Par quelles illusions se trouve désormais faussée
sa vision du monde réel ?

9. Le contraste entre le cadre médiocre et le rêve : ce contraste ne
prend-il pas une valeur symbolique ?

10. Emma face aux réalités de la vie : comment les sentiments qu'elle
éprouve à la mort de sa mère prouvent-ils que sa sensibilité est défor-
mée ? — Les thèmes lamartiniens : pourquoi les appeler des *méandres* ?
Quels titres précis de poèmes peut-on mettre derrière les diverses allusions
de Flaubert ? — L'importance psychologique au moment où Emma prend
conscience de l'inanité de ses sentiments : pourrait-elle à ce moment
revenir à une sensibilité « naturelle » ?

Les bonnes religieuses, qui avaient si bien présumé de sa vocation, s'aperçurent avec de grands étonnements que Mademoiselle Rouault semblait échapper à leur soin. Elles lui
160 avaient, en effet, tant prodigué les offices, les retraites, les neuvaines[1], les sermons, si bien prêché le respect que l'on doit aux saints et aux martyrs, et donné tant de bons conseils pour la modestie du corps et le salut de son âme, qu'elle fit comme les chevaux que l'on tire par la bride : elle s'arrêta court et
165 le mors lui sortit des dents. Cet esprit, positif au milieu de ses enthousiasmes, qui avait aimé l'église pour ses fleurs, la musique pour les paroles des romances, et la littérature pour ses excitations passionnelles, s'insurgeait devant les mystères de la foi, de même qu'elle s'irritait davantage contre la discipline,
170 qui était quelque chose d'antipathique à sa constitution. Quand son père la retira de pension, on ne fut point fâché de la voir partir. La supérieure trouvait même qu'elle était devenue, dans les derniers temps, peu révérencieuse envers la communauté. (11)

175 Emma, rentrée chez elle, se plut d'abord au commandement des domestiques, prit ensuite la campagne en dégoût et regretta son couvent. Quand Charles vint aux Bertaux pour la première fois, elle se considérait comme fort désillusionnée, n'ayant plus rien à apprendre, ne devant plus rien sentir.

180 Mais l'anxiété d'un état nouveau, ou peut-être l'irritation causée par la présence de cet homme, avait suffi à lui faire croire qu'elle possédait enfin cette passion merveilleuse qui jusqu'alors s'était tenue comme un grand oiseau au plumage rose planant dans la splendeur des ciels poétiques; — et elle
185 ne pouvait s'imaginer à présent que ce calme où elle vivait fût le bonheur qu'elle avait rêvé. (12) (13)

---

1. *Neuvaine :* prières que l'on récite durant neuf jours consécutifs dans l'intention d'obtenir une grâce précise.

─────── **QUESTIONS** ───────

11. Que cherche donc Emma dans la religion? Cet état de demi-révolte était-il prévisible? — Comparez ce passage au début du chapitre (lignes 14-30) : quel chemin a été parcouru par Emma depuis l'entrée au couvent?

12. Les deux étapes de la vie d'Emma depuis son retour du couvent : manque-t-elle d'esprit pratique? Pourquoi n'arrive-t-elle pas à trouver son équilibre psychologique?

13. QUESTIONS SUR L'ENSEMBLE DU CHAPITRE VI : voir page suivante.

VII

[Emma rêve de voyages dans des pays lointains; mais elle n'ose se confier à son mari, qui se complaît dans les platitudes et dans les lieux communs. Sans curiosité ni passion, Charles n'a rien à dire, rien à révéler à Emma, qui commence à lui garder une sourde rancune de cette quiétude et de cette sérénité : Emma ne peut se résigner à cette désillusion; « elle voulut se donner de l'amour » : poésie, musique, tous les moyens romanesques sont par elle mis en œuvre. Mais « elle se trouvait ensuite aussi calme qu'auparavant, et Charles n'en paraissait ni plus amoureux ni plus remué ». Elle se prend à regretter ce qui aurait pu être et se réfugie dans le rêve : n'aurait-elle pu rencontrer un autre homme, beau et spirituel? Cependant, un événement imprévu survient dans la petite vie si tranquille de Tostes : le médecin et sa femme sont invités par le marquis d'Andervilliers à la Vaubyessard. Charles a guéri le marquis d'un abcès dans la bouche, et le marquis pense que Mᵐᵉ Bovary ne déparera pas le bal qu'il va donner. Les deux époux arrivent au château à la nuit tombante.]

──────── **QUESTIONS** ────────

13. Sur l'ensemble du chapitre vi. — La place du chapitre dans l'ensemble de la première partie : pourquoi ce retour en arrière sur l'enfance et la pension d'Emma? Comparez cette présentation à celle de Charles au chapitre premier.

— La technique romanesque : comment Flaubert conçoit-il l'analyse d'un caractère? Montrez qu'elle est à ses yeux inséparable de l'évolution dans le temps; la chronologie de l'histoire d'Emma est-elle toutefois aussi précise qu'elle le serait chez Balzac? Le romancier, d'autre part, voit-il toujours son personnage du dehors?

— La conception psychologique de Flaubert : dans quelle mesure peut-on dire qu'il croit à la permanence de certaines tendances naturelles chez un être? Comment joue l'influence du milieu? Montrez le rôle des idées reçues dans la formation d'Emma : pourquoi créent-elles en elle non le conformisme, mais l'illusion dans tous les domaines? Dégagez la complexité et les contradictions de son caractère au moment où elle vient de se marier.

— L'éducation des couvents et ses résultats : comparez le point de vue de Flaubert à celui de Molière sur l'éducation d'Agnès dans l'*Ecole des femmes* et à celui de Musset sur celle de Camille dans *On ne badine pas avec l'amour*.

— Le romantisme vu par Flaubert : par quels moyens le romancier réussit-il à faire entrer dans ce chapitre tous les aspects du romantisme? Comparez avec la première des *Lettres de Dupuis et Cotonet* de Musset. En quoi le procédé de l'accumulation est-il caractéristique de l'esprit de Flaubert? Est-il vraisemblable qu'Emma ait ainsi pris contact avec toute l'histoire du romantisme?

VIII

Le château, de construction moderne, à l'italienne[1], avec
deux ailes avançant et trois perrons, se déployait au bas d'une
immense pelouse où paissaient quelques vaches, entre des
bouquets de grands arbres espacés, tandis que des bannettes[2]
5 d'arbustes, rhododendrons, seringas, et boules-de-neige[3], bombaient leurs touffes de verdure inégales sur la ligne courbe du
chemin sablé. Une rivière passait sous un pont; à travers la
brume on distinguait des bâtiments à toit de chaume, épar-
pillés dans la prairie, que bordaient en pente douce deux coteaux
10 couverts de bois, et par derrière, dans les massifs, se tenaient,
sur deux lignes parallèles, les remises et les écuries, restes
conservés de l'ancien château démoli[4]. (1)

Le *boc*[5] de Charles s'arrêta devant le perron du milieu; des
domestiques parurent; le Marquis s'avança et, offrant son
15 bras à la femme du médecin, l'introduisit dans le vestibule.

Il était pavé de dalles en marbre, très haut, et le bruit des
pas avec celui des voix y retentissait comme dans une église.
En face montait un escalier droit, et à gauche une galerie
donnant sur le jardin conduisait à la salle de billard, dont on
20 entendait, dès la porte, caramboler les boules d'ivoire. Comme
elle la traversait pour aller au salon, Emma vit autour du jeu
des hommes à figure grave, le menton posé sur de hautes
cravates, décorés tous, et qui souriaient silencieusement en
poussant leur queue. Sur la boiserie sombre du lambris, de
25 grands cadres dorés portaient, au bas de leur bordure, des
noms écrits en lettres noires. Elle lut : « Jean-Antoine d'Andervilliers d'Yverbonville, comte de la Vaubyessard et baron de
la Fresnaye, tué à la bataille de Coutras[6] le 20 octobre 1587. »

1. La construction *à l'italienne* avait été introduite au XVIᵉ siècle par les architectes
italiens (exemple : le palais du Luxembourg à Paris). Au XIXᵉ siècle, on imita ce
style, comme on imita le gothique, pour donner l'illusion de l'ancienneté; 2. *Bannette* : petite corbeille; se dit rarement en ce sens pour désigner un groupe de fleurs
ou d'arbustes; 3. *Boules-de-neige* : variété de viorne avec de grosses fleurs blanches;
arbrisseau assez commun; 4. Le château de Cailly, aux environs de Ry, peut répondre
à cette description; 5. Pour faire plaisir à Emma, Charles lui avait acheté un *boc*,
petit tilbury à deux places; 6. *Coutras* : victoire d'Henri de Navarre sur le duc de
Joyeuse (1587).

─────── **QUESTIONS** ───────

1. Le plan de cette description panoramique. Recherchez les détails
qui, sous une objectivité apparente, laissent percer une légère ironie sur
le bon goût des propriétaires et sur leur situation.

Et sur un autre : « Jean-Antoine-Henry-Guy d'Andervilliers
30 de la Vaubyessard, amiral de France et chevalier de l'ordre
de Saint-Michel[1], blessé au combat de la Hougue-Saint-Vaast[2]
le 29 mai 1692, mort à la Vaubyessard le 23 janvier 1693. »
Puis on distinguait à peine ceux qui suivaient, car la lumière
des lampes, rabattue sur le tapis vert du billard, laissait flotter
35 une ombre dans l'appartement. Brunissant les toiles verticales,
elle se brisait contre elles en arêtes fines, selon les craquelures
du vernis; et de tous ces grands carrés noirs bordés d'or sortaient, çà et là, quelque portion plus claire de la peinture, un
front pâle, deux yeux qui vous regardaient, des perruques se
40 déroulant sur l'épaule poudrée des habits rouges, ou bien la
boucle d'une jarretière en haut d'un mollet rebondi. (2)

Le Marquis ouvrit la porte du salon; une des dames se leva
(la Marquise elle-même), vint à la rencontre d'Emma et la
fit asseoir près d'elle, sur une causeuse[3], où elle se mit à lui
45 parler amicalement, comme si elle la connaissait depuis longtemps. C'était une femme de la quarantaine environ, à belles
épaules, à nez busqué, à la voix traînante, et portant, ce soir-là,
sur ses cheveux châtains, un simple fichu de guipure[4] qui
retombait par derrière, en triangle. Une jeune personne blonde
50 se tenait à côté, dans une chaise à dossier long; et des messieurs,
qui avaient une petite fleur à la boutonnière de leur habit,
causaient avec les dames, tout autour de la cheminée. (3)

A sept heures, on servit le dîner. Les hommes, plus nombreux, s'assirent à la première table dans le vestibule, et les
55 dames à la seconde, dans la salle à manger, avec le Marquis
et la Marquise.

Emma se sentit, en entrant, enveloppée par un air chaud,

---

1. *Saint-Michel* : ordre militaire datant de Louis XI; 2. *La Hougue* : défaite navale
de Tourville contre les flottes anglaise et hollandaise; 3. *Causeuse* : petit canapé
où peuvent s'asseoir deux personnes; 4. *Guipure* : dentelle à mailles larges.

——— QUESTIONS ———

2. Le mouvement de cette description : montrez que le lecteur ne
connaît le décor que par les impressions d'Emma. Analysez chacune de
ces impressions et expliquez les motifs qui font remarquer à la jeune
femme tel détail plutôt que tel autre. — Pourquoi tant d'attirance pour
les portraits de famille et leurs souvenirs héroïques? — Étudiez le style
de la dernière phrase (lignes 35-41) : dans quelle mesure le romancier se
substitue-t-il à son personnage?
3. Les croquis de Flaubert : par quels procédés esquisse-t-il les personnages secondaires?

mélange du parfum des fleurs et du beau linge, du fumet des
viandes et de l'odeur des truffes. Les bougies des candélabres
60 allongeaient des flammes sur les cloches[1] d'argent; les cristaux
à facettes, couverts d'une buée mate, se renvoyaient des rayons
pâles; des bouquets étaient en ligne sur toute la longueur de
la table, et, dans les assiettes à large bordure, les serviettes,
arrangées en manière de bonnet d'évêque, tenaient entre le
65 bâillement de leurs deux plis chacune un petit pain de forme
ovale. Les pattes rouges des homards dépassaient les plats;
de gros fruits dans des corbeilles à jour s'étageaient sur la
mousse; les cailles avaient leurs plumes, des fumées montaient;
et, en bas de soie, en culotte courte, en cravate blanche, en
70 jabot[2], grave comme un juge, le maître d'hôtel, passant entre
les épaules des convives les plats tout découpés, faisait d'un
coup de sa cuiller sauter pour vous le morceau qu'on choisis-
sait. Sur le grand poêle de porcelaine à baguettes de cuivre,
une statue de femme drapée jusqu'au menton regardait immo-
75 bile la salle pleine de monde. (4)

Madame Bovary remarqua que plusieurs dames n'avaient
pas mis leurs gants dans leur verre[3]. (5)

Cependant, au haut bout[4] de la table, seul parmi toutes ces
femmes, courbé sur son assiette remplie et la serviette nouée
80 dans le dos comme un enfant, un vieillard mangeait, laissant
tomber de sa bouche des gouttes de sauce. Il avait les yeux
éraillés[5] et portait une petite queue enroulée d'un ruban noir.
C'était le beau-père du marquis, le vieux duc de Laverdière,
l'ancien favori du comte d'Artois[6], dans le temps des parties

1. *Cloches :* couvercles qui couvrent les plats afin d'empêcher le refroidissement;
2. *Jabot :* pièce d'habillement, en dentelle, attachée comme ornement, à l'ouverture
de la chemise; 3. Usage à la mode vers 1830, mais qui commençait à être désuet :
une femme indiquait ainsi qu'elle ne voulait pas boire de vin; 4. *Hautbout :* celui
qui se trouve à l'opposé de la maîtresse de maison; 5. *Eraillés :* pleins de filets rouges;
6. Le futur Charles X, connu avant 1789, à la cour de son frère Louis XVI, pour ses
prodigalités et ses débordements.

─────── **QUESTIONS** ───────

4. Les effets de splendeur : analysez en détail cette description caractéristique de la manière de Flaubert en étudiant d'abord la composition
et l'ordre des éléments décrits, puis la précision du vocabulaire. —
Comparez ce tableau à celui de la table aux noces d'Emma (chap. IV,
lignes 86-110).

5. Précisez l'effet créé par ce détail ainsi que par le rythme et le vocabulaire de cette phrase après la description précédente — Devine-t-on
ce qu'a fait Emma elle-même en l'occurrence?

85 de chasse au Vaudreuil, chez le marquis de Conflans, et qui
avait été, disait-on, l'amant de la reine Marie-Antoinette entre
MM. de Coigny et de Lauzun. Il avait mené une vie bruyante
de débauches, pleine de duels, de paris, de femmes enlevées,
avait dévoré sa fortune et effrayé toute sa famille. Un domes-
90 tique, derrière sa chaise, lui nommait tout haut, dans l'oreille
les plats qu'il désignait du doigt en bégayant; et sans cesse
les yeux d'Emma revenaient d'eux-mêmes sur ce vieil homme
à lèvres pendantes, comme sur quelque chose d'extraordinaire
et d'auguste. Il avait vécu à la Cour et couché dans le lit des
95 reines! (6)

On versa du vin de Champagne à la glace. Emma frissonna
de toute sa peau en sentant ce froid dans sa bouche. Elle n'avait
jamais vu de grenades ni mangé d'ananas. Le sucre en poudre
même lui parut plus blanc et plus fin qu'ailleurs. (7)

100 Les dames, ensuite, montèrent dans leurs chambres s'apprêter
pour le bal.

Emma fit sa toilette avec la conscience méticuleuse d'une
actrice à son début. Elle disposa ses cheveux d'après les recommandations du coiffeur, et elle entra dans sa robe de barège[1],
105 étalée sur le lit. Le pantalon de Charles le serrait au ventre.

« Les sous-pieds[2] vont me gêner pour danser, dit-il.

— Danser? reprit Emma.

— Oui !

— Mais tu as perdu la tête! on se moquerait de toi, reste
110 à ta place. D'ailleurs, c'est plus convenable pour un médecin », ajouta-t-elle.

Charles se tut. Il marchait de long en large, attendant
qu'Emma fût habillée.

---

1. *Barège* : sorte d'étoffe de laine légère, non croisée; tissu qui sans être vulgaire,
est sans doute moins luxueux que celui des toilettes des autres femmes à cette soirée;
2. *Sous-pieds* : bande de cuir ou d'étoffe qui passe sous le pied et qui s'attache au
bas de chaque jambe de pantalon.

--- **QUESTIONS** ---

6. Relevez dans le portrait du vieux duc tout ce qui fait un contraste
brutal avec ce qui l'entoure : quelle forme du réalisme « flaubertien »
apparaît ici? — La fascination exercée par ce personnage sur Emma
n'est-elle pas à la fois surprenante et logique? — La technique romanesque : est-ce seulement par les yeux d'Emma que nous voyons le duc de
Laverdière?

7. La sensualité d'Emma : comment chacun de ses sens est-il successivement flatté au cours de cette soirée? D'où vient ce goût du raffinement et du luxe? — Le romancier et son personnage : Flaubert ne se
moque-t-il pas un peu d'Emma?

Il la voyait par derrière, dans la glace, entre deux flambeaux.
115 Ses yeux noirs semblaient plus noirs. Ses bandeaux, doucement bombés vers les oreilles, luisaient d'un éclat bleu; une
rose à son chignon tremblait sur une tige mobile, avec des
gouttes d'eau factices au bout de ses feuilles. Elle avait une
robe de safran pâle, relevée par trois bouquets de roses pom-
120 pon mêlées de verdure.

Charles vint l'embrasser sur l'épaule.

« Laisse-moi! dit-elle, tu me chiffonnes. » (8)

On entendit une ritournelle de violon et les sons d'un cor.
Elle descendit l'escalier, se retenant de courir.

125 Les quadrilles[1] étaient commencés. Il arrivait du monde.
On se poussait. Elle se plaça près de la porte, sur une banquette.

Quand la contredanse fut finie, le parquet resta libre pour
les groupes d'hommes causant debout et les domestiques en
livrée qui apportaient de grands plateaux. Sur la ligne des
130 femmes assises, les éventails peints s'agitaient, les bouquets
cachaient à demi le sourire des visages, et les flacons à bouchon d'or tournaient dans des mains entr'ouvertes dont les
gants blancs marquaient la forme des ongles et serraient la
chair au poignet. Les garnitures de dentelles, les broches de
135 diamants, les bracelets à médaillon frissonnaient aux corsages,
scintillaient aux poitrines, bruissaient sur les bras nus. Les
chevelures, bien collées sur les fronts et tordues à la nuque,
avaient en couronnes, en grappes ou en rameaux, des myosotis,
du jasmin, des fleurs de grenadier, des épis ou des bleuets.
140 Pacifiques à leurs places, des mères à figure renfrognée portaient des turbans rouges[2]. (9)

Le cœur d'Emma lui battit un peu lorsque, son cavalier la
tenant par le bout des doigts, elle vint se mettre en ligne et

---

1. *Quadrille* : danse de salon, où les couples, en nombre pair, exécutent des figures
dérivées des anciennes contredanses. Le mot *contredanse*, trois lignes plus bas, est
synonyme de *quadrille*. Cette danse, mise à la mode à la fin du XVIIIᵉ siècle, est très
en vogue sous Napoléon III; 2. *Turban* : coiffure à l'orientale, en vogue vers 1820,
au moment de la mode de l'orientalisme.

─────── **QUESTIONS** ───────

8. En quoi ce moment marque-t-il une rupture entre les deux personnages? Sur quel ton Emma parle-t-elle à son mari? — L'habileté technique : comment cette scène permet-elle de décrire la toilette d'Emma?
Y avait-il avantage à nous la faire voir par le regard de Charles?

9. Les procédés de description : montrez que chaque image correspond à un détail saisi au passage par le regard. Comment l'ensemble
s'harmonise-t-il?

attendit le coup d'archet pour partir. Mais bientôt l'émotion
145 disparut; et, se balançant au rythme de l'orchestre, elle glissait
en avant, avec des mouvements légers du cou. Un sourire lui
montait aux lèvres à certaines délicatesses du violon, qui
jouait seul, quelquefois, quand les autres instruments se taisaient; on entendait le bruit clair des louis d'or qui se versaient
150 à côté, sur le tapis des tables; puis tout reprenait à la fois, le
cornet à pistons lançant un éclat sonore. Les pieds retombaient
en mesure, les jupes se bouffaient et frôlaient, les mains se
donnaient, se quittaient; les mêmes yeux, s'abaissant devant
vous, revenaient se fixer sur les vôtres. **(10)**

155 Quelques hommes (une quinzaine) de vingt-cinq à quarante
ans, disséminés parmi les danseurs ou causant à l'entrée des
portes, se distinguaient de la foule par un air de famille, quelles
que fussent leurs différences d'âge, de toilette ou de figure.

Leurs habits, mieux faits, semblaient d'un drap plus souple,
160 et leurs cheveux, ramenés en boucles vers les tempes, lustrés
par des pommades plus fines. Ils avaient le teint de la richesse,
ce teint blanc que rehaussent la pâleur des porcelaines, les
moires¹ du satin, le vernis des beaux meubles, et qu'entretient
dans sa santé un régime discret de nourritures exquises. Leur
165 cou tournait à l'aise sur des cravates basses; leurs favoris
longs tombaient sur des cols rabattus²; ils s'essuyaient les
lèvres à des mouchoirs brodés d'un large chiffre, d'où sortait
une odeur suave. Ceux qui commençaient à vieillir avaient l'air
jeune, tandis que quelque chose de mûr s'étendait sur le visage
170 des jeunes. Dans leurs regards indifférents flottait la quiétude
de passions journellement assouvies; et, à travers leurs manières
douces, perçait cette brutalité particulière qui communique la
domination de choses à demi faciles, dans lesquelles la force
s'exerce et où la vanité s'amuse, le maniement des chevaux de
175 race et la société des femmes perdues. **(11)**

---

1. *Moire* : d'abord étoffe aux couleurs changeantes; puis effets de lumière analogues à ceux que produisent les moires; 2. C'est la mode masculine du moment.

─────── **QUESTIONS** ───────

10. Comment le rythme de la danse est-il rendu? Montrez que les
impressions d'Emma s'intègrent à la description.

11. Le groupe des hommes est-il décrit de la même façon que celui
des femmes aux lignes 129-141? A quoi reconnaît-on le regard d'Emma
dans les détails mis en valeur? Quelle comparaison implicite avec Charles
comporte chacune de ses remarques? — La peinture d'une classe sociale
d'après ce paragraphe. Le rôle des *nourritures exquises* (ligne 164).

A trois pas d'Emma, un cavalier en habit bleu causait Italie avec une jeune femme pâle, portant une parure de perles. Ils vantaient la grosseur des piliers de Saint-Pierre[1], Tivoli, le Vésuve, Castellamare et les Cassines[2], les roses de Gênes, le
180 Colisée[3] au clair de lune. Emma écoutait de son autre oreille une conversation pleine de mots qu'elle ne comprenait pas. On entourait un tout jeune homme qui avait battu, la semaine d'avant, *Miss Arabelle* et *Romulus*[4], et gagné deux mille louis à sauter un fossé, en Angleterre[5]. L'un se plaignait de ses cou-
185 reurs[6] qui engraissaient; un autre, des fautes d'impression qui avaient dénaturé le nom de son cheval. **(12)**

L'air du bal était lourd; les lampes pâlissaient. On refluait dans la salle de billard. Un domestique monta sur une chaise et cassa deux vitres; au bruits des éclats de verre, madame
190 Bovary tourna la tête et aperçut dans le jardin, contre les carreaux, des faces de paysans qui regardaient. Alors le souvenir des Bertaux lui arriva. Elle revit la ferme, la mare bourbeuse, son père en blouse sous les pommiers, et elle se revit elle-même, comme autrefois, écrémant avec son doigt les ter-
195 rines de lait dans la laiterie. Mais, aux fulgurations de l'heure présente, sa vie passée, si nette jusqu'alors, s'évanouissait tout entière, et elle doutait presque de l'avoir vécue. Elle était là; puis, autour du bal, il n'y avait plus que de l'ombre, étalée sur tout le reste. Elle mangeait alors une glace au marasquin[7],
200 qu'elle tenait de la main gauche dans une coquille de vermeil, et fermait à demi les yeux, la cuiller entre les dents. **(13)**

---

1. La basilique Saint-Pierre de Rome; 2. *Tivoli :* l'ancienne Tibur, célèbre pour ses arcades. *Castellamare :* station thermale de la province de Naples. *Cassines :* promenade de Florence, située à l'ouest de la ville, en bordure de l'Arno; 3. *Colisée :* le grand amphithéâtre de Rome, à demi ruiné; 4. Nom de deux chevaux de course; 5. Allusion aux courses d'obstacles fort à la mode en Angleterre, alors que le sport hippique est beaucoup moins développé en France; 6. *Coureurs :* chevaux de selle propres pour la course; 7. *Marasquin :* liqueur faite avec la cerise nommée marasque.

--- **QUESTIONS** ---

12. Les thèmes des conversations : la part des idées reçues et du snobisme. Peut-on deviner les sentiments d'Emma à ce moment?

13. Étudiez la technique du « retour en arrière » : l'incident imaginé pour provoquer le souvenir du passé ne sent-il pas un peu l'artifice? Le passé est-il revécu dans sa totalité? Le rôle de la vue dans ce retour en arrière. — Emma « refuse » désormais son passé : expliquez cette attitude; discutez-en la vérité psychologique.

Une dame, près d'elle, laissa tomber son éventail. Un danseur passait.

205 « Que vous seriez bon, monsieur, dit la dame, de vouloir bien ramasser mon éventail, qui est derrière ce canapé. »

Le monsieur s'inclina, et, pendant qu'il faisait le mouvement d'étendre son bras, Emma vit la main de la jeune dame qui jetait dans son chapeau quelque chose de blanc, plié en triangle. Le monsieur, ramenant l'éventail, l'offrit à la dame,
210 respectueusement; elle le remercia d'un signe de tête et se mit à respirer son bouquet. (14)

Après le souper, où il y eut beaucoup de vins d'Espagne et de vins du Rhin, des potages à la bisque[1] et au lait d'amandes, des puddings à la Trafalgar et toutes sortes de viandes froides
215 avec des gelées alentour qui tremblaient dans les plats, les voitures, les unes après les autres, commencèrent à s'en aller. En écartant du coin le rideau de mousseline, on voyait glisser dans l'ombre la lumière de leurs lanternes. Les banquettes s'éclaircirent : quelques joueurs restaient encore; les musiciens
220 rafraîchissaient, sur leur langue, le bout de leurs doigts; Charles dormait à demi, le dos appuyé contre une porte.

A trois heures du matin, le cotillon[2] commença. Emma ne savait pas valser. Tout le monde valsait, mademoiselle d'Andervilliers elle-même[3] et la Marquise; il n'y avait plus que les
225 hôtes du château, une douzaine de personnes à peu près. (15)

Cependant, un des valseurs, qu'on appelait familièrement *Vicomte*, dont le gilet très ouvert semblait moulé sur la poitrine, vint une seconde fois encore inviter madame Bovary, l'assurant qu'il la guiderait et qu'elle s'en tirerait bien.

---

1. *Bisque* : potage de coulis d'écrevisses, de volaille ou de gibier; 2. *Cotillon* : sorte de danse à figures; 3. La valse, mise à la mode à l'époque romantique, était une danse « moderne », que les jeunes filles de bonne éducation n'étaient pas au début autorisées à danser, puisque le danseur y tient par la taille sa partenaire, contrairement aux danses classiques (menuet, etc.), où l'on se tenait par la main. C'est pourquoi Emma n'a pas appris à valser. Mais une fois de plus elle est en retard sur les usages de son temps, puisque certaines dames de bonne famille ne voient plus d'inconvenance à valser.

QUESTIONS

14. La révélation qu'apporte à Emma cet incident : comment se fait son « éducation sentimentale »? Les ruses de l'amour et les intrigues secrètes peuvent-elles choquer son goût du romanesque?

15. La marche du temps dans ce chapitre : comment Flaubert passe-t-il ici à un autre « moment » de la fête sans relâcher sa description? — Les apparitions de Charles au cours de cette soirée.

230   Ils commencèrent lentement, puis allèrent plus vite. Ils
tournaient : tout tournait autour d'eux, les lampes, les meubles,
les lambris, et le parquet, comme un disque sur un pivot. En
passant auprès des portes, la robe d'Emma, par le bas, s'éri-
flait[1] au pantalon ; leurs jambes entraient l'une dans l'autre ;
235 il baissait ses regards vers elle, elle levait les siens vers lui ;
une torpeur la prenait, elle s'arrêta. Ils repartirent ; et, d'un
mouvement plus rapide, le Vicomte, l'entraînant, disparut
avec elle jusqu'au bout de la galerie, où, haletante, elle faillit
tomber, et, un instant, s'appuya la tête sur sa poitrine. Et puis,
240 tournant toujours, mais plus doucement, il la reconduisit à
sa place ; elle se renversa contre la muraille et mit la main
devant ses yeux. **(16)**

    Quand elle les rouvrit, au milieu du salon, une dame assise
sur un tabouret avait devant elle trois valseurs agenouillés.
245 Elle choisit le Vicomte, et le violon recommença.

    On les regardait. Ils passaient et revenaient, elle immobile
du corps et le menton baissé, et lui toujours dans sa même pose,
la taille cambrée, le coude arrondi, la bouche en avant. Elle
savait valser, celle-là ! Ils continuèrent longtemps et fatiguèrent
250 tous les autres. **(17)**

    On causa quelques minutes encore, et, après les adieux, ou
plutôt le bonjour, les hôtes du château s'allèrent coucher.

    Charles se traînait à la rampe, les genoux *lui rentraient dans
le corps*. Il avait passé cinq heures de suite, tout debout devant
255 les tables, à regarder jouer au whist[2], sans y rien comprendre.
Aussi poussa-t-il un grand soupir de satisfaction lorsqu'il eut
retiré ses bottes.

    Emma mit un châle sur ses épaules, ouvrit la fenêtre et
s'accouda.
260   La nuit était noire. Quelques gouttes de pluie tombaient.
Elle aspira le vent humide qui lui rafraîchissait les paupières.

----

    1. Effleurait le pantalon ; le verbe *s'érifler* est un vieux mot ; 2. *Whist :* jeu de cartes
qui se joue à quatre personnes.

──────── **QUESTIONS** ────────

    16. Comparez cette deuxième danse à la première (lignes 142-154) :
le rythme est-il le même ? Cette différence tient-elle seulement à la cadence
de la valse ? Analysez l'influence de la danse sur Emma.

    17. Jusqu'ici, Emma avait-elle éprouvé ce sentiment d'envie ? Comment
l'expliquer ?

La musique du bal bourdonnait encore à ses oreilles, et elle
faisait des efforts pour se tenir éveillée, afin de prolonger
l'illusion de cette vie luxueuse qu'il lui faudrait tout à l'heure
265 abandonner.

Le petit jour parut. Elle regarda les fenêtres du château,
longuement, tâchant de deviner quelles étaient les chambres
de tous ceux qu'elle avait remarqués la veille. Elle aurait
voulu savoir leurs existences, y pénétrer, s'y confondre.
270 Mais elle grelottait de froid. Elle se déshabilla et se blottit
entre les draps, contre Charles qui dormait. **(18)**

Il y eut beaucoup de monde au déjeuner. Le repas dura dix
minutes; on ne servit aucune liqueur[1], ce qui étonna le médecin.
Ensuite mademoiselle d'Andervilliers ramassa des morceaux
275 de brioche dans une bannette[2], pour les porter aux cygnes
sur la pièce d'eau, et on s'alla promener dans la serre chaude,
où les plantes bizarres, hérissées de poils[3], s'étageaient en
pyramides sous des vases suspendus, qui, pareils à des nids
de serpents trop pleins, laissaient retomber, de leurs bords,
280 de longs cordons verts entrelacés. L'orangerie, que l'on trouvait au bout, menait à couvert jusqu'aux communs du château. Le Marquis, pour amuser la jeune femme, la mena voir
les écuries. Au-dessus des râteliers en forme de corbeille[4],
des plaques de porcelaine portaient en noir le nom des chevaux.
285 Chaque bête s'agitait dans sa stalle quand on passait près
d'elle, en claquant de la langue. Le plancher de la sellerie[5]
luisait à l'œil comme le parquet d'un salon. Des harnais de
voiture étaient dressés dans le milieu sur deux colonnes tour-
nantes, et les mors, les fouets, les étriers, les gourmettes[6] rangés
290 en ligne tout le long de la muraille.

Charles, cependant, alla prier un domestique d'atteler son

---

1. Bovary est habitué à en boire chez ses clients, dès le matin; **2.** *Bannette :* voir
page 55, note 2; **3.** Les piquants des cactus; **4.** *Corbeille :* râtelier semi-circulaire;
5. *Sellerie :* lieu où l'on range les selles et les harnais; **6.** *Gourmette :* chaînette qui
fixe le mors dans la bouche du cheval en réunissant les deux branches après avoir
passé sous la ganache (rebord postérieur de la mâchoire inférieure du cheval).

━━━━━ **QUESTIONS** ━━━━━

18. Les attitudes : que révèlent-elles sur les caractères? Comment
peut se résumer l'intérêt que Charles a trouvé à cette soirée? — La pro-
longation de l'enchantement : pourquoi Emma s'accroche-t-elle à ces
dernières impressions?

boc. On l'amena devant le perron, et, tous les paquets y étant
fourrés, les époux Bovary firent leurs politesses au Marquis
et à la Marquise, et repartirent pour Tostes.

295 Emma, silencieuse, regardait tourner les roues. Charles,
posé sur le bord extrême de la banquette, conduisait les deux
bras écartés, et le petit cheval trottait l'amble[1] dans les brancards, qui étaient trop larges pour lui. Les guides molles battaient sur sa croupe en s'y trempant d'écume[2], et la boîte
300 ficelée derrière le boc donnait contre la caisse de grands coups
réguliers.

Ils étaient sur les hauteurs de Thibourville, lorsque devant
eux, tout à coup, des cavaliers passèrent en riant, avec des
cigares à la bouche. Emma crut reconnaître le Vicomte; elle
305 se détourna, et n'aperçut à l'horizon que le mouvement des
têtes s'abaissant et montant, selon la cadence inégale du trot
ou du galop.

Un quart de lieue plus loin, il fallut s'arrêter pour raccom-
moder, avec de la corde, le reculement[3] qui était rompu. (19)
310 Mais Charles, donnant au harnais un dernier coup d'œil,
vit quelque chose par terre, entre les jambes de son cheval;
et il ramassa un porte-cigares tout bordé de soie verte et bla-
sonné à son milieu, comme la portière d'un carrosse.

« Il y a même deux cigares dedans, dit-il; ce sera pour ce
315 soir après dîner.

— Tu fumes donc? demanda-t-elle.

— Quelquefois, quand l'occasion se présente. »

Il mit sa trouvaille dans sa poche et fouetta le bidet. (20)

Quand ils arrivèrent chez eux, le dîner n'était point prêt.
320 Madame s'emporta. Nastasie[4] répondit insolemment.

« Partez! dit Emma. C'est se moquer, je vous chasse. »

---

1. *Amble* : allure dans laquelle le cheval déplace ensemble les deux jambes du
même côté, alternativement avec celles du côté opposé; 2. La sueur du cheval;
3. *Reculement* : pièce du harnais qui soutient la voiture quand le cheval recule; 4. *Nastasie* : la servante.

--------- QUESTIONS ---------

19. Pourquoi avoir imaginé la visite aux serres, à l'orangerie, aux
écuries? Ne pourrait-on reprocher à Flaubert de ne faire grâce à son
lecteur d'aucun recoin de ce château de la Vaubyessard? Quel aspect
de la technique de Flaubert apparaît ici? — Les étapes du désenchantement.

20. Quel est l'effet produit par la trouvaille? — Cet incident est-il
compatible avec la crédibilité qu'on peut exiger d'un roman réaliste?

Il y avait pour dîner de la soupe à l'oignon, avec un morceau de veau à l'oseille. Charles, assis devant Emma, dit en se frottant les mains d'un air heureux :

325 « Cela fait plaisir de se retrouver chez soi! »

On entendait Nastasie qui pleurait. Il aimait un peu cette pauvre fille. Elle lui avait, autrefois, tenu société pendant bien des soirs, dans les désœuvrements de son veuvage. C'était sa première pratique[1], sa plus ancienne connaissance du pays.

330 « Est-ce que tu l'as renvoyée pour tout de bon? dit-il enfin.
— Oui. Qui m'en empêche? » répondit-elle.

Puis ils se chauffèrent dans la cuisine, pendant qu'on apprêtait leur chambre. Charles se mit à fumer. Il fumait en avançant les lèvres, crachant à toute minute, se reculant à chaque
335 bouffée.

« Tu vas te faire mal », dit-elle dédaigneusement.

Il déposa son cigare, et courut avaler à la pompe un verre d'eau froide. Emma, saisissant le porte-cigares, le jeta vivement au fond de l'armoire. (21)

340 La journée fut longue, le lendemain. Elle se promena dans son jardinet, passant et revenant par les mêmes allées, s'arrêtant devant les plates-bandes, devant l'espalier, devant le curé de plâtre[2], considérant avec ébahissement toutes ces choses d'autrefois qu'elle connaissait si bien. Comme le bal déjà lui
345 semblait loin! Qui donc écartait, à tant de distance, le matin d'avant-hier et le soir d'aujourd'hui? Son voyage à la Vaubyessard avait fait un trou dans sa vie, à la manière de ces grandes crevasses qu'un orage, en une seule nuit, creuse quelquefois dans les montagnes. Elle se résigna pourtant : elle
350 serra pieusement dans la commode sa belle toilette et jusqu'à ses souliers de satin, dont la semelle s'était jaunie à la cire glissante du parquet. Son cœur était comme eux : au frottement de la richesse, il s'était placé dessus quelque chose qui ne s'effacerait pas.
355 Ce fut donc une occupation pour Emma que le souvenir de

---

1. *Pratique* : cliente; 2. Statue qui se trouve au fond du jardin.

───────── QUESTIONS ─────────

21. Sous quel nouvel aspect Emma se révèle-t-elle dès sa rentrée à la maison? S'attendait-on à la voir jouer les mégères? Pourquoi chasse-t-elle Nastasie? Comment s'explique ce changement d'attitude? — Charles face à l'autoritarisme de sa femme : pourquoi ne peut-on s'empêcher de penser au Chrysale de Molière? — Pourquoi Emma garde-t-elle le porte-cigares?

ce bal. Toutes les fois que revenait le mercredi, elle se disait en s'éveillant : « Ah! il y a huit jours... il y a quinze jours... il y a trois semaines, j'y étais! » Et peu à peu, les physionomies se confondirent dans sa mémoire; elle oublia l'air des contre-
360 danses; elle ne vit plus nettement les livrées et les appartements; quelques détails s'en allèrent, mais le regret lui resta. **(22) (23)**

IX

[Emma, en tenant le porte-cigares, se laisse aller à de longues rêveries; l'objet appartient au Vicomte, qui avait fait danser la jeune femme; or le Vicomte doit être à Paris. Ce nom s'entoure pour Emma d'une auréole magique. Elle se crée une vie imaginaire, grâce aux journaux et aux romans de Balzac et de George Sand.]

Paris, plus vaste que l'Océan, miroitait donc aux yeux d'Emma dans une atmosphère vermeille. La vie nombreuse qui s'agitait en ce tumulte y était cependant divisée par parties, classée en tableaux distincts. Emma n'en apercevait que deux ou trois
5 qui lui cachaient tous les autres et représentaient à eux seuls

─────── **QUESTIONS** ───────

22. Étudiez l'évolution progressive qui, avec le temps, vide le souvenir de son contenu sans faire disparaître le regret. Quel peut être alors l'état d'âme qui va envahir Emma? — Pourquoi sa première réaction de révolte s'évanouit-elle pour faire place à la résignation?

23. SUR L'ENSEMBLE DU CHAPITRE VIII. — La composition de ce chapitre : la description et le déroulement du temps; comparez de ce point de vue la soirée au château et le repas de noce (chap. IV).

— La description dans ce chapitre : dans quelle mesure images et impressions sont-elles celles d'Emma? A quels moments le romancier lui substitue-t-il le regard d'un autre personnage ou le sien propre? Qu'en conclure sur le *réalisme* et l'*objectivité* du romancier?

— Comparez la technique de Flaubert à celle de Stendhal décrivant un bal dans *le Rouge et le Noir* (deuxième partie, chap. VIII et IX) ou encore à celle de Balzac décrivant une soirée mondaine en province dans *Illusions perdues* (première partie : la soirée à Angoulême chez Mme de Bargeton). Flaubert fait-il la même utilisation du dialogue que les deux autres romanciers?

— En quoi cette fête constitue-t-elle pour Emma une initiation? Comment ses rêves prennent-ils corps et forme? Est-il sûr que la réalité ait toute la splendeur qu'Emma croit apercevoir? A quel moment Flaubert fait-il entrevoir le décalage entre la réalité et l'image que s'en fait son héroïne?

— Comparez la fête au château de la Vaubyessard à la « fête étrange » dans le *Grand Meaulnes*.

l'humanité complète. Le monde des ambassadeurs marchait
sur des parquets luisants, dans des salons lambrissés[1] de miroirs,
autour de tables ovales couvertes d'un tapis de velours à cré-
pines[2] d'or. Il y avait là des robes à queue, de grands mystères,
10 des angoisses dissimulées sous des sourires. Venait ensuite la
société des duchesses : on y était pâle; on se levait à quatre
heures; les femmes, pauvres anges! portaient du point d'Angleterre[3] au bas de leur jupon, et les hommes, capacités mécon-
nues sous des dehors futiles, crevaient leurs chevaux par par-
15 tie de plaisir, allaient passer à Bade la saison d'été, et, vers la
quarantaine enfin, épousaient des héritières. Dans les cabinets
de restaurants où l'on soupe après minuit riait, à la clarté
des bougies, la foule bigarrée des gens de lettres et des actrices.
Ils étaient, ceux-là, prodigues comme des rois, pleins d'ambi-
20 tions idéales et de délires fantastiques. C'était une existence
au-dessus des autres, entre ciel et terre, dans les orages, quelque
chose de sublime (1). Quant au reste du monde, il était perdu,
sans place précise et comme n'existant pas. Plus les choses,
d'ailleurs, étaient voisines, plus sa pensée s'en détournait.
25 Tout ce qui l'entourait immédiatement, campagne ennuyeuse,
petits bourgeois imbéciles, médiocrité de l'existence, lui semblait une exception dans le monde, un hasard particulier où
elle se trouvait prise, tandis qu'au-delà s'étendait à perte de
vue l'immense pays des félicités et des passions (2). Elle confon-
30 dait, dans son désir, les sensualités du luxe avec les joies du
cœur, l'élégance des habitudes et les délicatesses du sentiment.
Ne fallait-il pas à l'amour, comme aux plantes indiennes, des
terrains préparés, une température particulière? Les soupirs
au clair de lune, les longues étreintes, les larmes qui coulent
35 sur les mains qu'on abandonne, toutes les fièvres de la chair
et les langueurs de la tendresse ne se séparaient donc pas du
balcon des grands châteaux qui sont pleins de loisirs, d'un

---

1. *Lambrissés :* garnis de lambris, c'est-à-dire d'un revêtement de menuiserie
ou encore, comme ici, de matières plus précieuses; 2. *Crépine :* frange tissée et ouvra-
gée par le haut, qui sert à orner des meubles; 3. *Point d'Angleterre :* sorte de dentelle.

■ QUESTIONS ■

1. Comment Emma rêve-t-elle de Paris? D'où retire-t-elle ces représentations conventionnelles? — Étudiez le rôle des idées reçues dans ce
mirage et aussi de quelques impressions recueillies au château de la
Vaubyessard (chap. VIII).

2. Quel rapport s'établit maintenant chez Emma entre le rêve et la
réalité?

boudoir à stores de soie avec un tapis bien épais, des jardi-
nières remplies, un lit monté sur une estrade, ni du scintille-
40 ment des pierres précieuses et des aiguillettes[1] de la livrée. (3) (4)

[Emma se détache de son mari; celui-ci commence d'engraisser,
s'endort après les repas; la jeune femme espère « un événement »
qui apporterait de l'imprévu dans sa vie. Elle finit par tomber
malade; Charles la conduit à Rouen, pour « voir son ancien maître »;
celui-ci diagnostique une maladie nerveuse. Charles décide alors
de quitter Tostes; il s'installera à Yonville-l'Abbaye, à la place du
médecin Yanoda qui vient de partir. Cependant Emma attend un
enfant.]

DEUXIÈME PARTIE

I

[Yonville-l'Abbaye est situé à huit lieues de Rouen, « sur les
confins de la Normandie, de la Picardie et de l'Ile-de-France ».]

Jusqu'en 1835, il n'y avait point de route praticable pour
arriver à Yonville[2]; mais on a établi vers cette époque un
chemin de *grande vicinalité*[3] qui relie la route d'Abbeville à
celle d'Amiens, et sert quelquefois aux rouliers[4] allant de
5 Rouen dans les Flandres. Cependant, Yonville-l'Abbaye est
demeuré stationnaire, malgré ses *débouchés nouveaux*[5]. Au lieu
d'améliorer les cultures, on s'y obstine encore aux herbages,
quelque dépréciés qu'ils soient, et le bourg paresseux, s'écartant de la plaine, a continué naturellement à s'agrandir vers
10 la rivière. On l'aperçoit de loin, tout couché en long sur la

---

1. *Aiguillette :* cordon employé comme ornement; 2. *Yonville-l'Abbaye :* Flaubert décrit ici le village de Ry; 3. Chemin qui relie soit des communes entre elles,
soit des communes aux routes départementales ou nationales; 4. *Roulier :* trans-
porteur routier de cette époque; 5. Yonville n'a rien à exporter.

--- **QUESTIONS** ---

3. Comment reparaissent ici les images romantiques qui, d'après le
chapitre VI, ont eu tant d'influence sur la jeunesse d'Emma? Pourquoi
l'idéalisme romantique n'est-il ni abandonné, ni conservé à l'état pur
par Emma, mais faussé?

4. SUR L'EXTRAIT DU CHAPITRE IX. — Retracez les étapes qui ont mené
Emma jusqu'à l'état de déséquilibre affectif qui la caractérise désormais.

rive, comme un gardeur de vaches qui fait la sieste au bord de l'eau. (1)

Au bas de la côte, après le pont, commence une chaussée plantée de jeunes trembles, qui vous mène en droite ligne
15 jusqu'aux premières maisons du pays. Elles sont encloses de haies, au milieu de cours pleines de bâtiments épars, pressoirs, charretteries et bouilleries¹ disséminés sous les arbres touffus portant des échelles, des gaules ou des faux accrochées dans leur branchage. Les toits de chaume, comme des bonnets de
20 fourrure rabattus sur des yeux, descendent jusqu'au tiers à peu près des fenêtres basses, dont les gros verres bombés sont garnis d'un nœud² dans le milieu, à la façon des culs de bouteilles. Sur le mur de plâtre que traversent en diagonale des lambourdes³ noires s'accroche parfois quelque maigre poirier,
25 et les rez-de-chaussée ont à leur porte une petite barrière tournante pour les défendre des poussins, qui viennent picorer, sur le seuil, des miettes de pain bis trempé de cidre. Cependant les cours se font plus étroites, les habitations se rapprochent, les haies disparaissent; un fagot de fougères se balance sous
30 une fenêtre au bout d'un manche à balai⁴; il y a la forge d'un maréchal et ensuite un charron avec deux ou trois charrettes neuves, en dehors, qui empiètent sur la route. Puis, à travers une claire-voie, apparaît une maison blanche au-delà d'un rond de gazon que décore un Amour⁵, le doigt posé sur la
35 bouche; deux vases en fonte sont à chaque bout du perron; des panonceaux⁶ brillent à la porte; c'est la maison du notaire, et la plus belle du pays. (2)

L'église est de l'autre côté de la rue, vingt pas plus loin, à l'entrée de la place. Le petit cimetière qui l'entoure, clos

---

1. *Bouilleries* : distilleries d'eau-de-vie; 2. *Nœud* : gros bouton qui restait au milieu des plats de verre soufflé; ici, excroissance circulaire; 3. *Lambourde* : pièce de bois qui sert à attacher le parquet sur un plancher; ici, poutre de bois apparente dans les maisons normandes; 4. Pour les faire sécher avant de les brûler; 5. *Amour* : statue de Falconet (1716-1791), souvent reproduite pour orner les jardins; 6. *Panonceau* : écusson à la porte des officiers ministériels.

QUESTIONS

1. Comment Flaubert, grâce au mouvement de la phrase et aux sonorités, suggère-t-il l'indolence du bourg? — L'ironie dans ce paragraphe : procédés, utilité.

2. Montrez que cette description n'est pas une juxtaposition d'éléments, mais une progression dirigée dans un certain sens; lequel? Les éléments du pittoresque régional : sont-ils un gage de réalisme? — Relevez les comparaisons : Flaubert en fait-il un élément de la description?

40 d'un mur à hauteur d'appui, est si bien rempli de tombeaux, que les vieilles pierres à ras du sol font un dallage continu, où l'herbe a dessiné de soi-même des carrés verts réguliers. L'église a été rebâtie à neuf dans les dernières années du règne de Charles X. La voûte en bois commence à pourrir par le
45 haut, et de place en place, a des enfonçures noires dans sa couleur bleue. Au-dessus de la porte, où seraient les orgues, se tient un jubé[1] pour les hommes, avec un escalier tournant qui retentit sous les sabots.

Le grand jour, arrivant par les vitraux tout unis, éclaire
50 obliquement les bancs rangés en travers de la muraille, que tapisse çà et là quelque paillasson[2] cloué, ayant au-dessous de lui ces mots en grosses lettres : « Banc de M. un tel ». Plus loin, à l'endroit où le vaisseau se rétrécit, le confessionnal fait pendant à une statuette de la Vierge vêtue d'une robe de
55 satin, coiffée d'un voile de tulle semé d'étoiles d'argent, et tout empourprée aux pommettes comme une idole des îles Sandwich ; enfin une copie de la *Sainte Famille, envoi du ministre de l'Intérieur*[3], dominant le maître-autel entre quatre chandeliers, termine au fond la perspective. Les stalles du chœur,
60 en bois de sapin, sont restées sans être peintes. (3)

Les halles, c'est-à-dire un toit de tuiles supporté par une vingtaine de poteaux, occupent à elles seules la moitié environ de la grande place d'Yonville. La mairie, construite *sur les dessins d'un architecte de Paris*, est une manière de temple
65 grec qui fait l'angle, à côté de la maison du pharmacien. Elle a, au rez-de-chaussée, trois colonnes ioniques[4] et, au premier étage, une galerie à plein cintre[5], tandis que le tympan qui la termine est rempli par un coq gaulois, appuyé d'une patte sur la Charte[6] et tenant de l'autre les balances de la justice. (4)

---

1. *Jubé* : galerie surélevée, entre le chœur et la nef principale. Du haut du jubé, on lisait l'épître et l'évangile. Ici tribune au fond de l'église ; 2. Servant ici de coussin ; 3. Les cultes dépendaient de ce ministre avant la séparation de l'Église et de l'État ; 4. *Ionique* : un des cinq ordres d'architecture, caractérisé surtout par un chapiteau orné de deux volutes latérales ; 5. *Plein cintre* : arc dont la courbe est en demi-cercle. L'arc en plein cintre caractérise le style roman ; 6. La *Charte* de 1830, acceptée par Louis-Philippe.

————— QUESTIONS —————

3. Pourquoi une si longue description de cette banale église de campagne ? — Relevez les pointes d'ironie : donnent-elles cependant le ton dominant à cette description ?

4. Le contraste entre l'architecture des halles et celle de la mairie : Flaubert suggère-t-il sa préférence ? Que penser de ce mélange de styles ?

70   Mais ce qui attire le plus les yeux, c'est, en face de l'auberge
du *Lion d'or*, la pharmacie de M. Homais! Le soir, principalement, quand son quinquet[1] est allumé et que les bocaux
rouges et verts qui embellissent sa devanture allongent au
loin, sur le sol, leurs deux clartés de couleur, alors, à travers
75 elles, comme dans des feux de Bengale, s'entrevoit l'ombre
du pharmacien accoudé sur son pupitre. Sa maison, du haut
en bas, est placardée d'inscriptions écrites en anglaise, en ronde,
en moulée : « Eaux de Vichy, de Seltz et de Barèges[2], robs[3]
dépuratifs, médecine Raspail, racahout[4] des Arabes, pastilles
80 Darcet, pâte Regnault, bandages, bains, chocolats de santé, etc. »
Et l'enseigne, qui tient toute la largeur de la boutique, porte
en lettres d'or : *Homais, pharmacien*. Puis, au fond de la boutique, derrière les grandes balances scellées sur le comptoir,
le mot *laboratoire* se déroule au-dessus d'une porte vitrée qui,
85 à moitié de sa hauteur, répète encore une fois *Homais*, en
lettres d'or, sur un fond noir. (5)

    Il n'y a plus ensuite rien à voir dans Yonville. La rue (la
seule), longue d'une portée de fusil et bordée de quelques
boutiques, s'arrête court au tournant de la route. Si on la
90 laisse sur la droite et que l'on suive le bas de la côte Saint-
Jean, bientôt on arrive au cimetière.

    Lors du choléra[5], pour l'agrandir, on a abattu un pan de
mur et acheté trois acres[6] de terre à côté; mais toute cette
portion nouvelle est presque inhabitée, les tombes, comme
95 autrefois, continuant à s'entasser vers la porte. (6). Le gardien,

---

    1. *Quinquet* : voir page 52, note 1; 2. Eaux thermales. Mais l'eau de Seltz est
le nom ordinaire de l'eau gazeuse artificielle; 3. *Robs* : sirops préparés avec des sucs
de plantes; 4. *Racahout* : poudre alimentaire utilisée par les Arabes. Composée de
fécule de pomme de terre, de cacao, de riz, de sucre, de vanille. Les autres remèdes
cités ici étaient réellement des spécialités pharmaceutiques de l'époque; 5. Sans
doute l'épidémie de 1832; 6. *Acre* : voir page 37, note 2.

—————— **QUESTIONS** ——————

    5. Appréciez la place qu'occupe la pharmacie dans l'ensemble de la
description : voit-on mieux maintenant dans quel ordre Flaubert procède à la description? — Pourquoi la silhouette du pharmacien est-elle
le premier signe de vie qu'on aperçoit dans le bourg? — La pharmacie
ne donne-t-elle pas un aperçu du caractère du pharmacien? — Balzac
écrit à propos de Gobseck : « La maison et lui se ressemblaient. Vous
eussiez dit l'huître et son rocher. » En va-t-il de même pour Homais?
La technique de Flaubert peut-elle être comparée à celle de Balzac? La
fin de la description : ne peut-on pas dire qu'elle contient le mot clé qui
explique la composition et l'ordre de l'ensemble?

    6. Pourquoi avoir terminé par l'image du cimetière?

Plan d'Yonville tracé par Flaubert pour *Madame Bovary*.

Porche de l'église de Ry, bourg de Seine-Maritime dont Flaubert semble avoir fait, sous le nom d'Yonville, le cadre de son roman.

Phot. Bonfils.

« La rue (la seule), longue d'une portée de fusil et bordée de quelques boutiques... »
(P. 72, lignes 87-89.)

Phot. Bonfils.

La maison de Mᵐᵉ Bovary.

Phot. Roger-Viollet.

« Mais ce qui attire le plus les yeux, c'est, en face de l'auberge
du *Lion d'or*, la pharmacie de M. Homais! » (P. 72, lignes 70-71.)
Illustration de A. de Richemont (1851-1911) pour *Madame Bovary*.

qui est en même temps fossoyeur et bedeau à l'église (tirant
ainsi des cadavres de la paroisse un double bénéfice), a profité
du terrain vide pour y semer des pommes de terre. D'année
en année, cependant, son petit champ se rétrécit, et, lorsqu'il
100 survient une épidémie, il ne sait pas s'il doit se réjouir des décès
ou s'affliger des sépultures.

« Vous vous nourrissez des morts, Lestiboudois! » lui dit
enfin, un jour, M. le curé.

Cette parole sombre le fit réfléchir; elle l'arrêta pour quelque
105 temps; mais, aujourd'hui encore, il continue la culture de ses
tubercules, et même soutient avec aplomb qu'ils poussent
naturellement. (7)

Depuis les événements que l'on va raconter, rien, en effet,
n'a changé à Yonville. Le drapeau tricolore de fer-blanc
110 tourne toujours au haut du clocher de l'église; la boutique du
marchand de nouveautés agite encore au vent ses deux ban-
deroles d'indienne; les fœtus du pharmacien, comme des
paquets d'amadou blanc, se pourrissent de plus en plus dans
leur alcool bourbeux, et, au-dessus de la grande porte de
115 l'auberge, le vieux lion d'or, déteint par les pluies, montre
toujours aux passants sa frisure de caniche. (8)

Le soir que les époux Bovary devaient arriver à Yonville,
madame veuve Lefrançois, la maîtresse de cette auberge, était
si fort affairée, qu'elle suait à grosses gouttes en remuant ses
120 casseroles. C'était, le lendemain, jour de marché dans le bourg.
Il fallait d'avance tailler les viandes, vider les poulets, faire
de la soupe et du café. Elle avait, de plus, le repas de ses pensionnaires, celui du médecin, de sa femme et de leur bonne; le
billard retentissait d'éclats de rire; trois meuniers, dans la
125 petite salle, appelaient pour qu'on leur apportât de l'eau-de-
vie; le bois flambait, la braise craquait, et, sur la longue table
de la cuisine, parmi les quartiers de mouton cru, s'élevaient

───── **QUESTIONS** ─────

7. Comment cette anecdote commence-t-elle la transition entre la
description du décor et l'entrée des personnages? — Pensez-vous que
l'histoire de Lestiboudois puisse avoir sa source dans une anecdote
réelle?

8. Montrez que ce paragraphe (lignes 108-116) constitue un développement symétrique par rapport au développement du début (lignes 1-12):
sous quelle forme nouvelle reparaît le thème de la somnolence du bourg
d'Yonville? — Comparez les procédés stylistiques mis en œuvre.

des piles d'assiettes qui tremblaient aux secousses du billot
où l'on hachait des épinards. On entendait, dans la basse-
130 cour, crier les volailles que la servante poursuivait pour leur
couper le cou. (9)

Un homme en pantoufles de peau verte, quelque peu mar-
qué de petite vérole et coiffé d'un bonnet de velours à gland
d'or, se chauffait le dos contre la cheminée. Sa figure n'expri-
135 mait rien que la satisfaction de soi-même, et il avait l'air aussi
calme dans la vie que le chardonneret suspendu au-dessus
de sa tête, dans une cage d'osier : c'était le pharmacien. (10)

« Artémise! criait la maîtresse d'auberge, casse de la bourrée[1],
emplis les carafes, apporte de l'eau-de-vie, dépêche-toi! Au
140 moins, si je savais quel dessert offrir à la société[2] que vous
attendez! Bonté divine! les commis du déménagement recom-
mencent leur tintamarre dans le billard! Et leur charrette qui
est restée sous la grande porte! L'*Hirondelle*[3] est capable de la
défoncer en arrivant! Appelle Polyte pour qu'il la remise!...
145 Dire que, depuis le matin, monsieur Homais, ils ont peut-être
fait quinze parties et bu huit pots de cidre!... Mais ils vont
me déchirer le tapis, continuait-elle en les regardant de loin,
son écumoire à la main.

— Le mal ne serait pas grand, répondit M. Homais, vous
150 en achèteriez un autre.

— Un autre billard! exclama la veuve.

— Puisque celui-là ne tient plus, madame Lefrançois, je
vous le répète, vous vous faites tort! vous vous faites grand
tort! Et puis les amateurs, à présent, veulent des blouses[4]
155 étroites et des queues[5] lourdes. On ne joue plus la bille[6]; tout
est changé! Il faut marcher avec son siècle! Regardez Tellier,
plutôt... »

---

1. *Bourrée* : fagot de petites branches; 2. *La société* : les Bovary; 3. *L'Hirondelle* :
nom de la diligence; 4. *Blouses* : chacun des trous des coins et des côtés des anciens
billards; 5. *Queue* : instrument de bois pour pousser les billes; 6. *Jouer la bille* : jouer
le billard traditionnel, où il s'agit seulement de toucher les deux billes.

--- QUESTIONS ---

9. Relevez les sensations auditives. Pourquoi prédominent-elles dans
cette description?

10. La technique du portrait : pourquoi le mot essentiel est-il gardé
pour la fin? Quels traits nouveaux permettent-ils de définir la personnalité du pharmacien? — Pourquoi le pharmacien est-il ce jour-là à l'auberge?

L'hôtesse devint rouge de dépit. Le pharmacien ajouta :
« Son billard, vous avez beau dire, est plus mignon que
160 le vôtre ; et qu'on ait l'idée, par exemple, de monter une poule[1]
patriotique pour la Pologne[2] ou les inondés de Lyon... **(11)**

— Ce ne sont pas des gueux comme lui qui nous font peur !
interrompit l'hôtesse, en haussant ses grosses épaules. Allez !
allez ! monsieur Homais, tant que le *Lion d'or* vivra, on y
165 viendra. Nous avons du foin dans nos bottes, nous autres !
Au lieu qu'un de ces matins vous verrez le *Café français* fermé,
et avec une belle affiche[3] sur les auvents !... Changer mon
billard, continuait-elle en se parlant à elle-même, lui qui m'est
si commode pour ranger ma lessive, et sur lequel, dans le
170 temps de la chasse, j'ai mis coucher jusqu'à six voyageurs !...
Mais ce lambin d'Hivert qui n'arrive pas !

— L'attendez-vous pour le dîner de vos messieurs ? demanda
le pharmacien.

— L'attendre ? Et M. Binet donc ! A six heures battant vous
175 allez le voir entrer, car son pareil n'existe pas sur la terre pour
l'exactitude. Il lui faut toujours sa place dans la petite salle !
On le tuerait plutôt que de le faire dîner ailleurs ! et dégoûté
qu'il est ! et si difficile pour le cidre ! Ce n'est pas comme
M. Léon ; lui, il arrive quelquefois à sept heures, sept heures
180 et demie même ; il ne regarde seulement pas à ce qu'il mange.
Quel bon jeune homme ! Jamais un mot plus haut que l'autre.

— C'est qu'il y a bien de la différence, voyez-vous, entre
quelqu'un qui a reçu de l'éducation et un ancien carabinier[4]
qui est percepteur. » **(12)**

185 Six heures sonnèrent. Binet entra.

Il était vêtu d'une redingote bleue, tombant droit d'elle-même

---

1. *Poule* : enjeu total, dans une partie de billard. La mise des perdants est versée
à une bonne œuvre ; 2. Les Polonais brimés par Nicolas Ier sont chers au libéral Homais ;
3. L'affiche de la saisie ; 4. *Carabinier* : soldat à pied ou à cheval, armé d'une carabine.

QUESTIONS

11. La vie du dialogue : quel aspect du réalisme apparaît dans le
caquetage de Mme Lefrançois ? — Dès ses premières répliques, voit-on
le rôle que se donne Homais à l'égard des autres et de lui-même ? Relevez la maxime qui pourrait lui servir de devise. — Mme Lefrançois
peut-elle se mettre au niveau des grands principes défendus par Homais ?
Cette incompréhension est-elle perçue par le pharmacien ?

12. Le bavardage de l'hôtelière est-il seulement attrayant par ses
propos et ses tournures ? Montrez qu'il fait pénétrer le lecteur d'une
manière de plus en plus précise dans la vie du bourg.

tout autour de son corps maigre, et sa casquette de cuir,
à pattes nouées par des cordons sur le sommet de sa tête,
laissait voir, sous la visière relevée, un front chauve, qu'avait
190 déprimé l'habitude du casque. Il portait un gilet de drap noir,
un col de crin[1], un pantalon gris, et, en toute saison, des bottes
bien cirées qui avaient deux renflements parallèles, à cause de
la saillie de ses orteils. Pas un poil ne dépassait la ligne de son
collier blond, qui, contournant la mâchoire, encadrait comme
195 la bordure d'une plate-bande sa longue figure terne, dont les
yeux étaient petits et le nez busqué. Fort à tous les jeux de
cartes, bon chasseur et possédant une belle écriture, il avait
chez lui un tour, où il s'amusait à tourner des ronds de serviette dont il encombrait sa maison, avec la jalousie d'un
200 artiste et l'égoïsme d'un bourgeois. **(13)**

Il se dirigea vers la petite salle : mais il fallut d'abord en
faire sortir les trois meuniers; et, pendant tout le temps que
l'on fut à mettre son couvert, Binet resta silencieux à sa place,
auprès du poêle; puis il ferma la porte et retira sa casquette,
205 comme d'usage.

« Ce ne sont pas les civilités qui lui useront la langue! dit
le pharmacien, dès qu'il fut seul avec l'hôtesse.

— Jamais il ne cause davantage, répondit-elle; il est venu
ici, la semaine dernière, deux voyageurs en draps, des garçons
210 pleins d'esprit qui contaient, le soir, un tas de farces que
j'en pleurais de rire : eh bien! il restait là, comme une alose[2],
sans dire un mot.

— Oui, fit le pharmacien, pas d'imagination, pas de saillies,
rien de ce qui constitue l'homme de société!

215 — On dit pourtant qu'il a des moyens[3], objecta l'hôtesse.

— Des moyens! répliqua M. Homais; lui! des moyens?
Dans sa partie, c'est possible », ajouta-t-il d'un ton plus calme.

Et il reprit :

« Ah! qu'un négociant qui a des relations considérables,

---

1. *Crin :* étoffe rude, faite ou non avec des crins; 2. *Alose :* poisson de mer;
3. *Moyens :* facultés intellectuelles.

QUESTIONS

13. Flaubert fait-il souvent des portraits « en pied » comme celui de
Binet? Ne rappelle-t-il pas ici la manière de Balzac? — Le rapport entre
le physique et le caractère. — Les ronds de serviette ont-ils un rapport
avec l'activité de l'artiste? Comparez cette activité à celle du pâtissier
qui modèle la pièce montée (première partie, chap. IV, lignes 97-110).

220 qu'un jurisconsulte, un médecin, un pharmacien soient tellement absorbés qu'ils en deviennent fantasques et bourrus
même, je le comprends; on en cite des traits dans l'histoire!
Mais, au moins, c'est qu'ils pensent à quelque chose. Moi,
par exemple, combien de fois m'est-il arrivé de chercher ma
225 plume sur mon bureau pour écrire une étiquette, et de trouver,
en définitive, que je l'avais placée à mon oreille! » (14)

Cependant, madame Lefrançois alla sur le seuil regarder
si l'*Hirondelle* n'arrivait pas. Elle tressaillit. Un homme vêtu
de noir entra tout à coup dans la cuisine. On distinguait, aux
230 dernières lueurs du crépuscule, qu'il avait une figure rubiconde
et le corps athlétique. (15)

« Qu'y a-t-il pour votre service, monsieur le curé? demanda
la maîtresse d'auberge, tout en atteignant sur la cheminée un
des flambeaux de cuivre qui s'y trouvaient rangés en colon-
235 nade avec leurs chandelles; voulez-vous prendre quelque
chose? un doigt de cassis, un verre de vin? »

L'ecclésiastique refusa fort civilement. Il venait chercher
son parapluie, qu'il avait oublié l'autre jour au couvent d'Erne-
mont, et, après avoir prié madame Lefrançois de le lui faire
240 remettre au presbytère dans la soirée, il sortit pour se rendre
à l'église, où sonnait l'*Angelus*.

Quand le pharmacien n'entendit plus sur la place le bruit
de ses souliers, il trouva fort inconvenante sa conduite de tout
à l'heure. Ce refus d'accepter un rafraîchissement lui semblait
245 une hypocrisie des plus odieuses; les prêtres godaillaient[1] tous
sans qu'on les vît, et cherchaient à ramener le temps de la
dîme[2]. (16)

---

1. *Godailler* : faire souvent des débauches de table; 2. *Dîme* : redevance payée
en nature à l'Église et qui formait la dixième partie des récoltes; elle fut supprimée
en 1789.

─────── **QUESTIONS** ───────

14. Les réactions d'Homais : l'attitude de Binet a-t-elle confirmé un
de ses aphorismes précédents? Comment se déclenchent chez le pharmacien le mécanisme des idées « générales » et le besoin de démonstra-
tion? — La hiérarchie sociale selon Homais (lignes 219-220) : pourquoi
mettre négociants et professions libérales sur le même plan? La vanité
du personnage.

15. Ce portrait est-il fait selon le même procédé que celui de Binet
(lignes 186-200). Rapprochez ce portrait du curé du moyen employé pour
la première apparition d'Homais (lignes 132-137).

16. Étudiez le style indirect libre dans ce passage : quels effets Flaubert en tire-t-il? — Pourquoi Homais généralise-t-il tout de suite son observation sur les prêtres?

L'hôtesse prit la défense de son curé :

« D'ailleurs, il en plierait quatre comme vous sur son genou.
250 Il a, l'année dernière, aidé nos gens à rentrer la paille; il en
portait jusqu'à six bottes à la fois, tant il est fort!

— Bravo! dit le pharmacien. Envoyez donc vos filles à
confesse à des gaillards d'un tempérament pareil! Moi, si
j'étais le gouvernement, je voudrais qu'on saignât les prêtres
255 une fois par mois. Oui, madame Lefrançois, tous les mois,
une large phlébotomie, dans l'intérêt de la police et des mœurs!

— Taisez-vous donc, monsieur Homais! vous êtes un impie!
vous n'avez pas de religion! »

Le pharmacien répondit :

260 « J'ai une religion, ma religion, et même j'en ai plus qu'eux
tous, avec leurs momeries[1] et leurs jongleries! J'adore Dieu,
au contraire! Je crois en l'Être suprême[2], à un Créateur, quel
qu'il soit, peu m'importe, qui nous a placés ici-bas pour y
remplir nos devoirs de citoyen et de père de famille; mais
265 je n'ai pas besoin d'aller, dans une église, baiser des plats
d'argent et engraisser de ma poche un tas de farceurs qui se
nourrissent mieux que nous! Car on peut l'honorer aussi bien
dans un bois, dans un champ, ou même en contemplant la
voûte éthérée, comme les anciens. Mon Dieu, à moi, c'est le
270 Dieu de Socrate, de Franklin, de Voltaire et de Béranger[3]!
Je suis pour la *Profession de foi du vicaire savoyard*[4] et les
immortels principes de 89! Aussi je n'admets pas un bonhomme
du bon Dieu qui se promène dans son parterre la canne à la
main, loge ses amis dans le ventre des baleines[5], meurt en
275 poussant un cri et ressuscite au bout de trois jours : choses
absurdes en elles-mêmes et complètement opposées, d'ailleurs,
à toutes les lois de la physique; ce qui nous démontre, en passant, que les prêtres ont toujours croupi dans une ignorance
turpide[6], où ils s'efforcent d'engloutir avec eux les populations. »
280 Il se tut, cherchant des yeux un public autour de lui, car,
dans son effervescence, le pharmacien, un moment, s'était cru

---

1. *Momerie* : cérémonie bizarre; 2. *L'Etre suprême* : le dieu des philosophes
au XVIIIᵉ siècle. Sous la Révolution, Robespierre fit célébrer la fête de l'Etre suprême;
3. *Socrate* a été condamné pour « adorer ses dieux propres »; *Voltaire* croit en un
Dieu créateur mais n'accepte ni la Révélation ni les religions établies; *Franklin*,
savant et philosophe américain (1706-1790), un des promoteurs de l'indépendance
des États-Unis, était fortement influencé par les philosophes français du XVIIIᵉ siècle;
Béranger : chansonnier (1780-1857) cité ici pour ses opinions libérales; 4. Chapitre
de la quatrième partie de l'*Emile*, où Jean-Jacques Rousseau essaie de démontrer
la nécessité d'une religion naturelle, fondée sur le sentiment intérieur; 5. Allusion
à la légende biblique de Jonas; 6. *Turpide* : honteux (mot emphatique).

en plein conseil municipal. Mais la maîtresse d'auberge ne
l'écoutait plus : elle tendait son oreille à un roulement éloigné.
On distingua le bruit d'une voiture mêlé à un claquement de
285 fers lâches qui battaient la terre, et l'*Hirondelle*, enfin, s'arrêta
devant la porte. **(17) (18)** [...]

II

Emma descendit la première, puis Félicité, M. Lheureux[1],
une nourrice, et l'on fut obligé de réveiller Charles dans son
coin, où il s'était endormi complètement, dès que la nuit
était venue.
5   Homais se présenta; il offrit ses hommages à Madame, ses
civilités à Monsieur, dit qu'il était charmé d'avoir pu leur
rendre quelque service, et ajouta d'un air cordial qu'il avait
osé s'inviter lui-même, sa femme, d'ailleurs, étant absente. **(1)**
Madame Bovary, quand elle fut dans la cuisine, s'approcha
10 de la cheminée. Du bout de ses deux doigts elle prit sa robe
à la hauteur du genou, et, l'ayant ainsi remontée jusqu'aux
chevilles, elle tendit à la flamme, par-dessus le gigot qui tournait, son pied chaussé d'une bottine noire. Le feu l'éclairait
en entier, pénétrant d'une lumière crue la trame de sa robe,
15 les pores égaux de sa peau blanche et même les paupières de

---

1. *Lheureux* : commerçant habile, marchand de tissus et d'articles de mode et
usurier. Il appâte sa clientèle en lui faisant crédit. Flaubert a pu choisir le nom par
antiphrase.

――――― **QUESTIONS** ―――――

17. Énumérez les effets comiques de ce dialogue sur les prêtres et la
religion. — La profession de foi d'Homais : qu'est devenue la philoso-
phie du XVIIIe siècle au niveau de M. Homais? — Le mélange du trivial
et du grandiloquent dans ce boniment.

18. SUR L'ENSEMBLE DU CHAPITRE PREMIER. — La composition de ce
chapitre : comment le romancier fait-il connaître à son lecteur le bourg
d'Yonville? Quel est le caractère dominant de la localité?
— La technique employée pour la présentation des personnages;
Mme Lefrançois ne joue-t-elle pas le rôle du chœur?
— La place de M. Homais dans cet univers en raccourci; comment
se dessine la personnalité du pharmacien?
— Yonville est-il un bourg singulier? Est-ce une localité comme tant
d'autres dans la campagne normande?

1. Le rôle d'Homais : en quoi se montre-t-il *homme de société* (voir
chapitre premier, page 80, lignes 213-214)? Ne se considère-t-il pas aussi
comme chargé d'une certaine mission?

ses yeux qu'elle clignait de temps à autre. Une grande couleur
rouge passait sur elle selon le souffle du vent qui venait par la
porte entr'ouverte. **(2)**

20 De l'autre côté de la cheminée, un jeune homme à chevelure
blonde la regardait silencieusement.

Comme il s'ennuyait beaucoup à Yonville, où il était clerc
chez maître Guillaumin, souvent M. Léon Dupuis (c'était lui,
le second habitué du *Lion d'or*) reculait l'instant de son repas,
espérant qu'il viendrait quelque voyageur à l'auberge avec
25 qui causer dans la soirée. Les jours que sa besogne était finie,
il lui fallait bien, faute de savoir que faire, arriver à l'heure
exacte, et subir depuis la soupe jusqu'au fromage le tête-à-tête
de Binet. Ce fut donc avec joie qu'il accepta la proposition de
l'hôtesse de dîner en la compagnie des nouveaux venus, et l'on
30 passa dans la grande salle où madame Lefrançois, par pompe,
avait fait dresser les quatre couverts.

Homais demanda la permission de garder son bonnet grec,
de peur des coryzas[1].

Puis, se tournant vers sa voisine :

35 « Madame, sans doute, est un peu lasse? On est si épouvan-
tablement cahoté dans notre *Hirondelle!*

— Il est vrai, répondit Emma; mais le dérangement m'amuse
toujours : j'aime à changer de place.

40 — C'est une chose si maussade, soupira le clerc, que de
vivre cloué aux mêmes endroits!

— Si vous étiez comme moi, dit Charles, sans cesse obligé
d'être à cheval...

— Mais, reprit Léon, s'adressant à madame Bovary, rien
n'est plus agréable, il me semble; quand on le peut, ajouta-t-il. **(3)**
45 — Du reste, disait l'apothicaire, l'exercice de la médecine
n'est pas fort pénible en nos contrées; car l'état de nos routes

---

1. *Coryza :* vulgairement rhume de cerveau. Mais Homais affectionne les termes
techniques.

——— **QUESTIONS** ———————

2. Étudiez le raffinement descriptif dans cette image de Mme Bovary :
le mouvement, les effets de lumière. — Le contraste avec le paragraphe
précédent.

3. Les lieux communs de la conversation : en quoi consiste ici le réalisme? Comment la connivence s'établit-elle dès le début entre Léon
et Emma, face à Bovary?

permet l'usage du cabriolet, et, généralement, l'on paye assez
bien, les cultivateurs étant aisés. Nous avons, sous le rapport
médical, à part les cas ordinaires d'entérite, bronchite, affec-
50 tions bilieuses, etc., de temps à autre quelques fièvres intermittentes[1] à la moisson, mais, en somme, peu de choses graves,
rien de spécial à noter, si ce n'est beaucoup d'humeurs froides[2],
et qui tiennent sans doute aux déplorables conditions hygié-
niques de nos logements de paysans. Ah! vous trouverez bien
55 des préjugés à combattre, monsieur Bovary; bien des entê-
tements de routine, où se heurteront quotidiennement tous
les efforts de votre science; car on a recours encore aux neu-
vaines[3], aux reliques, au curé, plutôt que de venir naturellement chez le médecin ou chez le pharmacien. Le climat, pour-
60 tant, n'est point, à vrai dire, mauvais, et même nous comptons
dans la commune quelques nonagénaires. Le thermomètre
(j'en ai fait les observations) descend en hiver jusqu'à quatre
degrés et, dans la forte saison, touche vingt-cinq, trente centi-
grades tout au plus, ce qui nous donne vingt-quatre Réaumur
au maximum, ou autrement cinquante-quatre Fahrenheit[4]
65 (mesure anglaise), pas davantage! — et, en effet, nous sommes
abrités des vents du nord par la forêt d'Argueil d'une part;
des vents d'ouest par la côte Saint-Jean de l'autre; et cette
chaleur, cependant, qui à cause de la vapeur d'eau déga-
gée par la rivière et la présence considérable de bestiaux dans
70 les prairies, lesquels exhalent, comme vous savez, beaucoup
d'ammoniaque[5], c'est-à-dire azote, hydrogène et oxygène (non,
azote et hydrogène seulement), et qui, pompant à elle l'humus
de la terre, confondant toutes ces émanations différentes, les
réunissant en un faisceau, pour ainsi dire, et se combinant de
75 soi-même avec l'électricité répandue dans l'atmosphère, lorsqu'il y en a, pourrait à la longue, comme dans les pays tro-
picaux, engendrer des miasmes insalubres; — cette chaleur,
dis-je, se trouve justement tempérée du côté d'où elle vient
ou plutôt d'où elle viendrait, c'est-à-dire du côté sud, par les

---

1. *Intermittentes :* se dit des fièvres dont les accès se reproduisent périodiquement;
2. *Humeurs froides :* abcès froid des ganglions du cou (autrefois les *écrouelles*); 3. *Neu-vaines :* voir page 53, note 1; 4. Le système *Fahrenheit* (encore en usage dans cer-tains pays) et le système *Réaumur* avaient précédé la graduation centésimale dans la mesure des températures; 5. A vrai dire, l'ammoniaque dégagé par les excréments d'animaux est en faible quantité; toute l'explication qui suit n'est pas de l'invention d'Homais, mais elle était déjà reconnue comme absurde à ce moment-là.

80 vents de sud-est, lesquels, s'étant rafraîchis d'eux-mêmes en
passant sur la Seine, nous arrivent quelquefois tout d'un coup,
comme des brises de Russie! **(4)**

— Avez-vous du moins quelques promenades dans les
environs? continuait madame Bovary parlant au jeune homme.

85 — Oh! fort peu, répondit-il. Il y a un endroit que l'on
nomme la Pâture, sur le haut de la côte, à la lisière de la forêt.
Quelquefois, le dimanche, je vais là, et j'y reste avec un livre,
à regarder le soleil couchant.

— Je ne trouve rien d'admirable comme les soleils cou-
90 chants, reprit-elle, mais au bord de la mer, surtout.

— Oh! j'adore la mer, dit M. Léon.

— Et puis ne vous semble-t-il pas, répliqua madame Bovary,
que l'esprit vogue plus librement sur cette étendue sans limites,
dont la contemplation vous élève l'âme et donne des idées
95 d'infini, d'idéal?

— Il en est de même des paysages de montagnes, reprit
Léon. J'ai un cousin qui a voyagé en Suisse l'année dernière[1]
et qui me disait qu'on ne peut se figurer la poésie des lacs,
le charme des cascades, l'effet gigantesque des glaciers. On
100 voit des pins d'une grandeur incroyable, en travers des torrents, des cabanes suspendues sur des précipices, et, à mille
pieds sous vous, des vallées entières quand les nuages s'entr'ouvrent. Ces spectacles doivent enthousiasmer, disposer à
la prière, à l'extase! Aussi je ne m'étonne plus de ce musicien
105 célèbre qui, pour exciter mieux son imagination, avait coutume d'aller jouer du piano devant quelque site imposant. **(5)**

---

1. Le tourisme en Suisse devient à la mode (voir *le Voyage de M. Perrichon*, 1860).

———— **QUESTIONS** ————

4. Analysez la tirade du pharmacien : donne-t-elle l'impression d'avoir
été préparée à l'avance? — Le long développement sur le climat est-il
utile, alors que Bovary vient d'un bourg de la même région? — Cet
étalage de science ne fait-il pas du pharmacien le digne héritier des médecins de Molière? Ne retrouve-t-on pas aussi chez lui le même rythme et
les mêmes effets d'éloquence? Quelle différence y a-t-il toutefois entre
Homais et les médecins de Molière?

5. Pourquoi Emma s'adresse-t-elle à Léon? A quel moment se place
cette partie du dialogue? — Mme Bovary a-t-elle déjà vu la mer? Léon
a-t-il lui-même visité la Suisse? Dans quelle mesure leur conversation
est-elle la source d'un effet comique, mais différent du comique de
M. Homais? — Relevez dans le vocabulaire les noms (surtout les mots
abstraits) et les adjectifs appartenant à la phraséologie romantique.

— Vous faites de la musique? demanda-t-elle.

— Non, mais je l'aime beaucoup, répondit-il.

— Ah! ne l'écoutez pas, madame Bovary, interrompit
110 Homais en se penchant sur son assiette, c'est modestie pure.
— Comment, mon cher! Eh! l'autre jour, dans votre chambre,
vous chantiez l'*Ange gardien*[1] à ravir. Je vous entendais du
laboratoire; vous détachiez cela comme un acteur. » **(6)**

Léon, en effet, logeait chez le pharmacien, où il avait une
115 petite pièce au second étage, sur la place. Il rougit à ce compli-
ment de son propriétaire, qui déjà s'était tourné vers le médecin
et lui énumérait les uns après les autres les principaux habitants
d'Yonville. Il racontait des anecdotes, donnait des renseignements. On ne savait pas au juste la fortune du notaire, et *il
120 y avait la maison Tuvache*[2] qui faisait beaucoup d'embarras.

Emma reprit :

« Et quelle musique préférez-vous?

— Oh! la musique allemande[3], celle qui porte à rêver.

— Connaissez-vous les Italiens[4]?

125 — Pas encore; mais je les verrai l'année prochaine, quand
j'irai habiter Paris, pour finir mon droit.

— C'est comme j'avais l'honneur, dit le pharmacien, de
l'exprimer à monsieur votre époux, à propos de ce pauvre
Yanoda[5] qui s'est enfui; vous vous trouverez, grâce aux folies
130 qu'il a faites, jouir d'une des maisons les plus confortables
d'Yonville. Ce qu'elle a principalement de commode pour un
médecin, c'est une porte sur l'*Allée*, qui permet d'entrer et
de sortir sans être vu. D'ailleurs, elle est fournie de tout ce
qui est agréable à un ménage : buanderie, cuisine avec office,
135 salon de famille, fruitier, etc. C'était un gaillard qui n'y regardait pas! Il s'était fait construire, au bout du jardin, à côté
de l'eau, une tonnelle tout exprès pour boire de la bière en
été, et si Madame aime le jardinage, elle pourra...

— Ma femme ne s'en occupe guère, dit Charles; elle aime
140 mieux, quoiqu'on lui recommande l'exercice, toujours rester
dans sa chambre à lire.

---

1. Romance sentimentale à la mode; 2. *Tuvache* est le maire; 3. Celle de Schubert
et de Schumann, mise à la mode par le romantisme; 4. *Les Italiens* : les acteurs de
l'Opéra-Italien de Paris; 5. *Yanoda* : le prédécesseur de Bovary à Yonville.

QUESTIONS

6. L'intervention d'Homais : son rôle pour établir un lien entre les
différentes conversations et éviter la dispersion de l'intérêt.

— C'est comme moi, répliqua Léon; quelle meilleure chose, en effet, que d'être le soir au coin du feu avec un livre, pendant que le vent bat les carreaux, que la lampe brûle?...

145 — N'est-ce pas? dit-elle, en fixant sur lui ses grands yeux noirs tout ouverts.

— On ne songe à rien, continuait-il, les heures passent. On se promène immobile dans des pays que l'on croit voir, et votre pensée, s'enlaçant à la fiction, se joue dans les détails
150 ou poursuit le contour des aventures. Elle se mêle aux personnages; il semble que c'est vous qui palpitez sous leurs costumes.

— C'est vrai! c'est vrai! disait-elle.

— Vous est-il arrivé parfois, reprit Léon, de rencontrer
155 dans un livre une idée vague que l'on a eue, quelque image obscurcie qui revient de loin, et comme l'exposition entière de votre sentiment le plus délié?

— J'ai éprouvé cela, répondit-elle.

— C'est pourquoi, dit-il, j'aime surtout les poètes. Je trouve
160 les vers plus tendres que la prose, et qu'ils font bien mieux pleurer.

— Cependant ils fatiguent à la longue, reprit Emma; et maintenant, au contraire, j'adore les histoires qui se suivent tout d'une haleine, où l'on a peur. Je déteste les héros communs
165 et les sentiments tempérés, comme il y en a dans la nature.

— En effet, observa le clerc, ces ouvrages, ne touchant pas le cœur, s'écartent, il me semble, du vrai but de l'Art. Il est doux, parmi les désenchantements de la vie, de pouvoir se reporter en idée sur de nobles caractères, des affections pures
170 et des tableaux de bonheur. Quant à moi, vivant ici, loin du monde, c'est ma seule distraction; mais Yonville offre si peu de ressources!

— Comme Tostes, sans doute, reprit Emma, aussi j'étais toujours abonnée à un cabinet de lecture.

175 — Si Madame veut me faire l'honneur d'en user, dit le pharmacien, qui venait d'entendre ces derniers mots, j'ai moi-même à sa disposition une bibliothèque composée des meilleurs auteurs : Voltaire, Rousseau, Delille[1], Walter Scott[2],

---

1. *Delille* (1738-1815) : traducteur de Virgile et de Milton. Après l'Écossais Thomson (auteur des *Saisons*), Delille a essayé de mettre au point une poésie didactique et pittoresque de la nature avec *les Jardins* (1780); 2. *Scott :* romancier anglais (voir page 50, note 1). Homais se pique d'éclectisme et choisit les auteurs consacrés.

l'*Écho des feuilletons*[1], etc., et je reçois, de plus, différentes
180 feuilles périodiques, parmi lesquelles le *Fanal de Rouen*[2], quotidiennement, ayant l'avantage d'en être le correspondant pour
les circonscriptions de Buchy, Forges, Neufchâtel, Yonville
et les alentours. » (7)

Depuis deux heures et demie, on était à table; car la ser-
185 vante Artémise, traînant nonchalamment sur les carreaux ses
savates de lisière apportait les assiettes les unes après les autres,
oubliait tout, n'entendait à rien et sans cesse laissait entre-
bâillée la porte du billard, qui battait contre le mur du bout
de sa clenche[3].

90 Sans qu'il s'en aperçût, tout en causant, Léon avait posé
son pied sur un des barreaux de la chaise où madame Bovary
était assise. Elle portait une petite cravate de soie bleue, qui
tenait droit comme une fraise[4] un col de batiste[5] tuyauté; et,
selon les mouvements de tête qu'elle faisait, le bas de son
95 visage s'enfonçait dans le linge ou en sortait avec douceur.
C'est ainsi, l'un près de l'autre, pendant que Charles et le
pharmacien devisaient, qu'ils entrèrent dans une de ces vagues
conversations où le hasard des phrases vous ramène toujours
au centre fixe d'une sympathie commune. Spectacles de Paris,
200 titres de romans, quadrilles nouveaux, et le monde qu'ils ne
connaissaient pas, Tostes où elle avait vécu, Yonville où ils

---

1. *Echo des feuilletons* : périodique qui publiait à part les feuilletons des journaux; 2. *Le Fanal de Rouen* : en fait le *Journal de Rouen.* Frédéric Baudry, gendre
de maître Sénard, avait demandé à Flaubert de changer le *Journal de Rouen* en *Progressif* ou *Fanal de Rouen.* L'écrivain accepta quand il eut trouvé un mot de même
sonorité; 3. *Clenche* : pièce principale d'un loquet; elle est reçue par le mentonnet
et tient la porte fermée; 4. *Fraise* : collet plissé; 5. *Batiste* : toile de lin ou de coton
fine et serrée.

QUESTIONS

---

7. Étudiez le mouvement de la conversation depuis ligne 121 : quelle
est la part laissée à chacun des quatre interlocuteurs? Comment s'affirme
de plus en plus la sympathie d'Emma et de Léon, face aux banalités de
Charles et de M. Homais? — Les efforts du pharmacien pour créer un
sujet de conversation qui intéresse Emma ont-ils des chances de réussir,
qu'il s'agisse des commodités ménagères de la maison ou de la bibliothèque? — Pourquoi l'unique intervention de Charles est-elle une mala-
dresse? — Les propos d'Emma et de Léon sont-ils aussi artificiels qu'au
début? Montrez qu'ils se dégagent peu à peu des idées reçues pour exprimer des sentiments personnels. Étudiez notamment les phrases des
lignes 147-170 : n'y retrouve-t-on pas l'écho de certaines idées chères à
Flaubert?

étaient, ils examinèrent tout, parlèrent de tout jusqu'à la fin du dîner. (8) (9)

III-IV

[Les Bovary s'installent dans leur nouvelle demeure. Homais, le pharmacien qui exerce illégalement la médecine, se montre plein de prévenances, afin de se concilier l'officier de santé. Cependant, la clientèle n'arrive guère. Emma met au monde une petite fille, Berthe. L'enfant est placée en nourrice chez la femme du menuisier. Un jour, Emma éprouve le besoin de voir sa fille. Elle se met en route, mais, mal remise encore, elle accepte le bras de Léon, au risque de compromettre sa réputation. Une sorte d'entente s'établit entre eux; ils parlent vers, littérature. Peu à peu, Emma se rend compte qu'elle est éprise du jeune homme. Elle affecte toutefois de s'adonner plus que jamais à ses devoirs d'épouse et de mère.]

V

[...] Quand Charles rentrait, il trouvait auprès des cendres ses pantoufles à chauffer. Ses gilets maintenant ne manquaient plus de doublure, ni ses chemises de boutons, et même il y avait plaisir à considérer dans l'armoire tous les bonnets de
5 coton rangés par piles égales. Elle ne rechignait plus, comme autrefois, à faire des tours dans le jardin; ce qu'il proposait était toujours consenti, bien qu'elle ne devinât pas les volontés auxquelles elle se soumettait sans un murmure; — et lorsque Léon le voyait au coin du feu, après le dîner, les deux mains
10 sur son ventre, les deux pieds sur les chenets, la joue rougie par la digestion, les yeux humides de bonheur, avec l'enfant qui se traînait sur le tapis, et cette femme à taille mince qui,

─────── **QUESTIONS** ───────

8. Pourquoi Flaubert n'indique-t-il qu'ici les détails du costume? Étudiez les attitudes. En quel sens peut-on parler de tableau à propos de passages de ce genre?

9. Sur l'ensemble du chapitre II. — La technique de composition. Étudiez la constitution des groupes de personnages, le déroulement parallèle des conversations. Comment Flaubert évite-t-il la dispersion de l'intérêt? Quel effet tire-t-il de l'alternance des tirades? Peut-on parler ici d'une technique inspirée du théâtre?

— La part des idées reçues dans la conversation de Léon et d'Emma?

— Léon n'a-t-il pas l'impression d'avoir rencontré l' « âme sœur »? Son insistance à marquer les goûts communs.

par-dessus le dossier du fauteuil, venait le baiser au front :
« Quelle folie! se disait-il, et comment arriver jusqu'à
15 elle? » (1)

Elle lui parut donc si vertueuse et inaccessible que toute
espérance, même la plus vague, l'abandonna.

Mais, par ce renoncement, il la plaçait en des conditions
extraordinaires. Elle se dégagea, pour lui, des qualités char-
20 nelles dont il n'avait rien à obtenir; et elle alla, dans son cœur,
montant toujours et s'en détachant à la manière magnifique
d'une apothéose[1] qui s'envole. C'était un de ces sentiments
purs qui n'embarrassent pas l'exercice de la vie, que l'on cultive
parce qu'ils sont rares, et dont la perte affligerait plus que la
25 possession n'est réjouissante. (2)

Emma maigrit, ses joues pâlirent, sa figure s'allongea. Avec
ses bandeaux noirs, ses grands yeux, son nez droit, sa démarche
d'oiseau, et toujours silencieuse maintenant, ne semblait-elle
pas traverser l'existence en y touchant à peine, et porter au
30 front la vague empreinte de quelque prédestination sublime?
Elle était si triste et si calme, si douce à la fois et si réservée,
que l'on se sentait près d'elle pris par un charme glacial, comme
l'on frissonne dans les églises sous le parfum des fleurs mêlé
au froid des marbres. Les autres même n'échappaient point
35 à cette séduction. Le pharmacien disait :

« C'est une femme de grands moyens et qui ne serait pas
déplacée dans une sous-préfecture. »

Les bourgeoises admiraient son économie, les clients sa
politesse, les pauvres sa charité. (3)

---

1. *Apothéose* : ascension des héros chez les dieux. Le mot s'applique ici au personnage lui-même qui monte au ciel.

─────── **QUESTIONS** ───────

1. Les principaux traits du personnage de Bovary à cette époque :
a-t-il toujours été aussi exclusivement préoccupé de son bien-être matériel?
Dans quelle mesure l'attitude actuelle d'Emma a-t-elle favorisé l'évolution de son caractère?

2. L'évolution de Léon ne s'est-elle pas produite en sens inverse de
celle de Bovary? Quelle idée reçue du romantisme l'a poussé à une
passion aussi épurée? Chez quels écrivains trouve-t-on l'image de cet
amour idéalisé? — Le trio Charles-Emma-Léon ne semble-t-il pas sorti
de certains romans à la mode à l'époque romantique?

3. Emma, ange de résignation : montrez que c'est cette image que
Flaubert développe en évitant cependant de prononcer ces deux mots.
— Quel sens faut-il donner au terme *prédestination* (ligne 30)? — Selon
quelle échelle des valeurs les gens d'Yonville jugent-ils l'attitude
d'Emma?

40   Mais elle était pleine de convoitises, de rage, de haine.
Cette robe aux plis droits cachait un cœur bouleversé, et ces
lèvres si pudiques n'en racontaient pas la tourmente. Elle était
amoureuse de Léon, et elle recherchait la solitude, afin de
pouvoir plus à l'aise se délecter en son image. La vue de sa
45 personne troublait la volupté de cette méditation. Emma pal-
pitait au bruit de ses pas : puis, en sa présence, l'émotion
tombait, et il ne lui restait ensuite qu'un immense étonnement
qui se finissait en tristesse.

    Léon ne savait pas, lorsqu'il sortait de chez elle désespéré,
50 qu'elle se levait derrière lui, afin de le voir dans la rue. Elle
s'inquiétait de ses démarches; elle épiait son visage; elle inventa
toute une histoire pour trouver prétexte à visiter sa chambre.
La femme du pharmacien lui semblait bien heureuse de dormir
sous le même toit; et ses pensées continuellement s'abattaient
55 sur cette maison, comme les pigeons du *Lion d'or* qui venaient
tremper là dans les gouttières, leurs pattes roses et leurs ailes
blanches. Mais plus Emma s'apercevait de son amour, plus
elle le refoulait, afin qu'il ne parût pas, et pour le diminuer.
Elle aurait voulu que Léon s'en doutât; et elle imaginait des
60 hasards, des catastrophes qui l'eussent facilité. Ce qui la rete-
nait, sans doute, c'était la paresse ou l'épouvante, et la pudeur
aussi. Elle songeait qu'elle l'avait repoussé trop loin, qu'il
n'était plus temps, que tout était perdu. Puis l'orgueil, la joie
de se dire : « Je suis vertueuse », et de se regarder dans la
65 glace en prenant des poses résignées, la consolait un peu du
sacrifice qu'elle croyait faire. **(4) (5)**

VI-VII

[L'idylle sera simplement ébauchée; Mme Bovary demeure fidèle
à son devoir. Mais Léon doit partir pour Paris, afin de terminer

──────── **QUESTIONS** ────────

4. Quelle est la véritable nature d'Emma? A la suite de quelle évolution psychologique a-t-elle pu arriver à ces sentiments? — Étudiez le
contraste entre l'apparence et la réalité (à partir du vocabulaire, opposition entre le concret et l'abstrait). — La part du romanesque dans les
démarches et dans les sentiments de la jeune femme.

5. SUR L'ENSEMBLE DE L'EXTRAIT DU CHAPITRE V. — Peut-on placer
Emma dans la galerie des héroïnes qui refusent l'amour défendu, depuis
Phèdre jusqu'à Mme de Mortsauf *(le Lys dans la vallée)* en passant par
Julie d'Étanges *(la Nouvelle Héloïse)* et Mme de Rénal *(le Rouge et le
Noir)*?

ses études de droit. Un jour, Rodolphe Boulanger, le riche propriétaire du domaine de la Huchette, vient consulter Charles pour
un paysan de son domaine. Il aperçoit Emma et décide de faire sa
conquête. Il se promet de la revoir le jour des Comices.]

VIII

Ils arrivèrent, en effet, ces fameux Comices! Dès le matin
de la solennité, tous les habitants, sur leurs portes, s'entre-
tenaient des préparatifs; on avait enguirlandé de lierre le fron-
ton de la mairie; une tente, dans un pré, était dressée pour
5 le festin, et, au milieu de la place, devant l'église, une espèce
de bombarde[1] devait signaler l'arrivée de M. le préfet et le
nom des cultivateurs lauréats. La garde nationale[2] de Buchy[3]
(il n'y en avait point à Yonville) était venue s'adjoindre au
corps des pompiers, dont Binet était le capitaine. Il portait,
10 ce jour-là, un col encore plus haut que de coutume; et, sanglé
dans sa tunique, il avait le buste si roide et immobile, que
toute la partie vitale de sa personne semblait être descendue
dans ses deux jambes, qui se levaient en cadence, à pas mar-
qués, d'un seul mouvement. Comme une rivalité subsistait
15 entre le percepteur et le colonel, l'un et l'autre, pour montrer
leurs talents, faisaient à part manœuvrer leurs hommes. On
voyait alternativement passer et repasser les épaulettes rouges
et les plastrons noirs. Cela ne finissait pas et toujours recom-
mençait! Jamais il n'y avait eu pareil déploiement de pompe!
20 Plusieurs bourgeois, dès la veille, avaient lavé leurs maisons;
des drapeaux tricolores pendaient aux fenêtres entr'ouvertes;
tous les cabarets étaient pleins; et, par le beau temps qu'il
faisait, les bonnets empesés, les croix d'or et les fichus de couleur paraissaient plus blancs que neige, miroitaient au soleil
25 clair, et relevaient de leur bigarrure éparpillée la sombre monotonie des redingotes et des bourgerons[4] bleus. Les fermières
des environs retiraient, en descendant de cheval, la grosse
épingle qui leur serrait autour du corps leur robe retroussée
de peur des taches; et les maris, au contraire, afin de ménager
30 leurs chapeaux, gardaient par-dessus des mouchoirs de poche,
dont ils tenaient un angle entre les dents.

---

1. *Bombarde* : vieux canon; 2. *Garde nationale* : milice bourgeoise qui, créée sous
la Révolution, avait été maintenue sous tous les régimes, mais qui avait repris de
l'importance sous Louis-Philippe; 3. *Buchy* : agglomération à une vingtaine de kilo-
mètres d'Yonville; 4. *Bourgeron* : blouse de toile.

La foule arrivait dans la grande rue par les deux bouts du village. Il s'en dégorgeait des ruelles, des allées, des maisons, et l'on entendait de temps à autre retomber le marteau des
35 portes, derrière les bourgeoises en gants de fil, qui sortaient pour aller voir la fête. Ce que l'on admirait surtout, c'étaient deux longs ifs couverts de lampions qui flanquaient une estrade où s'allaient tenir les autorités; et il y avait de plus, contre les quatre colonnes de la mairie, quatre manières de gaules, portant
40 chacune un petit étendard de toile verdâtre, enrichi d'inscriptions en lettres d'or. On lisait sur l'un : « Au Commerce »; sur l'autre : « A l'Agriculture »; sur le troisième : « A l'Industrie » et, sur le quatrième : « Aux Beaux-Arts ». (1)

Mais la jubilation qui épanouissait tous les visages parais-
45 sait assombrir madame Lefrançois, l'aubergiste. Debout sur les marches de sa cuisine, elle murmurait dans son menton :

« Quelle bêtise! Quelle bêtise avec leur baraque de toile! Croient-ils que le préfet sera bien aise de dîner là-bas, sous une tente, comme un saltimbanque? Ils appellent ces embarras-là
50 faire le bien du pays! Ce n'était pas la peine, alors, d'aller chercher un gargotier¹ à Neufchâtel! Et pour qui? pour des vachers! des va-nu-pieds!... »

L'apothicaire passa. Il avait un habit noir, un pantalon de nankin², des souliers de castor et, par extraordinaire, un cha-
55 peau³, — un chapeau bas de forme.

« Serviteur! dit-il; excusez-moi, je suis pressé. »

Et comme la grosse veuve lui demanda où il allait :

« Cela vous semble drôle, n'est-ce pas? moi qui reste toujours plus confiné dans mon laboratoire que le rat du bon-
60 homme⁴ dans son fromage.

— Quel fromage? fit l'aubergiste.

— Non, rien! ce n'est rien! reprit Homais. Je voulais vous exprimer seulement, madame Lefrançois, que je demeure

---

1. *Gargotier* : tenancier d'une gargote, mauvais cuisinier; 2. *Nankin* : tissu de coton qui se fabriquait originairement à Nankin; 3. Homais porte d'ordinaire une calotte grecque; 4. *Bonhomme* : surnom traditionnel de La Fontaine. Homais fait allusion à la fable *Le rat qui s'est retiré du monde*.

QUESTIONS

1. Analysez la composition de cette description d'ensemble : comment Flaubert mêle-t-il images du décor et mouvement? Étudiez l'équilibre de ces deux éléments. Parmi les personnages, montrez qu'il y a aussi alternance des groupes anonymes et des individus dont la silhouette est significative. Sur quel trait se termine la description?

d'habitude tout reclus chez moi. Aujourd'hui, cependant, vu
65 la circonstance, il faut bien que...

— Ah! vous allez là-bas[1]? dit-elle avec un air de dédain.

— Oui, j'y vais, répliqua l'apothicaire étonné; ne fais-je
point partie de la commission consultative? » **(2)**

La mère Lefrançois le considéra quelques minutes, et finit
70 par répondre en souriant :

« C'est autre chose! Mais qu'est-ce que la culture vous
regarde? Vous vous y entendez donc?

— Certainement, je m'y entends, puisque je suis pharmacien,
c'est-à-dire chimiste! Et la chimie, madame Lefrançois, ayant
75 pour objet la connaissance de l'action réciproque et moléculaire[2] de tous les corps de la nature, il s'ensuit que l'agriculture
se trouve comprise dans son domaine! Et, en effet, composition des engrais, fermentation des liquides, analyse des gaz
et influence des miasmes[3], qu'est-ce que tout cela, je vous le
80 demande, si ce n'est de la chimie pure et simple? »

L'aubergiste ne répondit rien. Homais continua :

« Croyez-vous qu'il faille, pour être agronome, avoir soi-
même labouré la terre ou engraissé des volailles? Mais il faut
connaître plutôt la constitution des substances dont il s'agit,
85 les gisements géologiques, les actions atmosphériques, la qualité des terrains, des minéraux, des eaux, la densité des différents corps et leur capillarité[4]! Que sais-je? Et il faut posséder à fond tous les principes d'hygiène, pour diriger, critiquer
la construction des bâtiments, le régime des animaux, l'ali-
90 mentation des domestiques! Il faut encore, madame Lefrançois, posséder la botanique; pouvoir discerner les plantes.
Entendez-vous? Quelles sont les salutaires d'avec les délé-
tères[5]; quelles les improductives et quelles les nutritives; s'il

---

1. *Là-bas* : dans l'auberge concurrente; **2.** *Moléculaire* : qui a rapport aux molé-
cules. Aucune signification précise ici; **3.** *Miasmes* : émanations malsaines qui pro-
viennent des substances animales ou végétales en décomposition; **4.** *Capillarité* :
ensemble des phénomènes qui se passent dans le contact des liquides avec les solides
présentant des espaces très étroits. Cette adhérence joue en géologie, mais n'a rien
à voir avec l'agronomie; **5.** *Délétère* : qui attaque la vie, la santé.

━━━ QUESTIONS ━━━

2. En vous référant au chapitre premier de cette deuxième partie,
dégagez le rôle que Flaubert semble réserver aux rencontres et aux
conversations entre Mme Lefrançois et Homais. — Quels effets comiques
en tire-t-il pour la seconde fois? La nature des quiproquos qui surgissent
entre les deux personnages. La répétition d'effets semblables à ceux du
premier chapitre prouve-t-elle une intention de la part du romancier?

est bon de les arracher par-ci et de les ressemer par-là, de
95 propager les unes, de détruire les autres; bref, il faut se tenir
au courant de la science par les brochures et papiers publics,
être toujours en haleine, afin d'indiquer les améliorations... »

L'aubergiste ne quittait point des yeux la porte du *Café
français*, et le pharmacien poursuivit :

100 « Plût à Dieu que nos agriculteurs fussent des chimistes,
ou que du moins ils écoutassent davantage les conseils de la
science! Ainsi, moi, j'ai dernièrement écrit un fort opuscule,
un mémoire de plus de soixante et douze pages, intitulé : *Du
cidre, de sa fabrication et de ses effets, suivi de quelques réflexions*
105 *nouvelles à ce sujet*, que j'ai envoyé à la Société agronomique
de Rouen; ce qui m'a même valu l'honneur d'être reçu parmi
ses membres, section d'agriculture, classe de pomologie[1]. Eh
bien! si mon ouvrage avait été livré à la publicité... » (3)

Mais l'apothicaire s'arrêta, tant madame Lefrançois parais-
110 sait préoccupée.

« Voyez-les donc! disait-elle, on n'y comprend rien! une
gargote semblable! »

Et, avec des haussements d'épaules qui tiraient sur sa poitrine les mailles de son tricot, elle montrait des deux mains
115 le cabaret de son rival, d'où sortaient alors des chansons.

« Du reste, il n'en a pas pour longtemps, ajouta-t-elle;
avant huit jours, tout est fini. »

Homais se recula de stupéfaction. Elle descendit ses trois
marches, et, lui parlant à l'oreille :

120 « Comment! vous ne savez pas cela? On va le saisir cette
semaine. C'est Lheureux[2] qui le fait vendre. Il l'a assassiné
de billets. »

L'hôtesse donc se mit à lui raconter cette histoire, qu'elle
savait par Théodore, le domestique de M. Guillaumin, et,
125 bien qu'elle exécrât Tellier[3], elle blâmait Lheureux. C'était
un enjôleur, un rampant.

---

1. *Pomologie :* science des fruits, particulièrement des fruits à pépins; 2. *Lheureux :*
voir p. 83, note 1. Au chapitre v, il a déjà essayé, mais en vain, de gagner la confiance
de Mᵐᵉ Bovary; 3. *Tellier* est le patron de l'auberge concurrente.

■ QUESTIONS

---

3. Quel trait de la personnalité de M. Homais reparaît ici? Comparez
à la tirade sur le climat du chapitre II (lignes 59-82) et voyez si les procédés sont les mêmes. — Pourquoi l'exaltation et la grandiloquence de
M. Homais sont-elles portées à leur comble en ce jour? — Quel comique
de situation rend plus ridicule encore la grande tirade du pharmacien?

« Ah! tenez, dit-elle, le voilà sous les halles : il salue madame Bovary, qui a un chapeau vert. Elle est même au bras de Boulanger.

130 — Madame Bovary! fit Homais. Je m'empresse d'aller lui offrir mes hommages. Peut-être qu'elle sera bien aise d'avoir une place dans l'enceinte, sous le péristyle[1]. » **(4)**

Et, sans écouter la mère Lefrançois, qui le rappelait pour lui en conter plus long, le pharmacien s'éloigna d'un pas
135 rapide, sourire aux lèvres et jarret tendu, distribuant de droite et de gauche quantité de salutations et emplissant beaucoup d'espace avec les grandes basques de son habit noir, qui flottaient au vent derrière lui. **(5)**

Rodolphe, l'ayant aperçu de loin, avait pris un train rapide;
140 mais madame Bovary s'essouffla; il se ralentit donc et lui dit en souriant, d'un ton brutal :

« C'est pour éviter ce gros homme : vous savez, l'apothicaire. »

Elle lui donna un coup de coude.

« Qu'est-ce que cela signifie? » se demanda-t-il.

145 Et il la considéra du coin de l'œil, tout en continuant à marcher.

Son profil était si calme, que l'on n'y devinait rien. Il se détachait en pleine lumière, dans l'ovale de sa capote[2] qui avait des rubans pâles ressemblant à des feuilles de roseau.
150 Ses yeux aux longs cils courbes regardaient devant elle, et, quoique bien ouverts, ils semblaient un peu bridés par les pommettes, à cause du sang qui battait doucement sous sa peau fine. Une couleur rose traversait la cloison de son nez. Elle inclinait la tête sur l'épaule, et l'on voyait entre ses lèvres
155 le bout nacré de ses dents blanches.

« Se moque-t-elle de moi? » songeait Rodolphe.

Ce geste d'Emma pourtant n'avait été qu'un avertissement,

---

1. *Péristyle :* galerie à colonnes de la mairie (voir page 71, ligne 67); 2. *Capote :* chapeau de femme avançant autour de la tête et attaché par des rubans sous le cou.

─────── **QUESTIONS** ───────

4. Pourquoi Homais, si pressé (ligne 56), écoute-t-il les cancans rapportés par l'aubergiste, alors que celle-ci n'a guère prêté attention à ses discours? Étudiez les jeux de scène.

5. Quel nouveau comique de situation se dégage dans les lignes 133-138? — La sortie du personnage et le jeu de scène caricatural qui l'accompagne.

car M. Lheureux les accompagnait, et il leur parlait de temps
à autre, comme pour entrer en conversation.

160 « Voici une journée superbe! Tout le monde est dehors!
Les vents sont à l'est. »

Et madame Bovary, non plus que Rodolphe, ne lui répondait guère, tandis qu'au moindre mouvement qu'ils faisaient,
il se rapprochait en disant : « Plaît-il? » et portait la main à
165 son chapeau. (6)

Quand ils furent devant la maison du maréchal, au lieu de
suivre la route jusqu'à la barrière, Rodolphe, brusquement,
prit un sentier, entraînant madame Bovary; il cria :

« Bonsoir, monsieur Lheureux! Au plaisir!
170 — Comme vous l'avez congédié! dit-elle en riant.

— Pourquoi, reprit-il, se laisser envahir par les autres? et,
puisque, aujourd'hui, j'ai le bonheur d'être avec vous... »

Emma rougit. Il n'acheva point sa phrase. Alors il parla
du beau temps et du plaisir de marcher sur l'herbe. Quelques
175 marguerites étaient repoussées.

« Voici de gentilles pâquerettes, dit-il, et de quoi fournir
bien des oracles à toutes les amoureuses du pays[1]. »

Il ajouta :

« Si j'en cueillais. Qu'en pensez-vous?
180 — Est-ce que vous êtes amoureux? fit-elle en toussant un peu.

— Eh! eh! qui sait », répondit Rodolphe. (7)

Le pré commençait à se remplir, et les ménagères vous heur-
taient avec leurs grands parapluies, leurs paniers et leurs bam-
bins. Souvent il fallait se déranger devant une longue file de

---

1. Allusion à la coutume d'effeuiller des marguerites pour voir si l'on est aimé.
Oracle : réponse concernant l'avenir.

QUESTIONS

6. Cette autre scène de comédie (Emma, Rodolphe, Lheureux) ne
comporte-t-elle pas aussi son quiproquo et ses effets comiques? — La
vulgarité de sentiments chez Rodolphe : comment se révèle-t-elle ici? Quel
effet produit au milieu de cette scène le portrait de Mme Bovary? Étudiez la composition et le vocabulaire de cette image de profil. Comparez
ce portrait d'Emma à celui qui termine l'extrait du chapitre II (page 89).

7. Les propos de Rodolphe : comment les lieux communs de la conversation lui servent-ils à entamer un badinage galant? — Comparez ce
début de conversation aux premiers propos échangés à l'auberge entre
Emma et Léon (pages 84 et 86-88). — L'attitude d'Emma : quels sentiments son rire (ligne 170), sa rougeur (ligne 173) trahissent-ils? — Comment le thème de l'amour se trouve-t-il peu à peu introduit?

185 campagnardes, servantes, en bas bleus, à souliers plats, à
bagues d'argent, et qui sentaient le lait quand on passait près
d'elles. Elles marchaient en se tenant par la main, et se répan-
daient ainsi sur toute la longueur de la prairie, depuis la ligne
des trembles jusqu'à la tente du banquet. Mais c'était le
190 moment de l'examen, et les cultivateurs, les uns après les autres,
entraient dans une manière d'hippodrome[1] que formait une
longue corde portée sur des bâtons.

Les bêtes étaient là, le nez tourné vers la ficelle, et alignant
confusément leurs croupes inégales. Les porcs assoupis enfon-
195 çaient en terre leur groin; des veaux beuglaient; des brebis
bêlaient; les vaches, un jarret replié, étalaient leur ventre sur
le gazon, et, ruminant lentement, clignaient leurs paupières
lourdes sous les moucherons qui bourdonnaient autour d'elles.
Des charretiers, les bras nus, retenaient par le licou des étalons
200 cabrés, qui hennissaient à pleins naseaux du côté des juments.
Elles restaient paisibles, allongeant la tête et la crinière pen-
dante, tandis que leurs poulains se reposaient à leur ombre,
ou venaient les téter quelquefois; et, sur la longue ondulation
de tous ces corps tassés, on voyait se lever au vent, comme un
205 flot, quelque crinière blanche, ou bien saillir des cornes aiguës
et des têtes d'hommes qui couraient. A l'écart, en dehors des
lices[2], cent pas plus loin, il y avait un grand taureau noir
muselé, portant un cercle de fer à la narine, et qui ne bougeait
pas plus qu'une bête de bronze. Un enfant en haillons le tenait
210 par une corde. (8)

Cependant, entre les deux rangées, des messieurs s'avan-
çaient d'un pas lourd, examinant chaque animal, puis se consul-
taient à voix basse. L'un d'eux, qui semblait plus considérable,
prenait, tout en marchant, quelques notes sur un album.
215 C'était le président du jury : M. Derozerays de la Panville.
Sitôt qu'il reconnut Rodolphe, il s'avança vivement, et lui dit
en souriant d'un air aimable :

« Comment, monsieur Boulanger, vous nous abandonnez? »

---

1. *Hippodrome :* champ de courses; 2. *Lice :* terrain entouré de palissades.

──── **QUESTIONS** ────

8. Comment revient-on à la description d'ensemble? — Cherchez
l'impression dominante que Flaubert veut donner ici : s'attarde-t-il
longtemps à chacun des éléments de ce tableau? Relevez l'alternance
entre le mouvement et l'immobilité. — L'art de ce tableau, qui prend
pour sujet une scène de la vie rurale.

Rodolphe protesta qu'il allait venir. Mais, quand le prési-
220 dent eut disparu :

« Ma foi, non, reprit-il, je n'irai pas : votre compagnie
vaut bien la sienne. » (9)

Et, tout en se moquant des comices, Rodolphe, pour cir-
culer plus à l'aise, montrait au gendarme sa pancarte bleue,
225 et même il s'arrêtait parfois devant quelque beau *sujet* que
madame Bovary n'admirait guère. Il s'en aperçut, et alors se
mit à faire des plaisanteries sur les dames d'Yonville, à propos
de leur toilette; puis il s'excusa lui-même du négligé de la
sienne. Elle avait cette incohérence de choses communes et
230 recherchées, où le vulgaire, d'habitude, croit entrevoir la révélation d'une existence excentrique, les désordres du sentiment,
les tyrannies de l'art, et toujours un certain mépris des conventions sociales, ce qui le séduit ou l'exaspère. Ainsi, sa chemise
de batiste à manchettes plissées bouffait au hasard du vent
235 dans l'ouverture de son gilet, qui était de coutil[1] gris, et son
pantalon à larges raies découvrait aux chevilles ses bottines
de nankin, claquées[2] de cuir verni. Elles étaient si vernies,
que l'herbe s'y reflétait. Il foulait avec elles les crottins de
cheval, une main dans la poche de sa veste et son chapeau de
240 paille mis de côté. (10)

« D'ailleurs, ajouta-t-il, quand on habite la campagne...

— Tout est peine perdue, dit Emma.

— C'est vrai! répliqua Rodolphe. Songer que pas un seul
de ces braves gens n'est capable de comprendre même la tour-
245 nure d'un habit! »

Alors ils parlèrent de la médiocrité provinciale, des existences qu'elle étouffait, des illusions qui s'y perdaient.

« Aussi, disait Rodolphe, je m'enfonce dans une tristesse...

---

1. *Coutil* : toile grise, en fil ou en coton; 2. Une chaussure *claquée* est une chaussure de tissu (le *nankin*) avec du cuir au bout et sur les côtés; caractéristique de l'élégance urbaine, mais déplacée à la campagne.

QUESTIONS

9. Montrez l'habileté de cette transition pour relier à l'ensemble le
couple Emma-Rodolphe et pour faire avancer l'action.

10. Le costume de Rodolphe : en quoi constitue-t-il un élément de
séduction? En quoi est-il ridicule? Montrez que ce costume révèle le
caractère. — Que faut-il entendre par les *tyrannies de l'art* (ligne 232)?

— Vous! fit-elle avec étonnement. Mais je vous croyais
250 très gai?

— Ah! oui, d'apparence, parce qu'au milieu du monde je
sais mettre sur mon visage un masque railleur; et, cependant,
que de fois, à la vue d'un cimetière, au clair de lune, je me
suis demandé si je ne ferais pas mieux d'aller rejoindre ceux
255 qui sont à dormir...

— Oh! Et vos amis? dit-elle. Vous n'y pensez-pas.

— Mes amis? Lesquels donc? En ai-je? Qui s'inquiète de
moi? » (11)

Et il accompagna ces derniers mots d'une sorte de sifflement
260 entre ses lèvres.

Mais ils furent obligés de s'écarter l'un de l'autre à cause
d'un grand échafaudage de chaises qu'un homme portait derrière eux. Il en était si surchargé, que l'on apercevait seulement
la pointe de ses sabots, avec le bout de ses deux bras, écartés
265 droit. C'était Lestiboudois, le fossoyeur, qui charriait dans
la multitude les chaises de l'église. Plein d'imagination pour
tout ce qui concernait ses intérêts, il avait découvert ce moyen
de tirer parti des comices, et son idée lui réussissait, car il
ne savait plus auquel entendre[1]. En effet, les villageois, qui
270 avaient chaud, se disputaient ces sièges dont la paille sentait
l'encens, et s'appuyaient contre leurs gros dossiers, salis par
la cire des cierges, avec une certaine vénération. (12)

Madame Bovary reprit le bras de Rodolphe; il continua
comme se parlant à lui-même :
275 « Oui! tant de choses m'ont manqué! Toujours seul! Ah!

---

1. Auquel donner son accord. Cette construction, déjà vieillie au temps de Flaubert, n'existe plus que dans l'expression *ne rien entendre à quelque chose*.

―――――― QUESTIONS ――――――

11. Les essais successifs de Rodolphe pour trouver un moyen de séduire
Emma. Analysez de quelle manière Rodolphe se crée une attitude en
dénigrant les provinciaux et en utilisant les grands thèmes romantiques
(cimetière sous la lune, mélancolie, solitude). Comparez le faux romantisme de Rodolphe à la sincérité de Léon (voir chapitre II, pages 84-88).
— Comment Mme Bovary donne-t-elle prise sur elle? De quelle manière
Rodolphe tire-t-il parti de ses réponses?

12. Quel est l'effet produit par l'apparition de Lestiboudois? Appréciez le contraste entre la tirade de Rodolphe sur les cimetières au clair
de lune et le prosaïque Lestiboudois.

si j'avais eu un but dans la vie, si j'eusse rencontré une affection, si j'avais trouvé quelqu'un... Oh! comme j'aurais dépensé
toute l'énergie dont je suis capable, j'aurais surmonté tout,
brisé tout!

280   — Il me semble pourtant, dit Emma, que vous n'êtes guère
à plaindre.

— Ah! vous trouvez? fit Rodolphe.

— Car enfin..., reprit-elle, vous êtes libre. »

Elle hésita. :

285   « Riche.

— Ne vous moquez pas de moi », répondit-il. **(13)**

Et elle jurait qu'elle ne se moquait pas, quand un coup de
canon retentit; aussitôt, on se poussa pêle-mêle vers le
village. **(14)**

290   C'était une fausse alerte. M. le préfet n'arrivait pas; et les
membres du jury se trouvaient fort embarrassés, ne sachant
s'il fallait commencer la séance ou bien attendre encore.

Enfin, au fond de la place, parut un grand landau[1] de louage,
traîné par deux chevaux maigres, que fouettait à tour de bras
295   un cocher en chapeau blanc. Binet n'eut que le temps de crier :
« Aux armes! » et le colonel de l'imiter. On courut vers les
faisceaux[2]. On se précipita. Quelques-uns même oublièrent
leur col. Mais l'équipage préfectoral sembla deviner cet embarras, et les deux rosses accouplées, se dandinant sur leur chaî-
300   nette[3], arrivèrent au petit trot devant le péristyle de la mairie
juste au moment où la garde nationale et les pompiers s'y
déployaient, tambour battant, et marquant le pas.

« Balancez[4]! » cria Binet.

---

1. *Landau* : voiture à quatre roues, dont la double capote se lève et s'abaisse à
volonté; **2.** *Faisceaux* : assemblage de fusils qui ont été groupés crosses en bas et
qui se tiennent en haut par les baïonnettes; 3. *Chaînette* : partie du harnais reliée
au timon; 4. *Balancer* : rester sur place en oscillant d'un pied sur l'autre (commandement qui invite à marquer le pas).

QUESTIONS

13. L'amertume de Rodolphe est-elle justifiée? Ne joue-t-il pas la
comédie? Emma est-elle complètement dupe? Relevez les réflexions qui
traduisent ses doutes : pourquoi cède-t-elle cependant? Est-elle convain-
cue réellement?

14. Comment se précise ici la technique de contrepoint utilisée dans
ce chapitre? — Quelle est l'impression du lecteur en voyant s'interrompre
une fois de plus le dialogue d'Emma et de Rodolphe?

« Halte! cria le colonel. Par file à gauche[1]! »

305 Et, après un port d'armes où le cliquetis des capucines[2]
se déroulant sonna comme un chaudron de cuivre qui dégrin-
gole les escaliers, tous les fusils retombèrent. **(15)**

Alors on vit descendre du carrosse un monsieur vêtu d'un
habit court à broderie d'argent, chauve sur le front, portant
310 toupet[3] à l'occiput[4], ayant le teint blafard et l'apparence des
plus bénignes. Ses deux yeux, fort gros et couverts de paupières
épaisses, se fermaient à demi pour considérer la multitude,
en même temps qu'il levait son nez pointu et faisait sourire
sa bouche rentrée. Il reconnut le maire à son écharpe, et lui
315 exposa que M. le préfet n'avait pu venir. Il était, lui, un conseiller
de préfecture; puis il ajouta quelques excuses. Tuvache y répondit par des civilités, l'autre s'avoua confus; et ils restaient ainsi,
face à face, et leurs fronts se touchant presque, avec les membres
du jury tout alentour, le conseil municipal, les notables, la
320 garde nationale et la foule. M. le conseiller, appuyant contre
sa poitrine son petit tricorne noir, réitérait ses salutations,
tandis que Tuvache, courbé comme un arc, souriait aussi,
bégayait, cherchait ses phrases, protestait de son dévouement
à la monarchie, et de l'honneur que l'on faisait à Yonville. **(16)**
325 Hippolyte, le garçon de l'auberge, vint prendre par la bride
les chevaux du cocher, et tout en boitant de son pied bot,
il les conduisit sous le porche du *Lion d'or* où beaucoup de
paysans s'amassèrent à regarder la voiture. Le tambour battit,
l'obusier[5] tonna, et les messieurs à la file montèrent s'asseoir
330 sur l'estrade, dans les fauteuils en Utrecht[6] rouge qu'avait
prêtés madame Tuvache.

---

1. Alignez-vous sur la gauche; 2. *Capucines* : anneaux de métal qui fixent les canons
des fusils sur les fûts; 3. *Toupet* : touffe de cheveux, sans doute faux; 4. *Occiput* :
partie postérieure du crâne; 5. *Obusier* : bouche à feu servant au tir plongeant;
6. En velours d'Utrecht.

--- **QUESTIONS** ---

15. Étudiez le mouvement dans les lignes 293-307. Comment l'emploi
du temps et le rythme des phrases rendent-ils sensible l'alternance d'accélération et de ralentissement? Les effets comiques qui en résultent.

16. Les éléments caricaturaux dans le portrait du conseiller de préfecture (lignes 308-314) : montrez qu'ils sont liés aux attitudes autant
qu'aux traits du personnage. — L'emploi du style indirect dans les salutations et congratulations échangées par le maire et le conseiller de préfecture est-il plus expressif que le style direct? — La satire sociale : cette
scène dérisoire est-elle seulement une satire de la France de Louis-Philippe? A-t-elle gardé sa vérité et son actualité?

Tous ces gens-là se ressemblaient. Leurs molles figures blondes, un peu hâlées par le soleil, avaient la couleur du cidre doux, et leurs favoris bouffants s'échappaient de grands
335 cols roides, que maintenaient des cravates blanches à rosette[1] bien étalée. Tous les gilets étaient de velours, à châle[2]; toutes les montres portaient au bout d'un long ruban quelque cachet ovale en cornaline[3]; et l'on appuyait ses deux mains sur ses deux cuisses, en écartant avec soin la fourche du pantalon,
340 dont le drap non décati[4] reluisait plus brillamment que le cuir des fortes bottes.

Les dames de la société se tenaient derrière, sous le vestibule, entre les colonnes, tandis que le commun de la foule était en face, debout, ou bien assis sur des chaises. En effet,
345 Lestiboudois avait apporté là toutes celles qu'il avait déménagées de la prairie, et même il courait à chaque minute en chercher d'autres dans l'église, et causait un tel encombrement par son commerce, que l'on avait grand'peine à parvenir jusqu'au petit escalier de l'estrade. (17)

350 « Moi, je trouve, dit M. Lheureux (s'adressant au pharmacien, qui passait pour gagner sa place), que l'on aurait dû planter là deux mâts vénitiens[5]; avec quelque chose d'un peu sévère et de riche comme nouveauté, c'eût été un fort joli coup d'œil.

355 — Certes, répondit Homais. Mais, que voulez-vous! c'est le maire qui a tout pris sous son bonnet. Il n'a pas grand goût, ce pauvre Tuvache; il est même complètement dénué de ce qui s'appelle le génie des arts. » (18)

---

1. *Rosette* : nœud formé d'une ou de deux boucles, qu'on peut détacher en tirant les bouts; 2. *Châle* : partie d'un vêtement qui croise sur la poitrine; 3. *Cornaline* : agathe, le plus souvent d'un rouge foncé, qui sert à faire des cachets et différents bijoux; 4. *Non décati* : conservant encore de l'apprêt; 5. Avec des lanternes vénitiennes (récipients en papier translucide et colorié, dans lesquels on allume une bougie).

--- **QUESTIONS** ---

17. Par quels procédés Flaubert donne-t-il l'image d'une parfaite uniformité chez les notables assis sur l'estrade? Que peut-on en déduire sur leur caractère et leurs mœurs? — Comment est traité le *commun de la foule* (ligne 343) dans ce tableau? — L'apparition d'Hippolyte et la réapparition de Lestiboudois : pourquoi le romancier jalonne-t-il les tableaux d'ensemble de ces silhouettes plus individualisées?

18. L'intermède dialogué de Lheureux et d'Homais a-t-il une grande importance pour compléter notre connaissance des deux personnages? N'a-t-il pas plutôt de l'intérêt pour la technique du récit?

Cependant Rodolphe, avec madame Bovary, était monté
360 au premier étage de la mairie, dans la *salle des délibérations*,
et, comme elle était vide, il avait déclaré que l'on y serait bien
pour jouir du spectacle plus à son aise. Il prit trois tabourets
autour de la table ovale, sous le buste du monarque, et, les
ayant approchés de l'une des fenêtres, ils s'assirent l'un près
365 de l'autre.

Il y eut une agitation sur l'estrade, de longs chuchotements,
des pourparlers. Enfin, M. le Conseiller se leva. On savait
maintenant qu'il s'appelait Lieuvain, et l'on se répétait son
nom de l'un à l'autre, dans la foule **(19)**. Quand il eut donc
370 collationné[1] quelques feuilles et appliqué dessus son œil, pour
y mieux voir, il commença :

« Messieurs,

« Qu'il me soit permis d'abord (avant de vous entretenir
de l'objet de cette réunion d'aujourd'hui, et ce sentiment,
375 j'en suis sûr, sera partagé par vous tous), qu'il me soit permis,
dis-je, de rendre justice à l'administration supérieure, au gouvernement, au monarque, messieurs, à notre souverain, à ce
roi bien-aimé à qui aucune branche de la prospérité publique
ou particulière n'est indifférente, et qui dirige à la fois d'une
380 main si ferme et si sage le char de l'État[2] parmi les périls inces-
sants d'une mer orageuse, sachant d'ailleurs faire respecter
la paix comme la guerre, l'industrie, le commerce, l'agriculture et les beaux-arts. » **(20)**

« Je devrais, dit Rodolphe, me reculer un peu.

---

1. *Collationner :* vérifier l'ordre; 2. Métaphore incohérente, qui montre la sottise
bourgeoise. Henri Monnier, dans *les Mémoires de Joseph Prudhomme* (1857), écrit :
« Le char de l'État navigue sur un volcan. »

——————— QUESTIONS ———————

19. Quelle est l'intention de Rodolphe en s'installant avec Mme Bovary
dans la mairie? Pourquoi n'a-t-il pas essayé d'emmener Emma loin des
comices, qui n'intéressent guère la jeune femme? — L'intérêt de cette
situation pour la suite du récit : comment le lecteur est-il désormais placé
pour assister aux comices?

20. La parodie de l'éloquence officielle à l'échelon du chef-lieu de
canton. — Les lieux communs de l'exorde : l'effet burlesque des incohé-
rences et des absurdités. — Les quatre derniers termes, l'*industrie*, le
commerce, l'*agriculture* et les *beaux-arts* (voir au même chapitre les
lignes 41-43), sont-ils suggérés à l'orateur par les étendards qu'il a sous
les yeux?

385 — Pourquoi? » dit Emma.

Mais, à ce moment, la voix du Conseiller s'éleva d'un ton extraordinaire. Il déclamait :

« Le temps n'est plus, messieurs, où la discorde civile ensan-
glantait nos places publiques, où le propriétaire, le négociant,
390 l'ouvrier lui-même, en s'endormant le soir d'un sommeil pai-
sible, tremblaient de se voir réveillés tout à coup au bruit
des tocsins incendiaires, où les maximes les plus subversives
sapaient audacieusement les bases... »

« C'est qu'on pourrait, reprit Rodolphe, m'apercevoir d'en
395 bas; puis j'en aurais pour quinze jours à donner des excuses,
et, avec ma mauvaise réputation...

— Oh! vous vous calomniez, dit Emma.

— Non, non, elle est exécrable, je vous jure. »

« Mais, messieurs, poursuivit le Conseiller, que si, écartant
400 de mon souvenir ces sombres tableaux, je reporte mes yeux
sur la situation actuelle de notre belle patrie : qu'y vois-je?
Partout fleurissent le commerce et les arts; partout des voies
nouvelles de communication, comme autant d'artères nouvelles dans le corps de l'État, y établissent des rapports nou-
405 veaux; nos grands centres manufacturiers ont repris leur
activité; la religion, plus affermie, sourit à tous les cœurs;
nos ports sont pleins, la confiance renaît, et enfin la France
respire!... » **(21)**

« Du reste, ajouta Rodolphe, peut-être, au point de vue
410 du monde, a-t-on raison?

— Comment cela? fit-elle.

QUESTIONS

21. Comment le romancier a-t-il préparé le jeu d'alternance entre
les propos d'Emma et de Rodolphe, d'une part, et le discours du conseiller,
d'autre part? L'effet qui en résulte. — Le talent du séducteur : quel
sentiment espère-t-il susciter chez Emma en s'accusant lui-même? —
Le discours du conseiller : les deux tableaux antithétiques de la révolution et de la prospérité. Ce discours passe-partout est-il totalement adapté
à son auditoire? Le rôle de la religion dans cet éloge de l'ordre social.
— Pour le lecteur de 1856, était-ce seulement un souvenir de la monarchie de Louis-Philippe qu'évoquaient ces propos? N'y découvrirait-il
pas une allusion directe à l'actualité?

— Eh quoi, dit-il, ne savez-vous pas qu'il y a des âmes sans cesse tourmentées? Il leur faut tour à tour le rêve et l'action, les passions les plus pures, les jouissances les plus furieuses, 415 et l'on se jette ainsi dans toutes sortes de fantaisies, de folies. »

Alors elle le regarda comme on contemple un voyageur qui a passé par des pays extraordinaires, et elle reprit !

« Nous n'avons pas même cette distraction, nous autres pauvres femmes !

420 — Triste distraction, car on n'y trouve pas le bonheur.

— Mais le trouve-t-on jamais? demanda-t-elle.

— Oui, il se rencontre un jour », répondit-il. **(22)**

« Et c'est là ce que vous avez compris, disait le Conseiller. Vous, agriculteurs et ouvriers des campagnes; vous, pionniers 425 pacifiques d'une œuvre toute de civilisation! vous, hommes de progrès et de moralité! vous avez compris, dis-je, que les orages politiques sont encore plus redoutables vraiment que les désordres de l'atmosphère... » **(23)**

« Il se rencontre un jour, répéta Rodolphe, un jour, tout à 430 coup et quand on en désespérait. Alors des horizons s'entrouvrent, c'est comme une voix qui crie : « Le voilà! » Vous sentez le besoin de faire à cette personne la confidence de votre vie, de lui donner tout, de lui sacrifier tout! On ne s'explique pas, on se devine. On s'est entrevu dans ses rêves. (Et il la 435 regardait.) Enfin, il est là, ce trésor que l'on a tant cherché, là, devant vous; il brille, il étincelle. Cependant on en doute encore, on n'ose y croire; on en reste ébloui, comme si l'on sortait des ténèbres à la lumière. »

Et, en achevant ces mots, Rodolphe ajouta la pantomime 440 à sa phrase. Il se passa la main sur le visage, tel qu'un homme pris d'étourdissement; puis il la laissa retomber sur celle

---

QUESTIONS

22. Les progrès de Rodolphe : montrez qu'il joue habilement sur deux tableaux (lignes 412-414), pour aboutir à un mot qui lui semble avoir un pouvoir magique. — Les propos de Mme Bovary : comment expliquer qu'une âme aussi passionnée s'exprime d'une façon aussi plate et aussi banale?

23. Quels sont les grands mots de la politique? Ne peut-on les mettre en parallèle avec les grands mots de l'amour?

d'Emma. Elle retira la sienne **(24)**. Mais le Conseiller lisait toujours :

« Et qui s'en étonnerait, messieurs? Celui-là seul qui serait
445 assez aveugle, assez plongé (je ne crains pas de le dire), assez
plongé dans les préjugés d'un autre âge pour méconnaître
encore l'esprit des populations agricoles. Où trouver, en effet,
plus de patriotisme que dans les campagnes, plus de dévouement à la cause publique, plus d'intelligence en un mot? Et
450 je n'entends pas, messieurs, cette intelligence superficielle,
vain ornement des esprits oisifs, mais plus de cette intelligence
profonde et modérée, qui s'applique par-dessus toute chose
à poursuivre des buts utiles, contribuant ainsi au bien de
chacun, à l'amélioration commune et au soutien des États,
455 fruit du respect des lois et de la pratique des devoirs... » **(25)**

« Ah! encore, dit Rodolphe. Toujours les devoirs, je suis
assommé de ces mots-là. Ils sont un tas de vieilles ganaches[1]
en gilet de flanelle, et de bigotes à chaufferette[2] et à chapelet,
qui continuellement nous chantent aux oreilles : « Le devoir!
460 le devoir! » Eh! parbleu! le devoir, c'est de sentir ce qui est
grand, de chérir ce qui est beau, et non pas d'accepter toutes
les conventions de la société, avec les ignominies qu'elle nous
impose.

— Cependant..., cependant..., objectait madame Bovary.
465 — Eh non! pourquoi déclamer contre les passions? Ne
sont-elles pas la seule belle chose qu'il y ait sur la terre, la

---

1. *Ganaches* : personnes dépourvues d'intelligence; 2. *Chaufferette* : boîte où l'on met de la braise pour se chauffer les pieds.

QUESTIONS

24. Les progrès de Rodolphe ou le passage de la simulation à l'action. — La théorie de l'âme sœur : ses antécédents romantiques; son contraste avec la médiocrité de Rodolphe. — De quel vocabulaire se sert mainte-nant le séducteur? — Connaissez-vous d'autres romans où l'amoureux cherche à prendre dans sa main la main de celle qu'il aime? De quelle mimique théâtrale ce geste s'accompagne-t-il ici? — S'attendait-on à voir Mme Bovary retirer sa main?

25. Ne pourrait-on encore établir un parallélisme entre les moyens utilisés par l'orateur pour gagner son auditoire et ceux mis en œuvre par Rodolphe pour séduire Emma? — Les lieux communs de la politique face aux lieux communs de l'amour : dans quelle mesure le conseiller adapte-t-il lui aussi ses propos à son auditoire? Quel est ici le but de sa propagande?

source de l'héroïsme, de l'enthousiasme, de la poésie, de la musique, des arts, de tout enfin?

— Mais il faut bien, dit Emma, suivre un peu l'opinion du
470 monde et obéir à sa morale.

— Ah! c'est qu'il y en a deux, répliqua-t-il. La petite, la convenue, celle des hommes, celle qui varie sans cesse et qui braille si fort, s'agite en bas, terre à terre, comme ce rassemblement d'imbéciles que vous voyez. Mais l'autre, l'éternelle,
475 elle est tout autour et au-dessus, comme le paysage qui nous environne et le ciel bleu qui nous éclaire. » **(26)**

M. Lieuvain venait de s'essuyer la bouche avec son mouchoir de poche. Il reprit :

« Et qu'aurais-je à faire, messieurs, de vous démontrer ici
480 l'utilité de l'agriculture? Qui donc pourvoit à nos besoins? Qui donc fournit à notre subsistance? N'est-ce pas l'agriculteur? L'agriculteur, messieurs, qui, ensemençant d'une main laborieuse les sillons féconds des campagnes, fait naître le blé, lequel broyé est mis en poudre au moyen d'ingénieux appareils,
485 en sort sous le nom de farine, et, de là, transporté dans les cités, est bientôt rendu chez le boulanger, qui en confectionne un aliment pour le pauvre comme pour le riche. N'est-ce pas l'agriculteur encore qui engraisse, pour nos vêtements, ses abondants troupeaux dans les pâturages? Car comment nous
490 vêtirions-nous, car comment nous nourririons-nous sans l'agriculteur? Et même, messieurs, est-il besoin d'aller si loin chercher des exemples? Qui n'a souvent réfléchi à toute l'importance que l'on retire de ce modeste animal, ornement de nos basses-cours, qui fournit à la fois un oreiller moelleux pour
495 nos couches, sa chair succulente pour nos tables, et des œufs? Mais je n'en finirais pas s'il fallait énumérer les uns après les autres les différents produits que la terre bien cultivée, telle

---

QUESTIONS ─────────────

26. Quel nouvel effet le romancier tire-t-il (à propos du mot *devoirs*) du jeu de contrepoint si habilement mené jusqu'ici? — Pourquoi Rodolphe a-t-il besoin de faire rebondir son boniment? — La contagion du style oratoire : relevez les procédés de rhétorique qui jalonnent l'appel de Rodolphe au non-conformisme. — L'allusion au *rassemblement d'imbéciles* (lignes 473-474) : comment Rodolphe profite-t-il de la situation « privilégiée » qu'il occupe avec Emma au cours de cette fête? — Mme Bovary est-elle à la hauteur de la situation pour défendre le conformisme?

qu'une mère généreuse, prodigue à ses enfants. Ici, c'est la vigne; ailleurs, ce sont les pommiers à cidre; là, le colza[1]; plus loin, les fromages; et le lin; messieurs, n'oublions pas le lin! qui a pris dans ces dernières années un accroissement considérable et sur lequel j'appellerai plus particulièrement votre attention. » **(27)**

Il n'avait pas besoin de l'appeler : car toutes les bouches de la multitude se tenaient ouvertes, comme pour boire ses paroles. Tuvache, à côté de lui, l'écoutait en écarquillant les yeux; M. Derozerays, de temps à autre, fermait doucement les paupières; et plus loin, le pharmacien, avec son fils Napoléon[2] entre les jambes, bombait sa main contre son oreille pour ne pas perdre une seule syllabe. Les autres membres du jury balançaient lentement leur menton dans leur gilet, en signe d'approbation. Les pompiers, au bas de l'estrade, se reposaient sur leurs baïonnettes; et Binet, immobile, restait le coude en dehors, avec la pointe du sabre en l'air. Il entendait peut-être, mais il ne devait rien apercevoir à cause de la visière de son casque qui lui descendait sur le nez. Son lieutenant, le fils cadet du sieur Tuvache, avait encore exagéré le sien; car il en portait un énorme et qui lui vacillait sur la tête, en laissant dépasser un bout de son foulard d'indienne[3]. Il souriait là-dessous avec une douceur tout enfantine, et sa petite figure pâle, où des gouttes ruisselaient, avait une expression de jouissance, d'accablement et de sommeil.

La place jusqu'aux maisons était comble du monde. On y voyait des gens accoudés à toutes les fenêtres, d'autres debout sur toutes les portes et Justin[4], devant la devanture de la pharmacie, paraissait tout fixé dans la contemplation de ce qu'il

---

1. *Colza* : espèce de chou dont la graine fournit de l'huile; 2. Homais a donné à ses trois enfants les noms de Napoléon, Franklin et Athalie, pour montrer qu'il admire le génie sous toutes ses formes; 3. *Indienne* : voir page 31, note 2; 4. *Justin* : garçon de pharmacie chez M. Homais.

QUESTIONS

27. L'éloge de l'agriculture : si on replace ce développement dans l'ensemble du discours, peut-on distinguer de quelle manière il constitue la partie mobile d'une harangue qu'on peut adapter à d'autres auditoires? Sur ce point encore n'y a-t-il pas un parallélisme entre la façon de convaincre la masse et de séduire une femme?

regardait. Malgré le silence, la voix de M. Lieuvain se perdait dans l'air. Elle vous arrivait par lambeaux de phrases,
qu'interrompait çà et là le bruit des chaises dans la foule;
530 puis on entendait, tout à coup, partir derrière soi un long
mugissement de bœuf, ou bien les bêlements des agneaux qui
se répondaient au coin des rues. En effet, les vachers et les
bergers avaient poussé leurs bêtes jusque-là, et elles beuglaient
de temps à autre, tout en arrachant avec leur langue quelque
535 bribe de feuillage qui leur pendait sur le museau. **(28)**

Rodolphe s'était rapproché d'Emma, et il disait d'une voix
basse, en parlant vite :

« Est-ce que cette conjuration du monde ne vous révolte
pas? Est-il un seul sentiment qu'il ne condamne? Les instincts
540 les plus nobles, les sympathies les plus pures sont persécutés,
calomniés, et, s'il se rencontre enfin deux pauvres âmes, tout
est organisé pour qu'elles ne puissent se joindre. Elles essaye-
ront cependant, elles battront des ailes, elles s'appelleront.
Oh! n'importe, tôt ou tard, dans six mois, dix ans, elles se
545 réuniront, s'aimeront, parce que la fatalité l'exige et qu'elles
sont nées l'une pour l'autre. » **(29)**

Il se tenait les bras croisés sur ses genoux, et, ainsi levant
la figure vers Emma, il la regardait de près, fixement. Elle
distinguait dans ses yeux des petits rayons d'or, s'irradiant
550 tout autour de ses pupilles noires, et même elle sentait le parfum de la pommade qui lustrait sa chevelure. Alors une mol-
lesse la saisit, elle se rappela ce vicomte qui l'avait fait valser
à la Vaubyessard, et dont la barbe exhalait, comme ces che-
veux-là, cette odeur de vanille et de citron; et, machinalement,
555 elle entreferma les paupières pour le mieux respirer. Mais,
dans ce geste qu'elle fit en se cabrant sur sa chaise, elle aperçut
au loin, tout au fond de l'horizon, la vieille diligence l'*Hirondelle*, qui descendait lentement la côte des Leux, en traînant

---

QUESTIONS

28. La place de cette vue panoramique dans l'ensemble de ce récit :
ne peut-on la considérer comme le spectacle tel qu'il est vu de la fenêtre
de la mairie par Emma et Rodolphe? Dans quel ordre est faite cette
description? — Les éléments du tableau : individus et masse, hommes et
animaux : comment reparaissent toutes les composantes de cette scène
d'ensemble? — La bêtise humaine : par quels moyens le romancier la
suggère-t-il ici?

29. Après la description précédente, quelle valeur prennent les thèmes
romantiques exploités maintenant par Rodolphe? Quel mot nouveau
est lancé par lui pour émouvoir Emma?

après soi un long panache de poussière. C'était dans cette
560 voiture que Léon, si souvent, était revenu vers elle; et par
cette route là-bas qu'il était parti pour toujours! Elle crut le
voir en face, à sa fenêtre, puis tout se confondit, des nuages
passèrent; il lui sembla qu'elle tournait encore dans la valse,
sous le feu des lustres, au bras du vicomte, et que Léon n'était
565 pas loin, qu'il allait venir... et cependant elle sentait toujours
la tête de Rodolphe à côté d'elle. La douceur de cette sensation pénétrait ainsi ses désirs d'autrefois, et comme des grains
de sable sous un coup de vent, ils tourbillonnaient dans la
bouffée subtile du parfum qui se répandait sur son âme. Elle
570 ouvrit les narines à plusieurs reprises, fortement, pour aspirer
la fraîcheur des lierres autour des chapiteaux. Elle retira
ses gants, elle s'essuya les mains; puis, avec son mouchoir, elle
s'éventait la figure, tandis qu'à travers le battement de ses
tempes elle entendait la rumeur de la foule et la voix du
575 Conseiller qui psalmodiait ses phrases. **(30)**

Il disait :

« Continuez! persévérez! n'écoutez ni les suggestions de
la routine, ni les conseils trop hâtifs d'un empirisme[1] témé-
raire! Appliquez-vous surtout à l'amélioration du sol, aux
580 bons engrais, au développement des races chevalines, bovines,
ovines et porcines! Que ces comices soient pour vous comme
des arènes pacifiques où le vainqueur, en sortant, tendra la
main au vaincu et fraternisera avec lui, dans l'espoir d'un
succès meilleur! Et vous, vénérables serviteurs! humbles domes-
585 tiques, dont aucun gouvernement jusqu'à ce jour n'avait pris
en considération les pénibles labeurs, venez recevoir la récom-
pense de vos vertus silencieuses, et soyez convaincus que

---

1. *Empirisme* : système dans lequel la seule source de nos connaissances est l'expérience. En mauvaise part, usage exclusif de l'expérience.

=========== **QUESTIONS** ===========

30. Grâce à quelles sensations Emma fait-elle un retour sur son passé?
Doit-on dire qu'il s'agit d'un souvenir consciemment rappelé à la
mémoire? — Le mélange du passé, du rêve et du présent ne va-t-il pas
favoriser Rodolphe? Comment se manifeste la sensualité d'Emma?
L'a-t-on vue se manifester déjà en d'autres circonstances? — La
« recherche du temps perdu » selon Flaubert et selon Marcel Proust. —
Le rythme des phrases : comment l'auteur traduit-il l'impression de
vertige?

l'État, désormais, a les yeux fixés sur vous, qu'il vous encourage, qu'il vous protège, qu'il fera droit à vos justes réclamations et allégera, autant qu'il est en lui, le fardeau de vos pénibles sacrifices ! » **(31)**

M. Lieuvain se rassit alors ; M. Derozerays se leva, commençant un autre discours. Le sien, peut-être, ne fut point aussi fleuri que celui du Conseiller ; mais il se recommandait par un caractère de style plus positif, c'est-à-dire par des connaissances plus spéciales et des considérations plus relevées. Ainsi, l'éloge du gouvernement y tenait moins de place[1] ; la religion et l'agriculture en occupaient davantage. On y voyait le rapport de l'une et de l'autre, et comment elles avaient concouru toujours à la civilisation. Rodolphe, avec madame Bovary, causait rêves, pressentiments, magnétisme[2]. Remontant au berceau des sociétés, l'orateur nous dépeignait ces temps farouches où les hommes vivaient de glands, au fond des bois. Puis ils avaient quitté la dépouille des bêtes, endossé le drap, creusé des sillons, planté la vigne. Était-ce un bien, et n'y avait-il pas dans cette découverte plus d'inconvénients que d'avantages ? M. Derozerays se posait ce problème. Du magnétisme, peu à peu, Rodolphe en était venu aux affinités, et, tandis que M. le Président citait Cincinnatus[3] à sa charrue, Dioclétien[4] plantant ses choux et les empereurs de la Chine[5] inaugurant l'année par des semailles, le jeune homme expliquait à la jeune

---

1. Parce que l'auteur du discours est légitimiste ; **2.** *Magnétisme :* influence qu'un homme peut exercer sur un autre grâce à un fluide. Le nom désigne l'ensemble des faits et des théories de la suggestion et de l'hypnose. Mesmer (1733-1815) a présenté la théorie du magnétisme animal ; **3.** *Cincinnatus :* patricien romain, symbole de la simplicité. Il fut deux fois dictateur (vᵉ siècle av. J.-C.). Les licteurs qui allèrent lui porter les insignes de sa charge le trouvèrent dans son champ conduisant lui-même sa charrue ; **4.** *Dioclétien* avait abdiqué l'Empire à 60 ans. Une anecdote le montre refusant de reprendre le pouvoir pour continuer à cultiver ses laitues. Lieuvain substitue des choux aux laitues ; **5.** Selon la légende, les empereurs de Chine préludaient eux-mêmes aux travaux agricoles.

QUESTIONS

31. Les effets oratoires dans la péroraison de M. Lieuvain : le rôle de l'exclamation et de l'apostrophe. Quels effets peut produire une telle éloquence sur un auditoire déjà subjugué ? — L'appel aux *humbles domestiques* (ligne 584) : pourquoi a-t-il été réservé pour les derniers mots du discours ? — Le vocabulaire « social » d'un régime bourgeois : montrez que les formules sont destinées à donner tout apaisement aux classes possédantes et à inviter les plus pauvres à la soumission.

femme que ces attractions irrésistibles tiraient leur cause de quelque existence antérieure. (32)

« Ainsi, nous, disait-il, pourquoi nous sommes-nous connus ?
615 Quel hasard l'a voulu ? C'est qu'à travers l'éloignement, sans doute, comme deux fleuves qui coulent pour se rejoindre, nos pentes particulières nous avaient poussés l'un vers l'autre. »

Et il saisit sa main ; elle ne la retira pas.

« Ensemble de bonnes cultures ! » cria le président.

620 — Tantôt, par exemple, quand je suis venu chez vous...

« A M. Binet, de Quincampoix. »

— Savais-je que je vous accompagnerais ?

« Soixante et dix francs ! »

— Cent fois même j'ai voulu partir, et je vous ai suivie,
625 je suis resté.

« Fumiers. »

— Comme je resterais ce soir, demain, les autres jours, toute ma vie !

« A M. Caron, d'Argueil, une médaille d'or ! »

630 — Car jamais je n'ai trouvé dans la société de personne un charme aussi complet.

« A M. Bain, de Givry-Saint-Martin ! »

— Aussi, moi, j'emporterai votre souvenir.

« Pour un bélier mérinos... »

635 — Mais vous m'oublierez, j'aurai passé comme une ombre.

« A M. Belot, de Notre-Dame... »

— Oh ! non, n'est-ce pas, je serai quelque chose dans votre pensée, dans votre vie ?

« Race porcine, prix *ex æquo* à MM. Lehérissé et Cullem-
640 bourg ; soixante francs ! »

Rodolphe lui serrait la main, et il la sentait toute chaude et frémissante comme une tourterelle captive qui veut reprendre

─────── QUESTIONS ───────

32. Pourquoi Flaubert passe-t-il au style indirect pour résumer le discours de M. Derozerays ? Les thèmes de ce discours : dans quelle mesure y retrouve-t-on la réminiscence de thèmes empruntés à J.-J. Rousseau ? En quoi ces idées peuvent-elles servir à M. Derozerays pour apparaître comme le défenseur de la classe paysanne face aux autres classes sociales ? — Comment le jeu de contrepoint (le dialogue Emma-Rodolphe et le discours du président) s'adapte-t-il au style indirect ? — Les propos de Rodolphe ne relèvent-ils pas eux aussi de *connaissances plus spéciales* ? Rappelez brièvement la théorie des « affinités électives » telle que Goethe l'a illustrée dans un de ses romans. — M. Derozerays et Rodolphe ne font-ils pas en même temps preuve de pédantisme ?

sa volée; mais, soit qu'elle essayât de la dégager ou bien qu'elle
répondît à cette pression, elle fit un mouvement des doigts;
645 il s'écria :

« Oh! merci! Vous ne me repoussez pas! Vous êtes bonne!
Vous comprenez que je suis à vous! Laissez que je vous voie,
que je vous contemple! »

Un coup de vent qui arriva par les fenêtres fronça le tapis
650 de la table, et, sur la place, en bas, tous les grands bonnets de
paysannes se soulevèrent, comme des ailes de papillons blancs
qui s'agitent.

« Emploi de tourteaux[1] de graines oléagineuses », continua
le président.

655 Il se hâtait :

« Engrais flamand, — culture du lin, — drainage, — baux
à longs termes, — services de domestiques. »

Rodolphe ne parlait plus. Ils se regardaient. Un désir suprême
faisait frissonner leurs lèvres sèches; et mollement, sans efforts,
660 leurs doigts se confondirent. (33)

« Catherine-Nicaise-Élisabeth Leroux, de Sassetot-la-Guer-
rière, pour cinquante-quatre ans de service dans la même
ferme, une médaille d'argent — du prix de vingt-cinq francs! »

« Où est-elle, Catherine Leroux? » répéta le Conseiller.

665 Elle ne se présentait pas, et l'on entendait des voix qui
chuchotaient :

« Vas-y!

— Non.

— A gauche!

670 — N'aie pas peur!

— Ah! qu'elle est bête!

— Enfin y est-elle? s'écria Tuvache.

— Oui!... la voilà!

---

1. *Tourteau* : résidu de graines dont on a exprimé l'huile, et utilisé comme aliment
pour les bestiaux, ou comme engrais.

———— QUESTIONS ————

33. Le retour au style direct : quel effet nouveau, beaucoup plus
abrupt, le romancier tire-t-il maintenant du contrepoint? — L'opposition entre les réalités sordides et la poésie de l'amour n'est-elle pas plus
apparente que réelle? — La victoire de Rodolphe : à quels signes se rend-il
compte de ses progrès? Ses paroles ont-elles la même éloquence qu'auparavant? Quel ton nouveau adopte-t-il? — Les sentiments d'Emma :
commentez les lignes 642-643. Pourquoi le romancier semble-t-il ignorer
lui-même l'intention de son héroïne?

— Qu'elle approche donc! »

675 Alors on vit s'avancer sur l'estrade une petite vieille femme de maintien craintif, et qui paraissait se ratatiner dans ses pauvres vêtements. Elle avait aux pieds de grosses galoches de bois, et, le long des hanches, un grand tablier bleu. Son visage maigre, entouré d'un béguin[1] sans bordure, était plus
680 plissé de rides qu'une pomme de reinette flétrie, et des manches de sa camisole rouge dépassaient deux longues mains, à articulations noueuses. La poussière des granges, la potasse des lessives et le suint[2] des laines les avaient si bien encroûtées, éraillées, durcies, qu'elles semblaient sales quoiqu'elles fussent
685 rincées d'eau claire; et, à force d'avoir servi, elles restaient entrouvertes, comme pour présenter d'elles-mêmes l'humble témoignage de tant de souffrances subies. Quelque chose d'une rigidité monacale relevait l'expression de sa figure. Rien de triste ou d'attendri n'amollissait ce regard pâle. Dans la fré-
690 quentation des animaux, elle avait pris leur mutisme et leur placidité. C'était la première fois qu'elle se voyait au milieu d'une compagnie si nombreuse; et, intérieurement effarouchée par les drapeaux, par les tambours, par les messieurs en habit noir et par la croix d'honneur du Conseiller, elle demeurait
695 tout immobile, ne sachant s'il fallait s'avancer ou s'enfuir, ni pourquoi la foule la poussait et pourquoi les examinateurs lui souriaient. Ainsi se tenait, devant ces bourgeois épanouis, ce demi-siècle de servitude. (34)

« Approchez, vénérable Catherine-Nicaise-Élisabeth Leroux! »
700 dit M. le Conseiller, qui avait pris des mains du président la liste des lauréats.

Et tour à tour examinant la feuille de papier, puis la vieille femme, il répétait d'un ton paternel :

« Approchez, approchez!

---

1. *Béguin* : sorte de coiffe qui s'attache sous le menton; 2. *Suint* : humeur onctueuse qui s'écoule du corps des bêtes à laine.

———— **QUESTIONS** ————————————

34. Le contraste entre les lignes 661-662 et le paragraphe précédent. — Comment est préparée l'entrée de la vieille Catherine? — La description de la servante (lignes 675-691) : comment est-elle composée? — Par quels procédés Flaubert donne-t-il une sorte de majesté à ce personnage dérisoire? — La pitié de Flaubert : ne perce-t-elle pas ici en termes explicites? — La formule finale (ligne 698) comporte-t-elle à votre avis une revendication sociale de la part de Flaubert?

705   — Êtes-vous sourde? » dit Tuvache, en bondissant sur son
fauteuil.

Et il se mit à lui crier dans l'oreille :

« Cinquante-quatre ans de service! Une médaille d'argent!
Vingt-cinq francs! C'est pour vous. »

710   Puis, quand elle eut sa médaille, elle la considéra. Alors
un sourire de béatitude se répandit sur sa figure et on l'entendait qui marmottait en s'en allant :

« Je la donnerai au curé de chez nous, pour qu'il me dise
des messes.

715   — Quel fanatisme! exclama[1] le pharmacien », en se penchant
vers le notaire. (35)

La séance était finie; la foule se dispersa; et, maintenant
que les dicours étaient lus, chacun reprenait son rang et tout
rentrait dans la coutume : les maîtres rudoyaient les domes-
720 tiques, et ceux-ci frappaient les animaux, triomphateurs indo-
lents qui s'en retournaient à l'étable, une couronne verte
entre les cornes.

Cependant les gardes nationaux étaient montés au premier
étage de la mairie, avec des brioches embrochées à leurs baïon-
725 nettes, et le tambour du bataillon qui portait un panier de bouteilles. Madame Bovary prit le bras de Rodolphe; il la reconduisit chez elle; ils se séparèrent devant sa porte; puis il se
promena seul dans la prairie, tout en attendant l'heure du
banquet.

730   Le festin fut long, bruyant, mal servi; l'on était si tassé,
que l'on avait peine à remuer les coudes, et les planches étroites
qui servaient de bancs faillirent se rompre sous le poids des
convives. Ils mangeaient abondamment. Chacun s'en donnait
pour sa quote-part[2]. La sueur coulait sur tous les fronts; et
735 une vapeur blanchâtre, comme la buée d'un fleuve par un
matin d'automne, flottait au-dessus de la table, entre les quin-
quets suspendus. Rodolphe, le dos appuyé contre le calicot[3]

---

1. *Exclamer* : ici, proclamer, sens inhabituel de ce verbe, toujours utilisé à la forme pronominale; 2. *Quote-part* : part que chacun doit payer dans la répartition d'une somme totale; 3. *Calicot* : espèce de toile de coton.

--- **QUESTIONS** ---

35. Le tragique de cette scène : pourquoi les sentiments affectés par le président ou exprimés par Tuvache et par Homais rehaussent-ils la grandeur naïve de la vieille femme? — La croyance religieuse est-elle pour les humbles une servitude de plus ou l'illusion d'une certaine liberté?

de la tente, pensait si fort à Emma, qu'il n'entendait rien.
Derrière lui, sur le gazon, des domestiques empilaient des
740 assiettes sales; ses voisins parlaient, il ne leur répondait pas;
on lui emplissait son verre, et un silence s'établissait dans sa
pensée, malgré les accroissements de la rumeur. Il rêvait à ce
qu'elle avait dit et à la forme de ses lèvres; sa figure, comme
en un miroir magique, brillait sur la plaque des shakos[1]; les
745 plis de sa robe descendaient le long des murs, et des journées
d'amour se déroulaient à l'infini dans les perspectives de
l'avenir. (36)

Il la revit le soir, pendant le feu d'artifice; mais elle était
avec son mari, madame Homais et le pharmacien, lequel se
750 tourmentait beaucoup sur le danger des fusées perdues; et,
à chaque moment, il quittait la compagnie pour aller faire
à Binet des recommandations.

Les pièces pyrotechniques envoyées à l'adresse du sieur
Tuvache avaient, par excès de précaution, été enfermées dans
755 sa cave; aussi la poudre humide ne s'enflammait guère et le
morceau principal, qui devait figurer un dragon se mordant
la queue, rata complètement. De temps à autre, il partait une
pauvre chandelle romaine[2]; alors la foule béante poussait
une clameur où se mêlait le cri des femmes à qui l'on cha-
760 touillait la taille pendant l'obscurité. Emma, silencieuse, se
blottissait doucement contre l'épaule de Charles; puis le menton
levé, elle suivait dans le ciel noir le jet lumineux des fusées.
Rodolphe la contemplait à la lueur des lampions qui brûlaient. (37)

765 Ils s'éteignirent peu à peu. Les étoiles s'allumèrent. Quelques

---

1. *Shako* : coiffure militaire à l'usage de quelques troupes à cheval et de la plupart
des corps d'infanterie; 2. *Chandelle romaine* : pièce d'artifice en forme de chandelle,
qui lance des étoiles en brûlant.

--------- **QUESTIONS** ---------

36. Étudiez le changement dans le rythme du récit : à quoi voit-on
que l'ordre normal des choses est rétabli et que la vie reprend son cours?
— La présence de Rodolphe et sa rêverie : est-il aussi sentimental qu'il
l'était en présence d'Emma? Est-il un séducteur parfaitement cynique?

37. Le feu d'artifice raté : quel symbole renferme-t-il? — Qui a sans
doute conseillé à Tuvache de tenir les fusées à l'abri? — Comment expliquer l'attitude d'Emma? Faut-il voir de l'hypocrisie dans la manière
dont elle se comporte avec son mari?

gouttes de pluie vinrent à tomber. Elle noua son fichu sur
sa tête nue.

A ce moment, le fiacre du Conseiller sortit de l'auberge.
Son cocher, qui était ivre, s'assoupit tout à coup et l'on aper-
770 cevait de loin, par-dessus la capote, entre les deux lanternes,
la masse de son corps qui se balançait de droite et de gauche,
selon le tangage des soupentes[1].

« En vérité, dit l'apothicaire, on devrait bien sévir contre
l'ivresse! Je voudrais que l'on inscrivît, hebdomadairement, à
775 la porte de la mairie, sur un tableau *ad hoc*, les noms de tous
ceux qui, durant la semaine, se seraient intoxiqués avec des
alcools. D'ailleurs, sous le rapport de la statistique, on aurait
là comme des annales patentes qu'on irait au besoin... Mais
excusez... »

780 Et il courut encore vers le capitaine.

Celui-ci rentrait à sa maison. Il allait revoir son tour[2].

« Peut-être ne feriez-vous pas mal, lui dit Homais, d'envoyer
un de vos hommes ou d'aller vous-même...

— Laissez-moi donc tranquille, répondit le percepteur,
785 puisqu'il n'y a rien!

— Rassurez-vous, dit l'apothicaire, quand il fut revenu près
de ses amis. M. Binet m'a certifié que les mesures étaient prises.
Nulle flammèche ne sera tombée. Les pompes sont pleines.
Allons dormir.

790 — Ma foi! j'en ai besoin, fit madame Homais, qui bâillait
considérablement; mais, n'importe, nous avons eu pour notre
fête une bien belle journée. »

Rodolphe répéta d'une voix basse et avec un regard tendre :
« Oh! oui, bien belle! » (38)

795 Et, s'étant salués, on se tourna le dos.

Deux jours après, dans le *Fanal de Rouen.* il y avait un grand

---

1. *Soupente :* assemblage de larges courroies cousues l'une sur l'autre et qui servent
à soutenir le corps d'une voiture; 2. On a vu (deuxième partie, chapitre premier)
qu'il a la manie de tourner des ronds de serviette.

— QUESTIONS —

38. Comment Homais trouve-t-il, la fête finie, une compensation au
rôle obscur dans lequel il a été relégué toute la journée? Quelle importance
se donne-t-il? — Un personnage secondaire : le cocher. Comment est-il
présenté? Étudiez le rythme de la phrase (lignes 769-772).

article sur les comices. Homais l'avait composé, de verve, dès
le lendemain :

« Pourquoi ces festons[1], ces fleurs, ces guirlandes? Où courait
800 cette foule, comme les flots d'une mer en furie, sous les torrents
d'un soleil tropical qui répandait sa chaleur sur nos guérets? »

Ensuite, il parlait de la condition des paysans. Certes, le
gouvernement faisait beaucoup, mais pas assez! « Du courage!
lui criait-il; mille réformes sont indispensables, accomplissons-
805 les. » Puis, abordant l'entrée du Conseiller, il n'oubliait point
« l'air martial de notre milice », ni « nos plus sémillantes
villageoises », ni les vieillards à tête chauve, « sorte de
patriarches qui étaient là, et dont quelques-uns, débris de
nos immortelles phalanges, sentaient encore battre leurs cœurs
810 au son mâle des tambours ». Il se citait des premiers parmi
les membres du jury, et même il rappelait, dans une note, que
M. Homais, pharmacien, avait envoyé un Mémoire sur le
cidre à la Société d'Agriculture. Quand il arrivait à la distri-
bution des récompenses, il dépeignait la joie des lauréats en
815 traits dithyrambiques. « Le père embrassait son fils, le frère le
frère, l'époux l'épouse. Plus d'un montrait avec orgueil son
humble médaille, et sans doute, revenu chez lui, près de sa
bonne ménagère, il l'aura suspendue en pleurant aux murs
discrets de sa chaumine.

820 « Vers six heures, un banquet, dressé dans l'herbage de
M. Liégeard, a réuni les principaux assistants de la fête. La
plus grand cordialité n'a cessé d'y régner. Divers toasts ont
été portés : M. Lieuvain, au monarque! M. Tuvache, au préfet!
M. Derozerays à l'agriculture! M. Homais, à l'industrie et
825 aux beaux-arts, ces deux sœurs! M. Leplichey, aux améliorations! Le soir un brillant feu d'artifice a tout à coup illuminé
les airs. On eût dit un véritable kaléidoscope[2], un vrai décor
d'opéra, et, un moment, notre petite localité a pu se croire
transportée au milieu d'un rêve des *Mille et une Nuits*.

830 « Constatons qu'aucun événement fâcheux n'est venu trou-
bler cette réunion de famille. »

---

1. *Festons* : faisceaux de fleurs, de feuilles et de petites branches entremêlées.
L'article d'Homais a pu être inspiré par un discours en vers prononcé le 9 août 1852
au Havre par l'académicien Ancelot (auteur dramatique, 1794-1854), lors de l'inau-
guration des statues de Casimir Delavigne et de Bernardin de Saint-Pierre; 2. *Kaléidoscope* : cylindre opaque dans la longueur duquel sont disposés plusieurs miroirs
de manière que de petits objets colorés, placés dans le tube, y produisent des dessins
variés et symétriques.

Et il ajoutait :

« On y a seulement remarqué l'absence du clergé. Sans doute les sacristies entendent le progrès d'une autre manière. Libre
835 à vous, messieurs de Loyola[1]! » **(39) (40)**

IX

[Rodolphe laisse passer six semaines, par calcul; puis il revient. Pour revoir aisément la jeune femme, il offre de lui faire faire de l'équitation. Il n'a plus guère de mal à la séduire. Emma, devenue la maîtresse de Rodolphe, multiplie les imprudences, se rend presque tous les jours chez son amant. Rodolphe finit par s'inquiéter.]

---

1. *Messieurs de Loyola :* les jésuites, dont la compagnie a été fondée par Ignace de Loyola (1491-1556).

--------------- **QUESTIONS** ---------------

39. L'article d'Homais : pourquoi Flaubert entremêle-t-il citations et résumés? L'effet serait-il plus comique s'il reproduisait le texte intégral? — Le style et le vocabulaire de cet article : l'emphase et les images sont-elles du même ordre que dans le discours du conseiller? — La réalité et la fiction : quelles différences entre ce qui s'est réellement passé et le compte rendu qu'en fait Homais? L'article du pharmacien n'est-il pas cependant le seul témoignage qui reste de ces comices? Montrez que la critique suggérée ici par Flaubert prend une portée très générale. — La liberté d'expression chez Homais : sur quels points pourra-t-il prétendre qu'il n'a pas craint de critiquer les pouvoirs établis?

40. SUR L'ENSEMBLE DU CHAPITRE VIII. — La technique romanesque : *a)* étudiez le déroulement du temps, la répartition des descriptions et des récits, la simultanéité maintenue pendant de longues pages entre la scène Rodolphe-Emma et les discours prononcés à la tribune, et comment se termine cette journée mémorable; *b)* étudiez l'équilibre entre les tableaux, les narrations, les paroles (elles-mêmes rapportées tantôt au style direct, tantôt au style indirect).

— Les personnages au milieu de la masse des gens et des bêtes : quelles sont les individualités qui émergent? Citez-les en précisant le rôle de chacun en cette journée. Quel est le personnage dont la présence clôt le chapitre? N'est-ce pas déjà une préfiguration de la fin du roman?

— Romantisme et réalisme : n'y a-t-il pas autant d'idées reçues et même d'hypocrisie dans cette fête rustique, qui couvre de grands mots mensongers la réalité sociale, et dans le boniment du séducteur Rodolphe, qui masque sous sa phraséologie les réalités de l'amour? Dégagez ici les motifs profonds du pessimisme de Flaubert; à quel moment se rend-on compte que son ironie amère recouvre une immense pitié?

— Flaubert semble-t-il croire qu'on puisse remédier à la bêtise humaine?

— La critique politique et sociale : à travers le discours du conseiller, est-ce seulement le régime bourgeois de Louis-Philippe qu'elle veut atteindre? Le lecteur moderne peut-il trouver encore une certaine actualité dans un tel discours?

X

[La jeune femme se révèle très sentimentale; sûr d'être aimé, Rodolphe ne prend plus la peine d'être passionné; il devient indifférent; Emma se demande alors si elle n'a pas manqué sa vie; elle éprouve un retour d'affection pour Charles.]

XI

[Homais pousse Bovary à tenter une opération sur un pied-bot, Hippolyte. L'opération ne réussit pas; la gangrène se déclare; en désespoir de cause, Bovary se résigne à appeler un médecin de Neufchâtel, M. Canivet, qui préconise l'amputation du membre malade. Emma méprise encore davantage son mari à la suite de cet échec.]

XII

[A nouveau follement éprise, elle demande à Rodolphe de l'enlever. Elle met au point un plan d'évasion pour l'Italie. Mais son amant remet l'enlèvement, trouve des prétextes.]

XIII

[Au jour fixé, il écrit une lettre de rupture, en se donnant le beau rôle : il ne veut pas être pour Emma l'occasion de remords. La jeune femme, durement atteinte par cette défection, tombe malade; une fièvre cérébrale se déclare.]

XIV

[Au cours de sa convalescence, elle se tourne vers la religion. Homais conseille au médecin d'emmener Emma à Rouen, pour assister à une représentation dramatique.]

XV

[Ils retrouvent lors de la soirée Léon Dupuis, qui est clerc dans une étude de Rouen.]

TROISIÈME PARTIE

I

[Mme Bovary, sur la prière de Charles, reste à Rouen un jour de plus pour assister à une seconde représentation de la pièce. Léon met le délai à profit pour faire la conquête de la jeune femme, au cours d'une promenade en fiacre.]

« Des charretiers, les bras nus, retenaient par le licou des étalons cabrés,
qui hennissaient à pleins naseaux... » (P. 99, ligne 199-200.)

Tableau de Rosa Bonheur (1822-1899). — New York, Metropolitan Museum.

Phot. Almasy.

PAYSAGE NORMAND

II

[De retour à Yonville, elle apprend par Homais que son beau-père est mort. Cependant, sur les conseils d'un marchand de la ville, Lheureux, elle veut obtenir une autorisation pour « gérer et administrer ses affaires ». Bon prétexte pour retourner à Rouen auprès de Léon.]

III-IV

[Ils passent ensemble trois jours, une « vraie lune de miel ». Afin de se revoir toutes les semaines, ils inventent des leçons de piano.]

V

[Ainsi, chaque jeudi, elle peut se rendre auprès de son amant. Elle déclare suivre les cours de M*lle Lempereur, professeur de piano. Mais Charles apprend un jour de M*lle Lempereur elle-même qu'Emma ne prend aucune leçon avec elle. Désormais, Emma s'installe dans le mensonge.]

VI

[Elle a accumulé les dettes et ne sait comment se tirer d'affaire. Comme elle ne peut honorer un billet, elle est menacée du tribunal; ses tractations avec l'usurier Lheureux l'enfoncent davantage; elle se met à vendre ses vieilles affaires. Puis elle se trouve menacée de saisie dans les vingt-quatre heures, si elle ne paye pas une somme de 3 000 francs.]

VII

[Elle essaie de trouver de l'argent; elle implore Léon, mais en vain.]

VIII

[Puis elle se tourne vers Rodolphe; mais il n'a pas non plus la somme.]

« Tu ne les as pas! »

Elle répéta plusieurs fois :

« Tu ne les as pas!... J'aurais dû m'épargner cette dernière honte. Tu ne m'as jamais aimée! tu ne vaux pas mieux que
5 les autres! »

Elle se trahissait, elle se perdait.

Rodolphe l'interrompit, affirmant qu'il se trouvait « gêné » lui-même.

« Ah! je te plains! dit Emma. Oui, considérablement!... »

10 Et, arrêtant ses yeux sur une carabine damasquinée[1] qui brillait dans la panoplie :

« Mais, lorsqu'on est si pauvre, on ne met pas d'argent à la crosse de son fusil! On n'achète pas une pendule avec des incrustations d'écaille! continuait-elle en montrant l'hor-
15 loge de Boulle[2]; ni des sifflets de vermeil pour ses fouets — elle les touchait! — ni des breloques pour sa montre! Oh! rien ne lui manque! jusqu'à un porte-liqueurs dans sa chambre; car tu t'aimes, tu vis bien, tu as un château, des fermes, des bois; tu chasses à courre, tu voyages à Paris... Eh! quand
20 ce ne serait que cela, s'écria-t-elle en prenant sur la cheminée ses boutons de manchettes, que la moindre de ces niaiseries! on en peut faire de l'argent!... Oh! je n'en veux pas! garde-les. » (1)

Et elle lança bien loin les deux boutons, dont la chaîne
25 d'or se rompit en cognant contre la muraille.

« Mais, moi, je t'aurais tout donné, j'aurais tout vendu, j'aurai travaillé de mes mains, j'aurais mendié sur les routes, pour un sourire, pour un regard, pour t'entendre dire : « Merci! » Et tu restes là tranquillement dans ton fauteuil, comme si
30 déjà tu ne m'avais pas fait assez souffrir? Sans toi, sais-tu bien, j'aurais pu vivre heureuse! Qui t'y forçait? Était-ce une gageure? Tu m'aimais cependant, tu le disais... Et tout à l'heure encore... Ah! il eût mieux valu me chasser! J'ai les mains chaudes de tes baisers, et voilà la place, sur le tapis, où tu
35 jurais à mes genoux une éternité d'amour. Tu m'y as fait croire : tu m'as, pendant deux ans, traînée dans le rêve le plus magnifique et le plus suave!... Hein? nos projets de voyage, tu te rappelles? Oh! ta lettre, ta lettre! elle m'a déchiré le cœur!

---

1. *Damasquiné* : incrusté d'or (ou d'argent) sur la surface de l'acier; 2. *Boulle* : sculpteur-ébéniste (1642-1732), dont les meubles, très appréciés déjà de son temps, ont pris ensuite une très grande valeur.

━━━━━━━━━ QUESTIONS ━━━━━━━━━

1. Pourquoi Mme Bovary prend-elle conscience d'une manière aussi précise et aussi concrète des éléments qui attestent la richesse de Rodolphe? Quel trait de son caractère reparaît dans cette façon d'évaluer le train de vie de son amant? Dans quelle mesure le lecteur est-il lui aussi mis au courant de la fortune de Rodolphe? — L'alternance de *on, lui* et *tu* dans cette tirade (lignes 12-18); quels sentiments divers trahit cette alternance?

Et puis, quand je reviens vers lui, vers lui, qui est riche, heureux,
40 libre! pour implorer un secours que le premier venu rendrait,
suppliante et lui rapportant toute ma tendresse, il me repousse,
parce que ça lui coûterait trois mille francs!

— Je ne les ai pas! » répondit Rodolphe avec ce calme par-
fait dont se recouvrent, comme d'un bouclier, les colères
45 résignées. (2)

Elle sortit. Les murs tremblaient, le plafond l'écrasait; et
elle repassa par la longue allée, en trébuchant contre les tas
de feuilles mortes que le vent dispersait. Enfin elle arriva au
50 saut-de-loup[1] devant la grille; elle se cassa les ongles contre
la serrure, tant elle se dépêchait pour l'ouvrir. Puis, cent pas
plus loin, essoufflée, près de tomber, elle s'arrêta. Et alors,
se détournant, elle aperçut encore une fois l'impassible château, avec le parc, les jardins, les trois cours, et toutes les
fenêtres de la façade.

55 Elle resta perdue de stupeur, et n'ayant plus conscience
d'elle-même que par le battement de ses artères, qu'elle croyait
entendre s'échapper comme une assourdissante musique qui
emplissait la campagne. Le sol, sous ses pieds, était plus mou
qu'une onde et les sillons lui parurent d'immenses vagues
60 brunes, qui déferlaient. Tout ce qu'il y avait dans sa tête de
réminiscences, d'idées, s'échappait à la fois, d'un seul bond,
comme les mille pièces d'un feu d'artifice. Elle vit son père,
le cabinet de Lheureux, leur chambre là-bas, un autre paysage.
La folie la prenait, elle eut peur, et parvint à se ressaisir, d'une
65 manière confuse, il est vrai; car elle ne se rappelait point la
cause de son horrible état, c'est-à-dire la question d'argent.
Elle ne souffrait que de son amour, et sentait son âme l'abandonner par ce souvenir, comme les blessés, en agonisant,
sentent l'existence qui s'en va par leur plaie qui saigne.

---

1. *Saut-de-loup* : fossé assez large (pour n'être pas franchi par un loup), creusé
à l'extérieur d'un parc pour servir de clôture.

--------- **QUESTIONS** ---------

2. Analysez la seconde tirade de Mme Bovary (lignes 26-42) : quand
elle évoque le passé ou le présent, elle cherche à rejeter sur le seul Rodolphe
la responsabilité du drame. — Comment se révèle inconsciemment ici
l'égoïsme de l'amour? A quel moment même pourrait-on se demander
si le retour d'Emma n'est pas le résultat d'un calcul? Comparez à ce
propos ses premiers mots (lignes 26-27) aux derniers (lignes 41-42). —
L'attitude de Rodolphe s'explique-t-elle simplement par son cynisme?
— Cette scène est-elle une scène de tragédie ou de mélodrame?

70 La nuit tombait, des corneilles volaient.

Il lui sembla tout à coup que des globules couleur de feu
éclataient dans l'air comme des balles fulminantes[1] en s'apla-
tissant, et tournaient, tournaient, pour aller se fondre dans
la neige, entre les branches des arbres. Au milieu de chacun
75 d'eux, la figure de Rodolphe apparaissait. Ils se multiplièrent,
et ils se rapprochaient, la pénétraient; tout disparut. Elle
reconnut les lumières des maisons, qui rayonnaient de loin
dans le brouillard.

Alors sa situation, telle qu'un abîme, se représenta. Elle
80 haletait à se rompre la poitrine. Puis, dans un transport
d'héroïsme qui la rendait presque joyeuse, elle descendit la
côte en courant, traversa la planche aux vaches, le sentier,
l'allée, les halles, et arriva devant la boutique du pharmacien. (3)

Il n'y avait personne. Elle allait entrer; mais, au bruit de
85 la sonnette, on pouvait venir; et, se glissant par la barrière,
retenant son haleine, tâtant les murs, elle s'avança jusqu'au
seuil de la cuisine, où brûlait une chandelle posée sur le four-
neau. Justin, en manches de chemise, emportait un plat.

« Ah! ils dînent. Attendons. »
90 Il revint. Elle frappa contre la vitre. Il sortit.

« La clef! celle d'en haut, où sont les[2]...

— Comment! »

Et il la regardait, tout étonné par la pâleur de son visage,
qui tranchait en blanc sur le fond noir de la nuit. Elle lui
95 apparut extraordinairement belle, et majestueuse comme un
fantôme (4); sans comprendre ce qu'elle voulait, il pressentait
quelque chose de terrible.

---

1. *Fulminante :* qui produit une détonation; 2. Il s'agit des poisons. Mme Bovary
avait appris leur place grâce à une colère d'Homais. Celui-ci, en criant, avait indiqué
l'emplacement.

——— QUESTIONS ———

3. Relevez tous les procédés qui font de cette fuite éperdue d'Emma
dans la nuit une page romantique (décor, réminiscences, hallucinations).
— Comparez cette page au chapitre premier du livre IX de *Notre-Dame
de Paris* de Hugo (la fuite de Claude Frollo quand il croit la Esmeralda
morte). — Comment faut-il juger ici cet accès de romantisme chez Flaubert? Mais ce romantisme est-il l'essentiel? Analysez en particulier l'impression de folie, à partir du vertige des sens.

4. Emma nous est présentée à travers les yeux de Justin : pourquoi
Flaubert ne la décrit-il pas directement? Quel est l'intérêt de ce procédé
du point de vue de la technique romanesque? Relevez des exemples
analogues dans l'œuvre (en particulier dans la scène du bal).

Mais elle reprit vivement, à voix basse, d'une voix douce, dissolvante :

100 « Je la veux! Donne-la moi. »

Comme la cloison était mince, on entendit le cliquetis des fourchettes sur les assiettes dans la salle à manger.

Elle prétendait avoir besoin de tuer les rats qui l'empêchaient de dormir.

105 « Il faudrait que j'avertisse monsieur.

— Non! reste! »

Puis, d'un air indifférent :

« Eh! ce n'est pas la peine, je lui dirai tantôt. Allons, éclaire-moi! »

110 Elle entra dans le corridor où s'ouvrait la porte du laboratoire. Il y avait contre la muraille une clef étiquetée *Capharnaüm*[1].

« Justin! cria l'apothicaire, qui s'impatientait.

— Montons! »

Et il la suivit. (5)

115 La clef tourna dans la serrure, et elle alla droit vers la troisième tablette, tant son souvenir la guidait bien, saisit le bocal bleu[2], en arracha le bouchon, y fourra sa main et, la retirant pleine d'une poudre blanche, elle se mit à manger à même.

120 « Arrêtez! s'écria-t-il en se jetant sur elle.

— Tais-toi! on viendrait... »

Il se désespérait, voulait appeler.

« N'en dis rien, tout retomberait sur ton maître! »

Puis elle s'en retourna subitement apaisée, et presque dans 125 la sérénité d'un devoir accompli. (6)

---

1. *Capharnaüm* : nom grandiloquent d'un cabinet de débarras dans lequel Homais range ses produits pharmaceutiques. Emma sait qu'elle peut demander la clé à Justin, car le jeune garçon est épris d'elle et l'admire fort; 2. Afin d'éviter les confusions, les toxiques devaient être mis dans des bocaux bleus.

— **QUESTIONS** ———————

5. Relevez ce qui fait l'intensité dramatique de cet épisode. — La juxtaposition de deux scènes simultanées contribue-t-elle à accentuer encore cette intensité? Quel motif pousse finalement Justin à suivre Mme Bovary?

6. La détermination douloureuse qui fait qu'Emma se jette sur le poison avec une telle fureur s'explique-t-elle sur le plan psychologique? Comment le romancier a-t-il préparé le lecteur à un tel geste? — Pourquoi faut-il d'ailleurs que la quantité d'arsenic soit considérable?

Quand Charles, bouleversé par la nouvelle de la saisie, était rentré à la maison, Emma venait d'en sortir. Il cria, pleura, s'évanouit, mais elle ne revint pas. Où pouvait-elle être? Il envoya Félicité chez Homais, chez Tuvache, chez Lheureux,
130 au *Lion d'or*, partout; et, dans les intermittences de son angoisse, il voyait sa considération anéantie, leur fortune perdue, l'avenir de Berthe[1] brisé! Par quelle cause!... pas un mot! Il attendit jusqu'à six heures du soir. Enfin, n'y pouvant plus tenir, et imaginant qu'elle était partie pour Rouen, il alla sur la grande
135 route, fit une demi-lieue, ne rencontra personne, attendit encore et s'en revint. (7)

Elle était rentrée.

« Qu'y avait-il?... Pourquoi?... Explique-moi?... »

Elle s'assit à son secrétaire et écrivit une lettre qu'elle cacheta
140 lentement, ajoutant la date du jour et l'heure. Puis elle dit d'un ton solennel :

« Tu la liras demain; d'ici là, je t'en prie ne m'adresse pas une seule question!... Non, pas une!

— Mais...
145 — Oh! laisse-moi! »

Et elle se coucha tout du long sur son lit.

Une saveur âcre qu'elle sentait dans sa bouche la réveilla. Elle entrevit Charles et referma les yeux.

Elle s'épiait curieusement pour discerner si elle ne souffrait
150 pas. Mais non! rien encore. Elle entendait le battement de la pendule, le bruit du feu, et Charles, debout près de sa couche, qui respirait.

« Ah! c'est bien peu de chose, la mort! pensait-elle : je vais dormir, et tout sera fini! »
155 Elle but une gorgée d'eau et se tourna vers la muraille. Cet affreux goût d'encre continuait.

« J'ai soif!... oh! j'ai bien soif! soupira-t-elle.

— Qu'as-tu donc? dit Charles, qui lui tendait un verre.

— Ce n'est rien!... Ouvre la fenêtre... j'étouffe! »
160 Et elle fut prise d'une nausée si soudaine, qu'elle eut à peine le temps de saisir son mouchoir sous l'oreiller.

---

1. Berthe est la fille des Bovary (voir page 90 le résumé des chapitres III et IV, deuxième partie).

――――― **QUESTIONS** ―――――

7. L'inquiétude de Charles : est-ce à la ruine matérielle qu'il pense surtout? N'est-il pas au fond plus idéaliste que sa femme?

« Enlève-le! dit-elle vivement; jette-le! »

Il la questionna; elle ne répondit pas. Elle se tenait immobile, de peur que la moindre émotion ne la fît vomir. Cepen-
165 dant, elle sentait un froid de glace qui lui montait des pieds
jusqu'au cœur.

« Ah! voilà que ça commence! murmura-t-elle.

— Que dis-tu? »

Elle roulait sa tête avec un geste doux, plein d'angoisse,
170 et tout en ouvrant continuellement les mâchoires, comme si
elle eût porté sur sa langue quelque chose de très lourd. A
huit heures les vomissements reparurent.

Charles observa qu'il y avait au fond de la cuvette une
sorte de gravier blanc, attaché aux parois de la porcelaine.
175 « C'est extraordinaire! c'est singulier! » répéta-t-il.

Mais elle dit d'une voix forte :

« Non, tu te trompes! »

Alors, délicatement et presque en la caressant, il lui passa
la main sur l'estomac. Elle jeta un cri aigu. Il se recula tout
180 effrayé.

Puis elle se mit à geindre, faiblement d'abord. Un grand
frisson lui secouait les épaules, et elle devenait plus pâle que
le drap où s'enfonçaient ses doigts crispés. Son pouls, inégal,
était presque insensible maintenant.

185 Des gouttes suintaient sur sa figure bleuâtre, qui semblait
comme figée dans l'exhalaison d'une vapeur métallique. Ses
dents claquaient, ses yeux agrandis regardaient vaguement
autour d'elle, et à toutes les questions elle ne répondait qu'en
hochant la tête; même elle sourit deux ou trois fois. Peu à
190 peu ses gémissements furent plus forts. Un hurlement sourd
lui échappa; elle prétendit qu'elle allait mieux et qu'elle se
lèverait tout à l'heure. Mais les convulsions la saisirent; elle
s'écria :

« Ah! c'est atroce, mon Dieu »!
195 Il se jeta à genoux contre son lit. **(8)**

─────── **QUESTIONS** ───────

8. Le réalisme : comment le romancier a-t-il mis en œuvre les renseignements cliniques fournis par des médecins? Montrez que Flaubert
ouvre ici la voie à certaines formes du réalisme qui se développeront
à la fin du siècle. — L'attitude de Charles : faut-il lui reprocher, en
pareille circonstance, de ne pas faire immédiatement un diagnostic?
Garde-t-il encore certains réflexes professionnels? La montée de l'angoisse chez Emma.

« Parle! qu'as-tu mangé? Réponds, au nom du ciel! »

Et il la regardait avec des yeux d'une tendresse comme elle n'en avait jamais vu.

« Eh bien, là..., là!... » dit-elle d'une voix défaillante.

200 Il bondit au secrétaire, brisa le cachet et lut tout haut : *Qu'on n'accuse personne...* Il s'arrêta, se passa la main sur les yeux, et relut encore.

« Comment! Au secours! A moi! » **(9)**

Et il ne pouvait que répéter ce mot : « Empoisonnée! empoi-
205 sonnée! » Félicité courut chez Homais, qui l'exclama[1] sur la place; madame Lefrançois l'entendit au *Lion d'or*; quelques-uns se levèrent pour l'apprendre à leurs voisins, et toute la nuit le village fut en éveil.

Éperdu, balbutiant, près de tomber, Charles tournait dans
210 la chambre. Il se heurtait aux meubles, s'arrachait les cheveux, et jamais le pharmacien n'avait cru qu'il pût y avoir de si épouvantable spectacle.

Il revint chez lui pour écrire à M. Canivet et au docteur Larivière[2]. Il perdait la tête; il fit plus de quinze brouillons.
215 Hippolyte partit à Neufchâtel, et Justin talonna si fort le cheval de Bovary, qu'il le laissa dans la côte du Bois-Guillaume, fourbu et aux trois quarts crevé.

Charles voulut feuilleter son dictionnaire de médecine; il n'y voyait pas, les lignes dansaient.

220 « Du calme! dit l'apothicaire. Il s'agit seulement d'admi-nistrer quelque puissant antidote. Quel est le poison? »

Charles montra la lettre. C'était de l'arsenic.

« Eh bien! reprit Homais, il faudrait en faire l'analyse. »

Car il savait qu'il faut, dans tous les empoisonnements,

---

1. *Exclamer :* voir page 117, note 1; 2. *Canivet :* médecin de Neufchâtel; c'est lui qui avait amputé Hippolyte, le pied-bot; dans la réalité, c'est le docteur Laloy, oncle de Jules Levallois (le secrétaire de Sainte-Beuve). *Larivière :* Flaubert a fait ici le portrait de son père, chirurgien à l'hôtel-Dieu de Rouen.

──────── **QUESTIONS** ────────

9. Pourquoi Mme Bovary dit-elle (ligne 199) le secret qu'elle a gardé si énergiquement jusque-là? — Le texte de la lettre ne nous est pas révélé : pourquoi? — La réaction de Charles après la lecture de la lettre (ligne 203) : comment montre-t-elle qu'il a perdu complètement son sang-froid? Ne devrait-il pas se hâter d'agir lui-même, maintenant qu'il sait la cause du mal?

225 faire une analyse; et l'autre, qui ne comprenait pas répondit :
« Ah! faites! faites! sauvez-la... » **(10)**

Puis, revenu près d'elle, il s'affaissa par terre sur le tapis,
et il restait la tête appuyée contre le bord de sa couche à
sangloter.

230 « Ne pleure pas! lui dit-elle. Bientôt je ne te tourmenterai
plus!

— Pourquoi? Qui t'a forcée? »

Elle répliqua :

« Il le fallait, mon ami.

235 — N'étais-tu pas heureuse? Est-ce ma faute? J'ai fait tout
ce que j'ai pu, pourtant!

— Oui..., c'est vrai..., tu es bon, toi! »

Et elle lui passait la main dans les cheveux, lentement. La
douceur de cette sensation surchargeait sa tristesse; il sentait

240 tout son être s'écrouler de désespoir à l'idée qu'il fallait la
perdre, quand, au contraire, elle avouait pour lui plus d'amour
que jamais; et il ne trouvait rien; il ne savait pas, il n'osait,
l'urgence d'une résolution immédiate achevant de le boule-
verser.

245 Elle en avait fini, songeait-elle, avec toutes les trahisons,
les bassesses et les innombrables convoitises qui la torturaient.
Elle ne haïssait personne, maintenant; une confusion de crépuscule s'abattait en sa pensée, et de tous les bruits de la terre
Emma n'entendait plus que l'intermittente lamentation de ce

250 pauvre cœur, douce et indistincte, comme le dernier écho
d'une symphonie qui s'éloigne. **(11)**

« Amenez-moi la petite, dit-elle en se soulevant du coude.

— Tu n'es pas plus mal, n'est-ce pas? demanda Charles.

— Non! non! »

255 L'enfant arriva sur le bras de sa bonne, dans sa longue
chemise de nuit, d'où sortaient ses pieds nus, sérieuse et presque

──────── **QUESTIONS** ────────

10. La peinture de l'affolement : comment tous les personnages
arrivent-ils à perdre un temps qui pourrait être si précieux? — L'émotion d'Homais ne révèle-t-elle pas chez celui-ci une certaine sensibilité
qu'on ignorait jusque-là? Montrez que cette émotion empêche Homais
de contrôler un certain nombre de réactions provoquées par sa vanité
et son pédantisme : quel effet comique en résulte dans cette scène d'agonie?

11. Commentez le tragique et le pathétique en ce moment d'apaisement où Emma et Charles sont si près l'un de l'autre, mais pour des
motifs totalement opposés. Étudiez le rythme du paragraphe constitué
par les lignes 245-251.

rêvant encore. Elle considérait avec étonnement la chambre
tout en désordre, et clignait des yeux, éblouie par les flambeaux
qui brûlaient sur les meubles. Ils lui rappelaient sans doute
260 les matins du jour de l'an ou de la mi-carême, quand, ainsi
réveillée de bonne heure à la clarté des bougies, elle venait
dans le lit de sa mère pour y recevoir ses étrennes, car elle se
mit à dire :

« Où est-ce donc, maman? »

265   Et, comme tout le monde se taisait :

« Mais je ne vois pas mon petit soulier! »

Félicité la penchait vers le lit, tandis qu'elle regardait toujours du côté de la cheminée.

« Est-ce nourrice qui l'aurait pris? » demanda-t-elle.

270   Et, à ce nom, qui la reportait dans le souvenir de ses adultères et de ses calamités[1], madame Bovary détourna sa tête,
comme au dégoût d'un autre poison plus fort qui lui remontait
à la bouche. Berthe, cependant, restait posée sur le lit.

« Oh! comme tu as de grands yeux, maman! comme tu es
275 pâle! comme tu sues!... »

Sa mère la regardait.

« J'ai peur! » dit la petite en se reculant.

Emma prit sa main pour la baiser; elle se débattait.

« Assez! qu'on l'emmène! » s'écria Charles, qui sanglotait
280 dans l'alcôve. (12)

Puis les symptômes s'arrêtèrent un moment; elle paraissait
moins agitée; et, à chaque parole insignifiante, à chaque souffle
de sa poitrine un peu plus calme, il reprenait espoir. Enfin,
lorsque Canivet entra, il se jeta dans ses bras en pleurant.

285   « Ah! c'est vous! merci! vous êtes bon! Mais tout va mieux.
Tenez, regardez-là... »

Le confrère ne fut nullement de cette opinion, et, n'y allant
pas, comme il le disait lui-même, *par quatre chemins*, il pres-
crivit de l'émétique[2], afin de dégager complètement l'estomac.

---

1. Emma avait rencontré Binet un jour où elle allait voir Rodolphe. Surprise à
l'improviste, elle avait imaginé une visite à la nourrice de sa fille; 2. *Emétique* : vomitif
à base de tartrate de potasse et d'antimoine.

QUESTIONS

12. Comment Bovary interprète-t-il le désir exprimé par Emma de
voir sa fille? — Cette scène apporte-t-elle le surcroît d'attendrissement
et de pathétique auquel on s'attendait après la scène précédente? —
Montrez que chaque geste et chaque mot de l'enfant accentuent la cruauté
de la situation.

290   Elle ne tarda pas à vomir du sang. Ses lèvres se serrèrent davantage. Elle avait les membres crispés, le corps couvert de taches brunes, et son pouls glissait sous les doigts comme un fil tendu, comme une corde de harpe près de se rompre.

    Puis elle se mettait à crier, horriblement. Elle maudissait
295 le poison, l'invectivait, le suppliait de se hâter, et repoussait de ses bras raidis tout ce que Charles, plus agonisant qu'elle, s'efforçait de lui faire boire. Il était debout, son mouchoir sur les lèvres, râlant, pleurant, suffoqué par des sanglots qui le secouaient jusqu'aux talons; Félicité courait çà et là dans
300 la chambre; Homais, immobile, poussait de gros soupirs, et M. Canivet, gardant toujours son aplomb, commençait néanmoins à se sentir troublé.

    « Diable!... cependant... elle est purgée, et, du moment que la cause cesse...
305   — L'effet doit cesser, dit Homais; c'est évident.

    — Mais sauvez-la! » exclamait Bovary. **(13)**

    Aussi, sans écouter le pharmacien qui hasardait encore cette hypothèse : « C'est peut-être un paroxysme salutaire », Canivet allait administrer de la thériaque[1], lorsqu'on enten-
310 dit le claquement d'un fouet; toutes les vitres frémirent, et une berline de poste, qu'enlevaient à plein poitrail trois chevaux crottés jusqu'aux oreilles, débusqua d'un bond au coin des halles. C'était le docteur Larivière.

    L'apparition d'un dieu n'eût pas causé plus d'émoi. Bovary
315 leva les mains, Canivet s'arrêta court et Homais retira son bonnet grec bien avant que le docteur fût entré.

    Il appartenait à la grande école chirurgicale sortie du tablier de Bichat[2], à cette génération, maintenant disparue, de praticiens philosophes qui, chérissant leur art d'un amour

---

1. *Thériaque* : médicament à base d'opium; 2. *Bichat* : médecin anatomiste et physiologiste français (1771-1802). Auteur de *l'Anatomie générale*. Il renouvela les études médicales en fondant la science des tissus, ou histologie.

--------- **QUESTIONS** ---------

13. Quel effet produit sur Charles l'alternance des périodes de crise et de rémission? Son expérience de médecin ne devrait-elle pas le mettre en garde? — La compétence relative de deux médecins : pourquoi Bovary s'accroche-t-il à Canivet? Cette confiance ne donne-t-elle pas encore plus d'assurance à Canivet? — Quel est le résultat des soins donnés par Canivet? Celui-ci reconnaît-il son erreur? Pourquoi Homais et lui s'entendent-ils parfaitement?

320 fanatique, l'exerçaient avec exaltation et sagacité! Tout tremblait
dans son hôpital quand il se mettait en colère et ses élèves
le vénéraient si bien, qu'ils s'efforçaient, à peine établis, de
l'imiter le plus possible; de sorte que l'on retrouvait sur eux,
par les villes d'alentour, sa longue douillette[1] de mérinos et
325 son large habit noir, dont les parements déboutonnés cou-
vraient un peu ses mains charnues, de fort belles mains, et
qui n'avaient jamais de gants, comme pour être plus promptes
à plonger dans les misères. Dédaigneux des croix, des titres
et des académies, hospitalier, libéral, paternel avec les pauvres
330 et pratiquant la vertu sans y croire, il eût presque passé pour
un saint si la finesse de son esprit ne l'eût fait craindre comme
un démon. Son regard, plus tranchant que ses bistouris, vous
descendait droit dans l'âme et désarticulait tout mensonge à
travers les allégations et les pudeurs. Et il allait ainsi, plein
335 de cette majesté débonnaire que donnent la conscience d'un
grand talent, de la fortune, et quarante ans d'une existence
laborieuse et irréprochable. (14)

Il fronça les sourcils dès la porte, en apercevant la face
cadavéreuse d'Emma étendue sur le dos, la bouche ouverte.
340 Puis, tout en ayant l'air d'écouter Canivet, il se passait l'index
sous les narines et répétait :

« C'est bien, c'est bien. »

Mais il fit un geste lent des épaules. Bovary l'observa :
ils se regardèrent; et cet homme, si habitué pourtant à l'aspect
345 des douleurs, ne put retenir une larme qui tomba sur son
jabot[2].

Il voulut emmener Canivet dans la pièce voisine. Charles
le suivit.

« Elle est bien mal, n'est-ce pas? Si l'on posait des sina-
350 pismes[3]? je ne sais quoi! Trouvez donc quelque chose, vous
qui en avez tant sauvé! »

---

1. *Douillette* : sorte de pardessus, en soie ouatée; 2. *Jabot* : voir page 57, note 2;
3. *Sinapisme* : médicament externe, à base de farine de moutarde.

—————— **QUESTIONS** ——————

14. Le portrait d'un « grand patron » (lignes 317-337) : analysez sa
composition. Arrive-t-il souvent à Flaubert de ne mêler aucun trait ridicule ou ironique à l'un de ses personnages? — Ce portrait en pied ne
brise-t-il pas le mouvement d'un récit particulièrement dramatique?
Comment justifier cette digression?

Charles lui entourait le corps de ses deux bras, et il le contemplait d'une manière effarée, suppliante, à demi pâmé contre sa poitrine.

355 « Allons, mon pauvre garçon, du courage! Il n'y a plus rien à faire. »

Et le docteur Larivière se détourna.

« Vous partez?

— Je vais revenir. »

360 Il sortit, comme pour donner un ordre au postillon, avec le sieur Canivet, qui ne se souciait pas non plus de voir Emma mourir entre ses mains. (15) (16)

[Homais reçoit chez lui Canivet et Larivière; il se met en frais, car « il ne pouvait, par tempérament, se séparer des gens célèbres ». Larivière reproche à Canivet d'avoir administré de l'émétique. La présence du grand médecin attire à la pharmacie Homais une foule de gens, qui espèrent obtenir une consultation gratuite : Larivière se hâte de partir.]

L'attention publique fut distraite par l'apparition de M. Bournisien[1], qui passait sous les halles avec les saintes huiles.

365 Homais, comme il le devait à ses principes, compara les prêtres à des corbeaux qu'attire l'odeur des morts, la vue d'un ecclésiastique lui était personnellement désagréable, car la soutane le faisait rêver au linceul, et il exécrait l'une un peu par épouvante de l'autre.

370 Néanmoins, ne reculant pas devant ce qu'il appelait *sa mission*, il retourna chez Bovary en compagnie de Canivet, que M. Larivière, avant de partir, avait engagé fortement à cette démarche; et même, sans les représentations de sa femme, il eût emmené avec lui ses deux fils, afin de les accoutumer

---

1. Le curé d'Yonville.

─────── QUESTIONS ───────

15. Opposez l'attitude de Larivière à celle de Canivet : *a*) sur le plan professionnel; *b*) sur le plan sentimental. — L'ironie du destin : quel est le seul diagnostic que peut faire l'homme qui aurait été seul capable de guérir Mme Bovary? — Commentez la dernière phrase.

16. SUR L'ENSEMBLE DES LIGNES 147-362. — Caractérisez le réalisme de cette scène.

— La puissance dramatique de l'épisode : en supposant que Mme Bovary ait pu être guérie, ceux qui l'entourent agissent-ils de manière à la sauver? Quelle est constamment l'impression du lecteur?

375 aux fortes circonstances, pour que ce fût une leçon, un exemple,
un tableau solennel qui leur restât plus tard dans la tête. **(17)**

La chambre, quand ils entrèrent, était tout pleine d'une
solennité lugubre. Il y avait sur la table à ouvrage, recouverte
d'une serviette blanche, cinq ou six petites boules de coton
380 dans un plat d'argent[1], près d'un gros crucifix, entre deux
chandeliers qui brûlaient. Emma, le menton contre sa poitrine,
ouvrait démesurément les paupières, et ses pauvres mains se
traînaient sur les draps, avec ce geste hideux et doux des agonisants qui semblent vouloir déjà se recouvrir du suaire. Pâle
385 comme une statue et les yeux rouges comme des charbons,
Charles, sans pleurer, se tenait en face d'elle au pied du lit,
tandis que le prêtre, appuyé sur un genou, marmottait des
paroles basses. **(18)**

Elle tourna sa figure lentement et parut saisie de joie à voir
390 tout à coup l'étole[2] violette, sans doute retrouvant au milieu
d'un apaisement extraordinaire la volupté perdue de ses premiers élancements mystiques, avec des visions de béatitude
éternelle qui commençaient.

Le prêtre se releva pour prendre le crucifix; alors elle allon-
395 gea le cou comme quelqu'un qui a soif, et, collant ses lèvres
sur le corps de l'Homme-Dieu, elle y déposa de toute sa force
expirante le plus grand baiser d'amour qu'elle eût jamais
donné. Ensuite, il récita le *Misereatur* et l'*Indulgentiam*[3], trempa
son pouce droit dans l'huile et commença les onctions : d'abord
400 sur les yeux, qui avaient tant convoité toutes les somptuosités
terrestres; puis sur les narines, friandes de brises tièdes et de
senteurs amoureuses; puis sur la bouche, qui s'était ouverte
pour le mensonge, qui avait gémi d'orgueil et crié dans la
luxure; puis sur les mains, qui se délectaient aux contacts

---

1. Les *boules de coton* serviront à administrer les saintes huiles au cours de la
cérémonie de l'extrême-onction; 2. *Etole* : ornement sacerdotal, formé d'une
bande d'étoffe élargie en palette à chaque extrémité; 3. *Misereatur, Indulgentiam* :
prières qui suivent le *Confiteor*, dans le rite de l'extrême-onction.

─────── **QUESTIONS** ─────────────────────────

17. Les *principes* d'Homais : montrez qu'ils aboutissent chez lui,
en toutes circonstances à des sortes de réflexes issus de sa vanité et de
son pédantisme.

18. Les éléments de ce « tableau » : quelle impression s'en dégage?
Pourquoi Charles, si agité auparavant par son désespoir, est-il maintenant parvenu à une sorte de calme?

405 suaves, et enfin sur la plante des pieds, si rapides autrefois
quand elle courait à l'assouvissement de ses désirs, et qui maintenant ne marcheraient plus.

Le curé s'essuya les doigts, jeta dans le feu les brins de coton
trempés d'huile, et revint s'asseoir près de la moribonde pour
410 lui dire qu'elle devait à présent joindre ses souffrances à celles
de Jésus-Christ et s'abandonner à la miséricorde divine.

Et finissant ses exhortations, il essaya de lui mettre dans
la main un cierge bénit, symbole des gloires célestes dont elle
allait tout à l'heure être environnée. Emma, trop faible, ne
415 put fermer les doigts, et le cierge, sans M. Bournisien, serait
tombé à terre. (19)

Cependant, elle n'était pas aussi pâle, et son visage avait
une expression de sérénité comme si le sacrement l'eût guérie.

Le prêtre ne manqua point d'en faire l'observation, il expli-
420 qua même à Bovary que le Seigneur, quelquefois, prolongeait
l'existence des personnes lorsqu'il le jugeait convenable pour
le salut; et Charles se rappela un jour où, ainsi près de mourir,
elle avait reçu la communion.

« Il ne fallait peut-être pas se désespérer », pensa-t-il.

425 En effet, elle regarda tout autour d'elle, lentement, comme
quelqu'un qui se réveille d'un songe, puis, d'une voix distincte,
elle demanda son miroir, et elle resta penchée dessus quelque
temps, jusqu'au moment où de grosses larmes lui découlèrent
des yeux. Alors elle se renversa la tête en poussant un soupir
430 et retomba sur l'oreiller. (20)

Sa poitrine aussitôt se mit à haleter rapidement. La langue
tout entière lui sortit hors de la bouche; ses yeux, en roulant,

———— **QUESTIONS** ————

19. La description du sacrement de l'extrême-onction : analysez les
différentes étapes; précision réaliste des détails. Comment l'interpréta-
tion artistique peut-elle transfigurer une scène banale? Étudiez notamment les lignes 399-407 : comment Flaubert utilise-t-il le symbolisme
attaché par la religion à l'extrême-onction? — Les sentiments d'Emma
sont-ils vraiment chrétiens? N'y a-t-il pas ici aussi un malentendu tragique entre l'être humain et le Dieu que le prêtre prétend représenter? —
L'attitude du prêtre : peut-il apporter quelque chose à la mourante?

20. Comment se développe ici le malentendu tragique entre l'agoni-
sante et les assistants? Le moment de répit dans l'agonie ne peut-il
s'expliquer physiologiquement? D'après les gestes et les attitudes de
Mme Bovary, peut-on deviner les sentiments qui l'animent alors? — Pourquoi demande-t-elle un miroir? Pourquoi pleure-t-elle?

pâlissaient comme deux globes de lampe qui s'éteignent, à la
croire déjà morte, sans l'effrayante accélération de ses côtes,
435 secouées par un souffle furieux, comme si l'âme eût fait des
bonds pour se détacher. Félicité s'agenouilla devant le crucifix,
et le pharmacien lui-même fléchit un peu les jarrets, tandis
que M. Canivet regardait vaguement sur la place. Bournisien
s'était remis en prière, la figure inclinée contre le bord de la
440 couche, avec sa longue soutane noire qui traînait derrière lui
dans l'appartement. Charles était de l'autre côté, à genoux, les
bras étendus vers Emma. Il avait pris ses mains et il les serrait,
tressaillant à chaque battement de son cœur, comme au contre-
coup d'une ruine qui tombe. A mesure que le râle devenait
445 plus fort, l'ecclésiastique précipitait ses oraisons : elles se
mêlaient aux sanglots étouffés de Bovary, et quelquefois tout
semblait disparaître dans le sourd murmure des syllabes latines,
qui tintaient comme un glas de cloche. (21)

Tout à coup, on entendit sur le trottoir un bruit de gros
450 sabots, avec le frôlement d'un bâton; et une voix s'éleva,
une voix rauque, qui chantait :

> Souvent la chaleur d'un beau jour
> Fait rêver fillette à l'amour.

Emma se releva comme un cadavre que l'on galvanise[1],
455 les cheveux dénoués, la prunelle fixe, béante.

> Pour amasser diligemment
> Les épis que la faux moissonne,
> Ma Nanette va s'inclinant
> Vers le sillon qui nous les donne.

460 « L'Aveugle[2]! » s'écria-t-elle.
Et Emma se mit à rire, d'un rire atroce, frénétique, désespéré,
croyant voir la face hideuse du misérable, qui se dressait dans
les ténèbres éternelles comme un épouvantement.

---

1. *Galvaniser :* communiquer des mouvements aux muscles, peu de temps après
la mort, grâce à un courant électrique ; 2. Emma allait rejoindre Léon chaque semaine
à Rouen. Au retour, elle rencontrait cet aveugle. Il lui rappelle donc des circonstances
précises de sa vie.

QUESTIONS

---

21. Comparez ce nouveau tableau à celui des lignes 290-297. Quelle
phase nouvelle de l'agonie commence? — Montrez comment les sensations auditives se substituent peu à peu aux sensations visuelles. —
Expliquez l'attitude de chacun des personnages.

Il souffla bien fort ce jour-là,
Et le jupon court s'envola!

465

Une convulsion la rabattit sur le matelas. Tous s'approchèrent. Elle n'existait plus. **(22) (23)**

IX

[Homais s'agite et se dépense pour donner de l'empoisonnement
une explication qui puisse dégager sa propre responsabilité et arranger tout le monde : Mme Bovary aurait pris de l'arsenic pour du
sucre en faisant une pâtisserie. Il s'agite aussi pour préparer l'enterrement. Malgré tous les conseils qu'on lui donne, Charles exige
qu'Emma soit revêtue de sa robe de noce et ensevelie dans trois
cercueils : « *un de chêne, un d'acajou, un de plomb* ».]

Le soir, il reçut des visites. Il se levait, vous serrait les mains
sans pouvoir parler, puis on s'asseyait auprès des autres, qui
faisaient devant la cheminée un grand demi-cercle. La figure
basse et le jarret sur le genou, ils dandinaient leur jambe, tout
5 en poussant par intervalles un gros soupir; et chacun s'ennuyait
d'une façon démesurée; c'était pourtant à qui ne partirait pas.

Homais, quand il revint à neuf heures (on ne voyait que lui
sur la place, depuis deux jours), était chargé d'une provision
de camphre, de benjoin[1] et d'herbes aromatiques. Il portait
10 aussi un vase plein de chlore[2], pour bannir les miasmes. A

---

1. *Benjoin :* résine aromatique, provenant d'un arbre des Indes (styrax benjoin);
2. *Chlore :* eau de Javel.

────── **QUESTIONS** ──────────────

22. Pourquoi avoir fait surgir cet aveugle au moment suprême? Flaubert dédaigne-t-il, le cas échéant, de faire appel aux coïncidences mélo-
dramatiques? — L'effet produit par cette chanson, ses paroles et sa mélodie,
alors qu'on n'entendait plus que râles, sanglots et prières : sur quel
effet de contrepoint Flaubert joue-t-il encore ici? — La dernière image
d'Emma Bovary : sa dernière lueur de conscience lui a-t-elle laissé cette
sérénité qu'elle avait cherchée dans la mort? — Expliquez la dernière
phrase.

23. SUR L'ENSEMBLE DES EXTRAITS DU CHAPITRE VIII. — Le mouvement
dramatique de ce chapitre : la marche inexorable du temps qui mène
Emma vers la mort; l'impuissance de tous ceux qui l'entourent à lui
apporter un secours médical, sentimental, spirituel.
— Comparez ce chapitre à la mort du père Goriot dans le roman de
Balzac.

ce moment, la domestique, madame Lefrançois et la mère
Bovary tournaient autour d'Emma, en achevant de l'habiller;
et elles abaissèrent le long voile raide, qui la recouvrit jusqu'à
ses souliers de satin.

15   Félicité sanglotait :

    « Ah! ma pauvre maîtresse! ma pauvre maîtresse!

    — Regardez-la, disait en soupirant l'aubergiste, comme elle
est mignonne encore! Si l'on ne jurerait pas qu'elle va se lever
tout à l'heure. »

20   Puis elles se penchèrent pour lui mettre sa couronne.

    Il fallut soulever un peu la tête, et alors un flot de liquides
noirs sortit, comme un vomissement, de sa bouche.

    « Ah! mon Dieu! la robe! prenez garde! s'écria madame
Lefrançois. Aidez-nous donc! disait-elle au pharmacien. Est-ce
25 que vous avez peur, par hasard?

    — Moi, peur? répliqua-t-il en haussant les épaules. Ah!
bien oui! J'en ai vu d'autres à l'Hôtel-Dieu, quand j'étudiais
la pharmacie! Nous faisions du punch[1] dans l'amphithéâtre
aux dissections! Le néant n'épouvante pas un philosophe; et
30 même, je le dis souvent, j'ai l'intention de léguer mon corps
aux hôpitaux, afin de servir plus tard à la Science. » **(1)**

    En arrivant, le curé demanda comment se portait Monsieur;
et, sur la réponse de l'apothicaire, il reprit :

    « Le coup, vous comprenez, est encore trop récent! »

35   Alors Homais le félicita de n'être pas exposé, comme tout
le monde, à perdre une compagne chérie; d'où s'ensuivit une
discussion sur le célibat des prêtres.

    « Car, disait le pharmacien, il n'est pas naturel qu'un
homme se passe de femmes! On a vu des crimes...

40   — Mais, sabre de bois! s'écria l'ecclésiastique, comment
voulez-vous qu'un individu pris dans le mariage puisse garder,
par exemple, le secret de la confession? »

    Homais attaqua la confession. Bournisien la défendit; il
s'étendit sur les restitutions qu'elle faisait opérer. Il cita diffé-
45 rentes anecdotes de voleurs devenus honnêtes tout à coup.
Des militaires, s'étant approchés du tribunal de la pénitence,

---

1. *Punch* : mélange d'une liqueur forte avec divers ingrédients.

QUESTIONS

1. Étudiez les réactions des différents personnages : que représente
la mort pour chacun d'eux ou que prétendent-ils qu'elle représente?
L'attitude d'Homais est-elle naturelle?

avaient senti les écailles leur tomber des yeux. Il y avait à Fribourg un ministre...[1]

Son compagnon dormait. Puis, comme il étouffait un peu
50 dans l'atmosphère trop lourde de la chambre, il ouvrit la fenêtre, ce qui réveilla le pharmacien.

« Allons, une prise! lui dit-il. Acceptez, cela dissipe. »

Des aboiements continus se traînaient au loin, quelque part.

« Entendez-vous un chien qui hurle? dit le pharmacien.
55 — On prétend qu'ils sentent les morts, répondit l'ecclésiastique. C'est comme les abeilles; elles s'envolent de la ruche au décès des personnes. » — Homais ne releva pas ces préjugés, car il s'était rendormi.

M. Bournisien, plus robuste, continua quelque temps à
60 remuer tout bas les lèvres; puis, insensiblement, il baissa le menton, lâcha son gros livre noir et se mit à ronfler.

Ils étaient en face l'un de l'autre, le ventre en avant, la figure bouffie, l'air renfrogné, après tant de désaccord se rencontrant enfin dans la même faiblesse humaine; et ils ne bougeaient
65 pas plus que le cadavre à côté d'eux, qui avait l'air de dormir. (2)

Charles, en entrant, ne les réveilla point. C'était la dernière fois. Il venait lui faire ses adieux.

Les herbes aromatiques fumaient encore, et des tourbillons de vapeur bleuâtre se confondaient au bord de la croisée avec
70 le brouillard qui entrait. Il y avait quelques étoiles, et la nuit était douce.

La cire des cierges tombait par grosses larmes sur les draps du lit. Charles les regardait brûler, fatiguant ses yeux contre le rayonnement de leur flamme jaune.
75 Des moires[2] frissonnaient sur la robe de satin, blanche comme un clair de lune. Emma disparaissait dessous; et il lui semblait

---

1. *Fribourg* : ville de Suisse, centre catholique très important; 2. *Moire* : étoffe à reflet changeant. Le reflet lui-même.

───── **QUESTIONS** ─────

2. Quel prétexte choisit Homais pour entamer une discussion sur un sujet qui lui tient à cœur? Cette polémique est-elle à sa place en une telle circonstance? — Pourquoi, au lieu de s'animer, la conversation finit-elle par tomber? Homais a-t-il des excuses pour se laisser ainsi aller au sommeil? — Comment les deux interlocuteurs finissent-ils d'une manière assez inattendue par se rejoindre dans la superstition, puis dans le sommeil? — Comment juger le rapprochement entre le sommeil de la mort et le sommeil des vivants?

que, s'épandant au dehors d'elle-même, elle se perdait confusément dans l'entourage des choses, dans le silence, dans la
nuit, dans le vent qui passait, dans les senteurs humides qui
80 montaient. (3)

Puis, tout à coup, il la voyait dans le jardin de Tostes, sur
le banc, contre la haie d'épines, ou bien à Rouen, dans les
rues, sur le seuil de leur maison, dans la cour des Bertaux.
Il entendait encore le rire des garçons en gaieté qui dansaient
85 sous les pommiers; la chambre était pleine du parfum de sa
chevelure, et sa robe lui frissonnait dans les bras avec un bruit
d'étincelles. C'était la même, celle-là!

Il fut longtemps à se rappeler ainsi toutes les félicités dis-
parues, ses attitudes, ses gestes, le timbre de sa voix. Après
90 un désespoir, il en venait un autre et toujours, intarissablement,
comme les flots d'une marée qui déborde.

Il eut une curiosité terrible : lentement, du bout des doigts,
en palpitant, il releva son voile. Mais il poussa un cri d'horreur[1]
qui réveilla les deux autres. Ils l'entraînèrent en bas, dans la
95 salle. (4)

Puis Félicité vint dire qu'il demandait des cheveux.

« Coupez-en! » répliqua l'apothicaire.

Et, comme elle n'osait, il s'avança lui-même, les ciseaux à
la main. Il tremblait si fort, qu'il piqua la peau des tempes
100 en plusieurs places. Enfin, se raidissant contre l'émotion,
Homais donna deux ou trois grands coups au hasard, ce qui
fit des marques blanches dans cette belle chevelure noire. (5)

Le pharmacien et le curé se replongèrent dans leurs
occupations, non sans dormir de temps à autre, ce dont ils

---

1. A cause du visage d'Emma, convulsé par suite de l'apparition de l'aveugle.

--------- **QUESTIONS** ---------

3. La chambre mortuaire : le caractère poétique de cette description;
comment la nature est-elle associée à ce tableau? Le jeu de la nuit et de
la lumière : leur valeur symbolique. — Pourquoi Emma elle-même
n'est-elle pas décrite?

4. Comment s'opère le retour vers le passé? Par quelle association
de sensations? — Pourquoi les images du passé suscitent-elles le désir
de revenir au présent?

5. Le fétichisme de Charles est-il étonnant, étant donné ce que l'on
sait de son caractère et de son culte pour sa femme? — L'émotion
d'Homais : à quel autre moment du récit a-t-on vu que le pharmacien
peut être victime d'une certaine nervosité? Qu'en conclure sur la sensibilité de cet esprit fort? Est-il aussi sûr de lui qu'il le prétend?

105 s'accusaient réciproquement à chaque réveil nouveau. Alors
M. Bournisien aspergeait la chambre d'eau bénite et Homais
jetait un peu de chlore par terre.

Félicité avait eu soin de mettre pour eux, sur la commode,
une bouteille d'eau-de-vie, un fromage et une grosse brioche.
110 Aussi l'apothicaire, qui n'en pouvait plus, soupira, vers quatre
heures du matin :

« Ma foi, je me sustenterais avec plaisir! » (6)

L'ecclésiastique ne se fit point prier; il sortit pour aller dire
sa messe, revint; puis, ils mangèrent et trinquèrent, tout en
115 ricanant un peu sans savoir pourquoi, excités par cette gaieté
vague qui nous prend après des séances de tristesse; et, au
dernier petit verre, le prêtre dit au pharmacien, tout en lui
frappant sur l'épaule :

« Nous finirons par nous entendre! » (7)

120 Ils se rencontrèrent en bas, dans le vestibule, les ouvriers qui
arrivaient. Alors, Charles, pendant deux heures eut à subir
le supplice du marteau qui résonnait sur les planches. Puis on
la descendit dans son cercueil de chêne que l'on emboîta dans
les deux autres; mais, comme la bière était trop large, il fallut
125 boucher les interstices avec la laine d'un matelas. Enfin, quand
les trois couvercles furent rabotés, cloués, soudés, on l'exposa
devant la porte; on ouvrit toute grande la maison, et les gens
d'Yonville commencèrent à affluer.

Le père Rouault arriva. Il s'évanouit sur la place en aper-
130 cevant le drap noir. (8)

──── **QUESTIONS** ────

6. L'entente du curé et du pharmacien était-elle totalement imprévue?
Mais est-ce sur le plan de l'idéal qu'ils se retrouvent? Le rôle de la nourri-
ture dans *Madame Bovary* : pourquoi les deux hommes laissent-ils se
développer entre eux une sorte de complicité?

7. Comment est composée cette fin de chapitre? Pourquoi Flaubert
a-t-il terminé sur le récit réaliste de la mise en bière? L'intérêt provoqué
par l'arrivée du père Rouault.

8. Sur l'ensemble du chapitre IX. — Vulgarité et banalité d'une
scène de la vie courante : quelle signification prend la mort pour les
différents personnages qui viennent dans la maison de Bovary?
— Romantisme et réalisme : la transfiguration d'Emma dans l'imagination de Charles et dans son souvenir, et le visage atroce du cadavre.
— Comparez à ces pages celles où Camus, dans *l'Étranger*, décrit la
veillée funèbre à l'hospice de la banlieue d'Alger, à la mort de la mère
de Meursault. L'absurdité du monde n'est-elle pas déjà suggérée par
Flaubert?

X

[...] La cloche tintait. Tout était prêt. Il fallut se mettre en marche.

Et, assis dans une stalle du chœur[1], l'un près de l'autre, ils virent passer devant eux et repasser continuellement les
5 trois chantres qui psalmodiaient. Le serpent[2] soufflait à pleine poitrine. M. Bournisien, en grand appareil, chantait d'une voix aiguë; il saluait le tabernacle, élevait les mains, étendait les bras. Lestiboudois circulait dans l'église avec sa latte de baleine[3]; près du lutrin, la bière reposait entre quatre rangs
10 de cierges. Charles avait envie de se lever pour les éteindre.

Il tâchait cependant de s'exciter à la dévotion, de s'élancer dans l'espoir d'une vie future, où il la reverrait. Il imaginait qu'elle était partie en voyage, bien loin, depuis longtemps. Mais, quand il pensait qu'elle se trouvait là-dessous, et que
15 tout était fini, qu'on l'emportait dans la terre, il se prenait d'une rage farouche, noire, désespérée. Parfois, il croyait ne plus rien sentir et il savourait cet adoucissement de sa douleur, tout en se reprochant d'être un misérable.

On entendit sur les dalles comme le bruit sec d'un bâton
20 ferré qui les frappait à temps égaux. Cela venait du fond, et s'arrêta court dans les bas-côtés de l'église. Un homme en grosse veste brune s'agenouilla péniblement. C'était Hippolyte, le garçon du *Lion d'or*. Il avait mis sa jambe neuve[4].

L'un des chantres vint faire le tour de la nef pour quêter,
25 et les gros sous, les uns après les autres, sonnaient dans le plat d'argent.

« Dépêchez-vous donc! je souffre, moi! » s'écria Bovary, tout en lui jetant avec colère une pièce de cinq francs.

L'homme d'église le remercia par une longue révérence.

30 On chantait, on s'agenouillait, on se relevait, cela n'en finissait pas! Il se rappela qu'une fois, dans les premiers temps, ils avaient ensemble assisté à la messe, et ils s'étaient mis de l'autre côté, à droite, contre le mur. La cloche recommença. Il y eut un grand mouvement de chaises. Les porteurs glissèrent

---

1. Il s'agit de Charles, du père Rouault et d'Homais; 2. *Serpent :* instrument à vent replié en forme de serpent et utilisé dans les églises; 3. Lestiboudois est aussi sacristain et bedeau en plus de ses attributions de fossoyeur; 4. Après l'échec de l'opération tentée par Bovary sur Hippolyte, le pied-bot, celui-ci avait été amputé par Canivet (deuxième partie, chap. XI). Bovary avait procuré à l'infirme une jambe mécanique.

35 leurs trois bâtons sous la bière, et l'on sortit de l'église. **(1)**

Justin alors parut sur le seuil de la pharmacie. Il y rentra tout à coup, pâle, chancelant.

On se tenait aux fenêtres pour voir passer le cortège. Charles, en avant, se cambrait la taille. Il affectait un air brave et saluait
40 d'un signe ceux qui, débouchant des ruelles ou des portes, se rangeaient dans la foule. Les six hommes, trois de chaque côté, marchaient au petit pas et en haletant un peu. Les prêtres, les chantres et les deux enfants de chœur récitaient le *De profundis*; et leurs voix s'en allaient sur la campagne, montant et s'abais-
45 sant avec des ondulations. Parfois ils disparaissaient aux détours du sentier; mais la grande croix d'argent se dressait toujours entre les arbres.

Les femmes suivaient, couvertes de mantes noires à capuchon rabattu; elles portaient à la main un gros cierge qui
50 brûlait, et Charles se sentait défaillir à cette continuelle répétition de prières et de flambeaux, sous ces odeurs affadissantes de cire et de soutane. Une brise fraîche soufflait, les seigles et les colzas verdoyaient, des gouttelettes de rosée tremblaient au bord du chemin, sur les haies d'épines. Toutes sortes de
55 bruits joyeux emplissaient l'horizon : le claquement d'une charrette roulant au loin dans les ornières, le cri d'un coq qui se répétait ou la galopade d'un poulain que l'on voyait s'enfuir sous les pommiers. Le ciel pur était tacheté de nuages roses; des lumignons bleuâtres se rabattaient sur les chau-
60 mières couvertes d'iris; Charles, en passant, reconnaissait les cours. Il se souvenait de matins comme celui-ci, où, après avoir visité quelque malade, il en sortait et retournait vers elle. **(2)**

Le drap noir, semé de larmes blanches, se levait de temps
65 à autre en découvrant la bière. Les porteurs fatigués se ralentissaient; et elle avançait par saccades continues, comme une chaloupe qui tangue à chaque flot.

On arriva.

——— QUESTIONS ———

1. La technique romanesque : montrez que toute la cérémonie est vue par Charles Bovary. Quels sentiments se succèdent en lui? — L'effet produit par l'arrivée d'Hippolyte : que représente cette entrée pour Charles?

2. Comparez la description de ce cortège à celle du cortège nuptial (première partie, chapitre IV). — Appréciez le contraste entre la vie et la mort. Étudiez en particulier les sonorités et le rythme des phrases.

Les hommes continuèrent jusqu'en bas, à une place dans
70 le gazon où la fosse était creusée. (3)

On se rangea tout autour; et tandis que le prêtre parlait,
la terre rouge, rejetée sur les bords, coulait par les coins sans
bruit, continuellement.

Puis, quand les quatre cordes furent disposées, on poussa
75 la bière dessus. Il la regarda descendre. Elle descendait toujours.

Enfin on entendit un choc; les cordes en grinçant remon-
tèrent. Alors Bournisien prit la bêche que lui tendait Lestiboudois; de sa main gauche, tout en aspergeant de la droite,
il poussa vigoureusement une large pelletée; et le bois du
80 cercueil, heurté par les cailloux, fit ce bruit formidable qui
nous semble être le retentissement de l'éternité.

L'ecclésiastique passa le goupillon à son voisin. C'était
M. Homais. Il le secoua gravement, puis le tendit à Charles,
qui s'affaissa jusqu'aux genoux dans la terre, et il en jetait à
85 pleines mains tout en criant : « Adieu! » Il lui envoyait des
baisers; il se traînait vers la fosse pour s'y engloutir avec elle.

On l'emmena; et il ne tarda pas à s'apaiser, éprouvant
peut-être comme tous les autres, la vague satisfaction d'en
avoir fini.

90 Le père Rouault, en revenant, se mit tranquillement à fumer
une pipe; ce que Homais, dans son for intérieur, jugea peu
convenable. Il remarqua de même que M. Binet s'était abstenu
de paraître, que Tuvache « avait filé » après la messe, et que
Théodore, le domestique du notaire, portait un habit bleu,
95 « comme si l'on ne pouvait pas trouver un habit noir, puisque
c'est l'usage, que diable! » Et, pour communiquer ses observations, il allait d'un groupe à l'autre. On y déplorait la mort
d'Emma, et surtout Lheureux[1], qui n'avait pas manqué de
venir à l'enterrement.

100 « Cette pauvre petite dame! quelle douleur pour son mari! »
L'apothicaire reprenait :

« Sans moi, savez-vous bien, il se serait porté sur lui-même
à quelque attentat funeste! »

— Une si bonne personne! Dire pourtant que je l'ai encore
105 vue samedi dernier dans ma boutique!

---

1. Par ses menaces de saisie, il avait acculé Emma à son geste de désespoir.

QUESTIONS

3. Étudiez le rythme et les sonorités de ces trois paragraphes (lignes 64-
70). Appréciez *on arriva* (ligne 68); quel est l'effet obtenu?

— Je n'ai pas eu le loisir, dit Homais, de préparer quelques paroles, que j'aurais jetées sur sa tombe. » **(4)**

En rentrant, Charles se déshabilla, et le père Rouault repassa sa blouse bleue. Elle était neuve, et, comme il s'était, pendant
110 la route, souvent essuyé les yeux avec les manches, elle avait déteint sur sa figure; et la trace des pleurs y faisait des lignes dans la couche de poussière qui la salissait.

Madame Bovary mère était avec eux. Ils se taisaient tous les trois. Enfin le bonhomme soupira :
115 « Vous rappelez-vous, mon ami, que je suis venu à Tostes une fois, quand vous veniez de perdre votre première défunte? Je vous consolais dans ce temps-là! Je trouvais quoi dire; mais à présent... »

Puis, avec un long gémissement qui souleva toute sa poitrine :
120 « Ah! c'est la fin pour moi, voyez-vous! J'ai vu partir ma femme..., mon fils après, et voilà ma fille, aujourd'hui! »

Il voulut s'en retourner tout de suite aux Bertaux, disant qu'il ne pourrait pas dormir dans cette maison-là. Il refusa même de voir sa petite-fille.
125 « Non! non! ça me ferait trop de deuil. Seulement vous l'embrasserez bien! Adieu!... vous êtes un bon garçon! Et puis, jamais je n'oublierai ça, dit-il en se frappant la cuisse, n'ayez peur! vous recevrez toujours votre dinde. » **(5)**

Mais, quand il fut au haut de la côte, il se détourna, comme
130 autrefois il s'était détourné sur le chemin de Saint-Victor, en se séparant d'elle. Les fenêtres du village étaient tout en feu sous les rayons obliques du soleil qui se couchait dans la prairie. Il mit sa main devant ses yeux, et il aperçut à l'horizon un enclos de murs où des arbres, çà et là, faisaient des bouquets
135 noirs entre des pierres blanches, puis il continua sa route, au petit trot, car son bidet boitait.

Charles et sa mère restèrent le soir, malgré leur fatigue, fort longtemps à causer ensemble. Ils parlèrent des jours d'autrefois et de l'avenir. Elle viendrait habiter Yonville, elle
140 tiendrait son ménage, ils ne se quitteraient plus. Elle fut ingénieuse et caressante, se réjouissant intérieurement à ressaisir une affection qui depuis tant d'années lui échappait. Minuit

─────── **QUESTIONS** ───────

4. Quels sentiments dominants s'emparent de tous les participants après les funérailles?

5. Les réactions et les réflexions du père Rouault : que révèlent-elles sur son caractère?

sonna. Le village, comme d'habitude, était silencieux, et
Charles, éveillé, pensait toujours à elle.

145   Rodolphe, qui, pour se distraire, avait battu le bois toute
la journée, dormait tranquillement dans son château; et Léon,
là-bas, dormait aussi. **(6)**

Il y en avait un autre qui, à cette heure-là, ne dormait pas.
Sur la fosse, entre les sapins, un enfant pleurait agenouillé,
150 et sa poitrine, brisée par les sanglots, haletait dans l'ombre,
sous la pression d'un regret immense, plus doux que la lune
et plus insondable que la nuit. La grille tout à coup craqua.
C'était Lestiboudois; il venait chercher sa bêche qu'il avait
oubliée tantôt. Il reconnut Justin escaladant le mur, et sut
155 alors à quoi s'en tenir sur le malfaiteur qui lui dérobait ses
pommes de terre. **(7) (8)**

XI

[Tout le monde exploite le malheureux veuf, qui règle non seulement les dettes réelles, mais aussi celles qu'inventent des gens peu
scrupuleux.]

Un jour qu'errant sans but dans la maison, il était monté
jusqu'au grenier, il sentit sous sa pantoufle une boulette de
papier fin. Il l'ouvrit et il lut : « Du courage, Emma! du courage! Je ne veux pas faire le malheur de votre existence. »
5 C'était la lettre de Rodolphe, tombée à terre entre des caisses,
qui était restée là, et que le vent de la lucarne venait de pousser
vers la porte. Et Charles demeura tout immobile et béant à
cette même place où jadis, encore plus pâle que lui, Emma,
désespérée, avait voulu mourir. Enfin, il découvrit un petit
10 R au bas de la seconde page. Qu'était-ce? Il se rappela les
assiduités de Rodolphe, sa disparition soudaine et l'air contraint
qu'il avait eu en le rencontrant depuis, deux ou trois fois. Mais
le ton respectueux de la lettre l'illusionna.

« Ils se sont peut-être aimés platoniquement », se dit-il.
15   D'ailleurs, Charles n'était pas de ceux qui descendent au

─────── **QUESTIONS** ───────

6. Pourquoi Rodolphe et Léon sont-ils évoqués ici?

7. Le caractère de Justin : pourquoi pleure-t-il?

8. SUR L'ENSEMBLE DE L'EXTRAIT DU CHAPITRE X. — La description de
l'enterrement : montrez comment Flaubert tire partie du réalisme.
    — Les réflexions et les attitudes des personnages.

fond des choses; il recula devant les preuves, et sa jalousie incertaine se perdit dans l'immensité de son chagrin. **(1)**

On avait dû, pensait-il, l'adorer. Tous les hommes, à coup sûr, l'avaient convoitée. Elle lui en parut plus belle; et il en
20 conçut un désir permanent, furieux, qui enflammait son désespoir et qui n'avait pas de limites, parce qu'il était maintenant irréalisable.

Pour lui plaire, comme si elle vivait encore, il adopta ses prédilections, ses idées, il s'acheta des bottes vernies, il prit
25 l'usage des cravates blanches. Il mettait du cosmétique à ses moustaches, il souscrivit comme elle des billets à ordre. Elle le corrompait par delà le tombeau. **(2)**

Il fut obligé de vendre l'argenterie pièce à pièce, ensuite il vendit les meubles du salon. Tous les appartements se dégar-
30 nirent; mais la chambre, sa chambre à elle, était restée comme autrefois. Après son dîner, Charles montait là. Il poussait devant le feu la table ronde, et il approchait *son* fauteuil. Il s'asseyait en face. Une chandelle brûlait dans un des flambeaux dorés, Berthe, près de lui, enluminait[1] des estampes.

35 Il souffrait, le pauvre homme, à la voir si mal vêtue, avec ses brodequins sans lacets et l'emmanchure de ses blouses déchirées jusqu'aux hanches, car la femme de ménage n'en prenait guère de souci. Mais elle était si douce, si gentille, et sa petite tête se penchait si gracieusement en laissant retomber
40 sur ses joues roses sa bonne chevelure blonde, qu'une délectation infinie l'envahissait, plaisir tout mêlé d'amertume comme ces vins mal faits qui sentent la résine. Il raccommodait ses joujoux, lui fabriquait des pantins avec du carton, ou recousait le ventre déchiré de ses poupées. Puis, s'il rencontrait des
45 yeux la boîte à ouvrage, un ruban qui traînait ou même une épingle restée dans une fente de la table, il se prenait à rêver, et il avait l'air si triste, qu'elle devenait triste comme lui.

Personne à présent ne venait les voir; car Justin s'était enfui à Rouen, où il est devenu garçon épicier, et les enfants
50 de l'apothicaire fréquentaient de moins en moins la petite,

---

1. *Enluminer* : colorier.

--------- **QUESTIONS** ---------

1. Quel est l'effet produit sur Charles par la découverte des lettres? Pourquoi recule-t-il devant les preuves?

2. Le caractère de Charles : pourquoi cette transformation?

M. Homais ne se souciant pas, vu la différence de leurs conditions sociales, que l'intimité se prolongeât. (3)

L'Aveugle, qu'il n'avait pu guérir avec sa pommade était
retourné dans la côte du Bois-Guillaume, où il narrait aux
55 voyageurs la vaine tentative du pharmacien, à tel point que
Homais, lorsqu'il allait à la ville, se dissimulait derrière les
rideaux de l'*Hirondelle*, afin d'éviter sa rencontre. Il l'exécrait;
et, dans l'intérêt de sa propre réputation, voulant s'en débar-
rasser à toute force, il dressa contre lui une batterie[1] cachée,
60 qui décelait la profondeur de son intelligence et la scélératesse
de sa vanité (4). Durant six mois consécutifs, on put donc
lire dans le *Fanal de Rouen* des entrefilets ainsi conçus :

« Toutes les personnes qui se dirigent vers les fertiles contrées
de la Picardie auront remarqué, sans doute, dans la côte du
65 Bois-Guillaume, un misérable atteint d'une horrible plaie
faciale. Il vous importune, vous persécute et prélève un véritable impôt sur les voyageurs. Sommes-nous encore à ces temps
monstrueux du moyen âge, où il était permis aux vagabonds
d'étaler par nos places publiques la lèpre et les scrofules[2] qu'ils
70 avaient rapportées de la croisade? »

Ou bien :

« Malgré les lois contre le vagabondage, les abords de nos
grandes villes continuent à être infestés par des bandes de
pauvres. On en voit qui circulent isolément, et qui, peut-être,
75 ne sont pas les moins dangereux. A quoi songent nos édiles? »

Puis Homais inventait des anecdotes :

« Hier, dans la côte du Bois-Guillaume, un cheval ombra-
geux... » Et suivait le récit d'un accident occasionné par la
présence de l'aveugle. (5)

80 Il fit si bien qu'on l'incarcéra. Mais on le relâcha. Il recommença, et Homais aussi recommença. C'était une lutte. Il eut
la victoire; car son ennemi fut condamné à une réclusion per-
pétuelle dans un hospice. (6)

---

1. *Batterie :* machination, moyen de réussir. *Dresser une batterie :* prendre des
dispositions contre quelqu'un ; **2.** *Scrofules :* sorte d'abcès froids des ganglions du cou.

--- QUESTIONS ---

3. Les étapes progressives de la déchéance.

4. Le caractère d'Homais : pourquoi ne supporte-t-il pas cet échec?

5. Le style d'Homais : comparez ces articles à celui consacré aux
comices (deuxième partie, chapitre VIII, page 120).

6. Que représente la victoire d'Homais?

Ce succès l'enhardit ; et dès lors, il n'y eut plus dans l'arron-
85 dissement un chien écrasé, une grange incendiée, une femme
battue, dont aussitôt il ne fît part au public, toujours guidé
par l'amour du progrès et la haine des prêtres. Il établissait
des comparaisons entre les écoles primaires et les frères ignorantins[1], au détriment de ces derniers, rappelait la Saint-
90 Barthélemy à propos d'une allocation de cent francs faite à
l'église, et dénonçait des abus, lançait des boutades. C'était
son mot. Homais sapait ; il devenait dangereux.

Cependant, il étouffait dans les limites étroites du journa-
lisme, et bientôt il lui fallut le livre, l'ouvrage ! Alors il composa
95 une *Statistique générale du canton d'Yonville, suivie d'observations climatologiques*, et la statistique le poussa vers la phi-
losophie. Il se préoccupa des grandes questions : problème
social, moralisation des classes pauvres, pisciculture, caout-
chouc, chemins de fer, etc. Il en vint à rougir d'être un bour-
100 geois. Il affectait le *genre artiste*[2], il fumait ! Il s'acheta deux
statuettes *chic* Pompadour, pour décorer son salon. (7)

Il n'abandonnait point la pharmacie ; au contraire ! il se
tenait au courant des découvertes.

[...] Par respect, ou par une sorte de sensualité qui lui faisait
105 mettre de la lenteur dans ses investigations, Charles n'avait
pas encore ouvert le compartiment secret d'un bureau de
palissandre[3] dont Emma se servait habituellement. Un jour,
enfin, il s'assit devant, tourna la clef et poussa le ressort. Toutes
les lettres de Léon s'y trouvaient. Plus de doute, cette fois !
110 Il dévora jusqu'à la dernière, fouilla dans tous les coins, tous
les meubles, tous les tiroirs, derrière les murs, sanglotant,
hurlant, éperdu, fou. Il découvrit une boîte, la défonça d'un
coup de pied. Le portrait de Rodolphe lui sauta en plein visage,
au milieu des billets doux bouleversés. (8)

115 On s'étonna de son découragement. Il ne sortait plus, ne

---

1. *Ignorantins* : les frères des Ecoles chrétiennes, appelés ainsi par dérision ;
2. *Artiste* : en imitant les habitudes propres aux artistes ; 3. *Palissandre* : bois
d'un noir violet, très recherché en ébénisterie et qui provient de diverses espèces de
dalbergies.

──────── **QUESTIONS** ────────

7. Les étapes de l'ascension sociale d'Homais : en quoi le personnage
annonce-t-il certains aspects de Bouvard et Pécuchet ?

8. La découverte progressive de la vérité : pourquoi Flaubert a-t-il
ménagé cette progression ? Les réactions de Charles sont-elles conformes
à ce que l'on sait du personnage ?

recevait personne, refusait même d'aller voir ses malades.
Alors on prétendit qu'il *s'enfermait pour boire.*

Quelquefois, pourtant, un curieux se haussait par-dessus la
haie du jardin et apercevait avec ébahissement cet homme à
120 barbe longue, couvert d'habits sordides, farouche, et qui pleurait tout haut en marchant. **(9)**

Le soir, dans l'été, il prenait avec lui sa petite fille et la
conduisait au cimetière. Ils s'en revenaient à la nuit close,
quand il n'y avait plus d'éclairé sur la place que la lucarne
125 de Binet[1]. **(10)**

Cependant la volupté de sa douleur était incomplète, car
il n'avait autour de lui personne qui la partageât; et il faisait
des visites à la mère Lefrançois afin de pouvoir parler d'*elle*.
Mais l'aubergiste ne l'écoutait que d'une oreille, ayant comme
130 lui des chagrins, car M. Lheureux venait enfin d'établir *les
Favorites du Commerce*, et Hivert, qui jouissait d'une grande
réputation pour les commissions, exigeait un surcroît d'appointements et menaçait de s'engager « à la Concurrence ».

Un jour qu'il était allé au marché d'Argueil pour y vendre
135 son cheval, — dernière ressource, — il rencontra Rodolphe.

Ils pâlirent en s'apercevant. Rodolphe, qui avait seulement
envoyé sa carte[2], balbutia d'abord quelques excuses, puis
s'enhardit et même poussa l'aplomb (il faisait très chaud,
on était au mois d'août) jusqu'à l'inviter à prendre une bou-
140 teille de bière au cabaret.

Accoudé en face de lui, il mâchait son cigare tout en causant, et Charles se perdait en rêveries devant cette figure qu'elle
avait aimée. Il lui semblait revoir quelque chose d'elle. C'était
un émerveillement. Il aurait voulu être cet homme. **(11)**

145 L'autre continuait à parler culture, bestiaux, engrais, bou-
chant avec des phrases banales tous les interstices où pouvait
se glisser une allusion. Charles ne l'écoutait pas; Rodolphe
s'en apercevait, et il suivait sur la mobilité de sa figure le

---

1. Parce qu'il fait des ronds de serviette sur un tour; 2. Lors de la mort d'Emma.

——— QUESTIONS ———

9. La technique romanesque : par qui la scène est-elle vue?

10. Les deux rythmes du récit dans ce passage (lignes 104-125) : la
durée, les actions rapides.

11. Analysez les premières réactions de Charles devant Rodolphe. Que
représente maintenant Rodolphe pour lui?

passage des souvenirs. Elle s'empourprait peu à peu, les narines
150 battaient vite, les lèvres frémissaient; il y eut même un instant
où Charles, plein d'une fureur sombre, fixa ses yeux contre
Rodolphe, qui, dans une sorte d'effroi, s'interrompit. Mais
bientôt la même lassitude funèbre réapparut sur son visage.

« Je ne vous en veux pas », dit-il.

155 Rodolphe était resté muet. Et Charles, la tête dans ses deux
mains, reprit d'une voix éteinte et avec l'accent résigné des
douleurs infinies :

« Non, je ne vous en veux plus! »

Il ajouta même un grand mot, le seul qu'il ait jamais dit :
160 « C'est la faute de la fatalité! »

Rodolphe, qui avait conduit cette fatalité, le trouva bien
débonnaire pour un homme dans sa situation, comique même,
et un peu vil. **(12)**

Le lendemain, Charles alla s'asseoir sur le banc, dans la
165 tonnelle. Des jours passaient par le treillis; les feuilles de
vigne dessinaient leurs ombres sur le sable, le jasmin embau-
mait, le ciel était bleu, des cantharides[1] bourdonnaient autour
des lis en fleur, et Charles suffoquait comme un adolescent sous
les vagues effluves amoureux qui gonflaient son cœur chagrin.
170 A sept heures, la petite Berthe, qui ne l'avait pas vu de
toute l'après-midi, vint le chercher pour dîner.

Il avait la tête renversée contre le mur, les yeux clos, la
bouche ouverte, et tenait dans ses mains une longue mèche
de cheveux noirs[2]. **(13)**

175 « Papa, viens donc! » dit-elle.

Et, croyant qu'il voulait jouer, elle le poussa doucement.
Il tomba par terre. Il était mort.

Trente-six heures après, sur la demande de l'apothicaire,
M. Canivet accourut. Il l'ouvrit et ne trouva rien. **(14)**

---

1. *Cantharide* : insecte coléoptère vivant surtout dans le midi de la France; 2. Charles
avait coupé une mèche des cheveux d'Emma pour la conserver en souvenir.

QUESTIONS

---

12. Pourquoi Charles attribue-t-il à la fatalité ce qui est arrivé en
partie par sa faute? Quelle est sa part de responsabilité?

13. La mort de Charles : sa place dans l'œuvre, son rôle du point de
vue technique.

14. Pourquoi Homais redoutait-il l'autopsie d'Emma, alors qu'il
réclame celle de Charles?

180   Quand tout fut vendu, il resta douze francs soixante et quinze centimes qui servirent à payer le voyage de mademoiselle Bovary chez sa grand'mère. La bonne femme mourut dans l'année même; le père Rouault étant paralysé, ce fut une tante qui s'en chargea. Elle est pauvre et l'envoie, pour gagner 185 sa vie, dans une filature de coton. **(15)**

    Depuis la mort de Bovary, trois médecins se sont succédé à Yonville sans pouvoir y réussir, tant M. Homais les a tout de suite battus en brèche. Il fait une clientèle d'enfer; l'autorité le ménage et l'opinion publique le protège.

190   Il vient de recevoir la croix d'honneur. **(16) (17)**

──────── **QUESTIONS** ────────

15. La faillite d'une famille. Que marque le passage du passé simple au présent?

16. La carrière des honneurs : pourquoi Flaubert termine-t-il l'œuvre en indiquant le triomphe d'Homais?

17. Sur l'ensemble du chapitre xi. — L'ascension sociale d'Homais et la déchéance progressive des Bovary.

    — Comparez pour la technique romanesque le dernier chapitre de l'œuvre au premier.

    — La place exacte de Charles.

    — Pourquoi attribue-t-il tous les événements à la fatalité?

    — Charles, instrument de la fatalité.

DOCUMENTATION THÉMATIQUE
réunie par la Rédaction des Nouveaux Classiques Larousse

1. LA TONALITÉ DU PROCÈS

1.1. LE DÉBUT ET LA FIN DU RÉQUISITOIRE CONTRE FLAUBERT

◆ Messieurs, en abordant ce débat, le ministère public est en présence d'une difficulté qu'il ne peut pas se dissimuler. Elle n'est pas dans la nature même de la prévention : offenses à la morale publique et à la religion, ce sont là sans doute des expressions un peu vagues, un peu élastiques, qu'il est nécessaire de préciser. Mais enfin, quand on parle à des esprits droits et pratiques, il est facile de s'entendre à cet égard, de distinguer si telle page d'un livre porte atteinte à la religion ou à la morale. La difficulté n'est pas dans notre prévention, elle est plutôt, elle est davantage dans l'étendue de l'œuvre que vous avez à juger. Il s'agit d'un roman tout entier.

[Il faut donc ou résumer, au risque de fausser, ou citer, donc paraître tendancieux.]

Pour éviter ce double inconvénient, il n'y a qu'une marche à suivre, et la voici, c'est de vous raconter d'abord tout le roman sans en lire, sans en incriminer aucun passage, et puis de lire, d'incriminer en citant le texte, et enfin de répondre aux objections qui pourraient s'élever contre le système général de la prévention.

Quel est le titre du roman : *Madame Bovary*. C'est un titre qui ne dit rien par lui-même. Il en a un second entre parenthèses : *Mœurs de province*. C'est encore là un titre qui n'explique pas la pensée de l'auteur, mais qui la fait pressentir. L'auteur n'a pas voulu suivre tel ou tel système philosophique vrai ou faux, il a voulu faire des tableaux de genre, et vous allez voir quels tableaux!!! Sans doute c'est le mari qui commence et qui termine le livre, mais le portrait le plus sérieux de l'œuvre, qui illumine les autres peintures, c'est évidemment celui de Mme Bovary.

Ici je raconte, je ne cite pas. On prend le mari au collège, et, il faut le dire, l'enfant annonce déjà ce que sera le mari. Il est excessivement lourd et timide, si timide que lorsqu'il arrive au collège et qu'on lui demande son nom, il commence par répondre *Charbovari*. Il est si lourd qu'il travaille sans avancer. Il n'est jamais le premier, il n'est jamais le dernier non plus de sa classe; c'est le type, sinon de la nullité, au moins de celui du ridicule au collège. Après les études du collège il vint étudier la médecine à Rouen, dans une chambre au quatrième, donnant sur la Seine, que sa mère lui avait louée chez un teinturier de sa connaissance. C'est là qu'il fait ses études médicales et qu'il arrive petit à petit à conquérir, non pas le grade de

docteur en médecine, mais celui d'officier de santé. Il fréquen-
tait les cabarets, il manquait les cours, mais il n'avait au
demeurant d'autre passion que celle de jouer aux dominos.
Voilà M. Bovary.

Il va se marier. Sa mère lui trouve une femme : la veuve d'un
huissier de Dieppe ; elle est vertueuse et laide, elle a quarante-cinq ans et 1.200 livres de rente. Seulement le notaire
qui avait le capital de la rente partit un beau matin pour l'Amé-
rique, et Mme Bovary jeune fut tellement frappée, tellement
impressionnée par ce coup inattendu, qu'elle en mourut. Voilà
le premier mariage, voilà la première scène.

M. Bovary, devenu veuf, songea à se remarier. Il interroge ses
souvenirs ; il n'a pas besoin d'aller bien loin, il lui vient tout
de suite à l'esprit la fille d'un fermier du voisinage qui avait
singulièrement excité les soupçons de Mme Bovary, Mlle Emma
Rouault. Le fermier Rouault n'avait qu'une fille, élevée aux
Ursulines de Rouen. Elle s'occupait peu de la ferme ; son
père désirait la marier. L'officier de santé se présente, il n'est
pas difficile sur la dot, et vous comprenez qu'avec de telles
dispositions de part et d'autre les choses vont vite. Le mariage
est accompli. M. Bovary est aux genoux de sa femme, il est le
plus heureux des hommes, le plus aveugle des maris ; sa seule
préoccupation est de prévenir les désirs de sa femme.

Ici le rôle de M. Bovary s'efface ; celui de Mme Bovary devient
l'œuvre sérieuse du livre.

Messieurs, Mme Bovary a-t-elle aimé son mari ou cherché à
l'aimer ? Non, et dès le commencement il y eut ce qu'on peut
appeler la scène de l'initiation. A partir de ce moment, un autre
horizon s'étale devant elle, une vie nouvelle lui apparaît. Le
propriétaire du château de la Vaubyessard avait donné une
grande fête. On avait invité l'officier de santé, on avait invité
sa femme, et là il y eut pour elle comme une initiation à toutes
les ardeurs de la volupté ! Elle avait aperçu le duc de Laverdière, qui avait eu des succès à la cour ; elle avait valsé avec
un vicomte et éprouvé un trouble inconnu. A partir de ce
moment, elle avait vécu d'une vie nouvelle ; son mari, tout
ce qui l'entourait, lui était devenu insupportable. Un jour, en
cherchant dans un meuble, elle avait rencontré un fil de fer
qui lui avait déchiré le doigt ; c'était le fil de son bouquet de
mariage. Pour essayer de l'arracher à l'ennui qui la consumait,
M. Bovary fit le sacrifice de sa clientèle, et vint s'installer à
Yonville. C'est ici que vient la scène de la première chute. Nous
sommes à la seconde livraison. Mme Bovary arrive à Yonville,
et là, la première personne qu'elle rencontre, sur laquelle elle
fixe ses regards, ce n'est pas le notaire de l'endroit, c'est
l'unique clerc de ce notaire, Léon Dupuis. C'est un tout jeune
homme qui fait son droit et qui va partir pour la capitale. Tout

autre que M. Bovary aurait été inquiété des visites du jeune clerc, mais M. Bovary est si naïf qu'il croit à la vertu de sa femme ; Léon, inexpérimenté, éprouvait le même sentiment. Il est parti, l'occasion est perdue, mais les occasions se retrouvent facilement. Il y avait dans le voisinage d'Yonville un M. Rodolphe Boulanger (vous voyez que je raconte). C'était un homme de trente-quatre ans, d'un tempérament brutal ; il avait eu beaucoup de succès auprès des conquêtes faciles ; il avait alors pour maîtresse une actrice ; il aperçut Mme Bovary, elle était jeune, charmante ; il résolut d'en faire sa maîtresse. La chose était facile, il lui suffit de trois occasions. La première fois il était venu aux Comices agricoles, la seconde fois il lui avait rendu une visite, la troisième fois il lui avait fait faire une promenade à cheval que le mari avait jugée nécessaire à la santé de sa femme ; et c'est alors, dans une première visite de la forêt, que la chute a lieu. Les rendez-vous se multiplieront au château de Rodolphe, surtout dans le jardin de l'officier de santé. Les amants arrivent jusqu'aux limites extrêmes de la volupté ! Mme Bovary veut se faire enlever par Rodolphe, Rodolphe n'ose pas dire non, mais il lui écrit une lettre où il cherche à lui prouver, par beaucoup de raisons, qu'il ne peut pas l'enlever. Foudroyée à la réception de cette lettre, Mme Bovary a une fièvre cérébrale, à la suite de laquelle une fièvre typhoïde se déclare. La fièvre tua l'amour, mais resta la malade. Voilà la deuxième scène.

J'arrive à la troisième. La chute avec Rodolphe avait été suivie d'une réaction religieuse, mais elle avait été courte ; Mme Bovary va tomber de nouveau. Le mari avait jugé le spectacle utile à la convalescence de sa femme, et il l'avait conduite à Rouen. Dans une loge, en face de celle qu'occupaient M. et Mme Bovary, se trouvait Léon Dupuis, ce jeune clerc de notaire qui fait son droit à Paris, et qui en est revenu singulièrement instruit, singulièrement expérimenté. Il va voir Mme Bovary ; il lui propose un rendez-vous. Mme Bovary lui indique la cathédrale. Au sortir de la cathédrale, Léon lui propose de monter dans un fiacre. Elle résiste d'abord, mais Léon lui dit que cela se fait ainsi à Paris et, alors, plus d'obstacle. La chute a lieu dans le fiacre ! Les rendez-vous se multiplient pour Léon comme pour Rodolphe, chez l'officier de santé et puis dans une chambre qu'on avait louée à Rouen. Enfin elle arriva jusqu'à la fatigue même de ce second amour, et c'est ici que commence la scène de détresse, c'est la dernière du roman.

Mme Bovary avait prodigué, jeté les cadeaux à la tête de Rodolphe et de Léon, elle avait mené une vie de luxe, et, pour faire face à tant de dépenses, elle avait souscrit de nombreux billets à ordre. Elle avait obtenu de son mari une procuration générale pour gérer le patrimoine commun ; elle avait rencontré un usurier qui se faisait souscrire des billets, lesquels n'étant pas payés à l'échéance, étaient renouvelés, sous le nom d'un compère. Puis étaient venus le papier timbré, les protêts, les jugements, la saisie, et enfin l'affiche de la vente du mobilier de M. Bovary qui ignorait tout. Réduite aux plus cruelles extrémités, Mme Bovary demande de l'argent à tout le monde et n'en obtient de personne. Léon n'en a pas, et il recule épouvanté à l'idée d'un crime qu'on lui suggère pour s'en procurer. Parcourant tous les degrés de l'humiliation, Mme Bovary va chez Rodolphe ; elle ne réussit pas, Rodolphe n'a pas trois mille francs. Il ne lui reste plus qu'une issue. De s'excuser auprès de son mari ? Non ; de s'expliquer avec lui ? Mais ce mari aurait la générosité de lui pardonner, et c'est là une humiliation qu'elle ne peut pas accepter : elle s'empoisonne. Viennent alors des scènes douloureuses. Le mari est là, à côté du corps glacé de sa femme. Il fait apporter sa robe de noces, il ordonne qu'on l'en enveloppe et qu'on enferme sa dépouille dans un triple cercueil.

Un jour, il ouvre le secrétaire et il y trouve le portrait de Rodolphe, ses lettres et celles de Léon. Vous croyez que l'amour va tomber alors ? Non, non, il s'excite, au contraire, il s'exalte pour cette femme que d'autres ont possédée, en raison de ces souvenirs de volupté qu'elle lui a laissés ; et dès ce moment il néglige sa clientèle, sa famille, il laisse aller au vent les dernières parcelles de son patrimoine, et un jour on le trouve mort dans la tonnelle de son jardin, tenant dans ses mains une longue mèche de cheveux noirs.

Voilà le roman ; je l'ai raconté tout entier en n'en supprimant aucune scène. On l'appelle *Madame Bovary* ; vous pouvez lui donner un autre titre, et l'appeler avec justesse : *Histoire des adultères d'une femme de province.*

Messieurs, la première partie de ma tâche est remplie ; j'ai raconté, je vais citer, et après les citations viendra l'incrimination qui porte sur deux délits : offense à la morale publique, offense à la morale religieuse. L'offense à la morale publique est dans les tableaux lascifs que je mettrai sous vos yeux, l'offense à la morale religieuse dans des images voluptueuses mêlées aux choses sacrées. J'arrive aux citations. Je serai court, car vous lirez le roman tout entier. Je me bornerai à vous citer quatre scènes, ou plutôt quatre tableaux. La première, ce sera celle des amours et de la chute avec Rodolphe ; la seconde, la transition religieuse entre les deux adultères ; la troisième, ce sera la chute avec Léon, c'est le deuxième adultère, et, enfin, la quatrième, que je veux citer, c'est la mort de Mme Bovary.

◆ Ma tâche remplie, il faut attendre les objections ou les prévenir. On nous dira comme objection générale : mais, après tout, le roman est moral au fond, puisque l'adultère est puni ? A cette objection, deux réponses : je suppose l'œuvre morale, par hypothèse, une conclusion morale ne pourrait pas amnistier les détails lascifs qui peuvent s'y trouver. Et puis je dis : l'œuvre au fond n'est pas morale.

Je dis, Messieurs, que des détails lascifs ne peuvent pas être couverts par une conclusion morale, sinon on pourrait raconter toutes les orgies imaginables, décrire toutes les turpitudes d'une femme publique, en la faisant mourir sur un grabat à l'hôpital. Il serait permis d'étudier et de montrer toutes ses poses lascives ! Ce serait aller contre toutes les règles du bon sens. Ce serait placer le poison à la portée de tous et le remède à la portée d'un bien petit nombre, s'il y avait un remède. Qui est-ce qui lit le roman de M. Flaubert ? Sont-ce des hommes qui s'occupent d'économie politique ou sociale ? Non ! Les pages légères de *Madame Bovary* tombent en des mains plus légères, dans des mains de jeunes filles, quelquefois de femmes mariées. Eh bien ! lorsque l'imagination aura été séduite, lorsque cette séduction sera descendue jusqu'au cœur, lorsque le cœur aura parlé aux sens, est-ce que vous croyez qu'un raisonnement bien froid sera bien fort contre cette séduction des sens et du sentiment ? Et puis, il ne faut pas que l'homme se drape trop dans sa force et dans sa vertu, l'homme porte les instincts d'en bas et les idées d'en haut, et, chez tous, la vertu n'est que la conséquence d'un effort, bien souvent pénible. Les peintures lascives ont généralement plus d'influence que les froids raisonnements. Voilà ce que je réponds à cette théorie, voilà ma première réponse, mais j'en ai une seconde.

Je soutiens que le roman de *Madame Bovary*, envisagé au point de vue philosophique, n'est point moral. Sans doute Mme Bovary meurt empoisonnée ; elle a beaucoup souffert, c'est vrai ; mais elle meurt à son heure et à son jour, mais elle meurt, non parce qu'elle est adultère, mais parce qu'elle l'a voulu ; elle meurt dans tout le prestige de sa jeunesse et de sa beauté ; elle meurt après avoir eu deux amants, laissant un mari qui l'aime, qui l'adore, qui trouvera le portrait de Rodolphe, qui trouvera ses lettres et celles de Léon, qui lira les lettres d'une femme deux fois adultère, et qui, après cela, l'aimera encore davantage au-delà du tombeau. Qui peut condamner cette femme dans le livre ? Personne. Telle est la conclusion. Il n'y a pas dans le livre un personnage qui puisse la condamner. Si vous y trouvez un personnage sage, si vous y trouvez un seul principe en vertu duquel l'adultère soit stigmatisé, j'ai tort. Donc, si, dans tout le livre, il n'y a pas un personnage qui puisse lui faire courber la tête ; s'il n'y a pas une idée, une ligne en vertu de laquelle l'adultère soit flétri, c'est moi qui ai raison, le livre est immoral !

Serait-ce au nom de l'honneur conjugal que le livre serait condamné ? Mais l'honneur conjugal est représenté par un mari béat, qui, après la mort de sa femme, rencontrant Rodolphe, cherche sur le visage de l'amant les traits de la femme qu'il aime (liv. du 15 décembre, p. 289). Je vous le demande, est-ce au nom de l'honneur conjugal que vous pouvez stigmatiser cette femme, quand il n'y a pas dans le livre un seul mot où le mari ne s'incline devant l'adultère.

Serait-ce au nom de l'opinion publique ? Mais l'opinion publique est personnifiée dans un être grotesque, dans le pharmacien Homais, entouré de personnages ridicules que cette femme domine.

Le condamnerez-vous au nom du sentiment religieux ? Mais ce sentiment, vous l'avez personnifié dans le curé Bournisien, prêtre à peu près aussi grotesque que le pharmacien, ne croyant qu'aux souffrances physiques, jamais aux souffrances morales, à peu près matérialiste.

Le condamnerez-vous au nom de la conscience de l'auteur ? Je ne sais pas ce que pense la conscience de l'auteur ; mais, dans son chapitre x, le seul philosophique de l'œuvre, liv. du 15 décembre, je lis la phrase suivante :

« Il y a toujours après la mort de quelqu'un comme une stupé-
« faction qui se dégage, tant il est difficile de comprendre
« cette survenue du néant et de se résigner à y croire. »

Ce n'est pas un cri d'incrédulité, mais c'est du moins un cri de scepticisme. Sans doute il est difficile de le comprendre et d'y croire ; mais, enfin, pourquoi cette stupéfaction qui se manifeste à la mort ? Pourquoi ? Parce que cette survenue est quelque chose qui est un mystère, parce qu'il est difficile de le comprendre et de le juger, mais il faut s'y résigner. Et moi je dis que si la mort est la survenue du néant, que si le mari béat sent croître son amour en apprenant les adultères de sa femme, que si l'opinion est représentée par des êtres grotesques, que si le sentiment religieux est représenté par un prêtre ridicule, une seule personne a raison, règne, domine : c'est Emma Bovary. Messaline a raison contre Juvénal.

Voilà la conclusion philosophique du livre, tirée non par l'auteur, mais par un homme qui réfléchit et approfondit les choses, par un homme qui a cherché dans le livre un personnage qui pût dominer cette femme. Il n'y en a pas. Le seul personnage qui y domine, c'est Mme Bovary. Il faut donc cher-
cher ailleurs que dans le livre, il faut chercher dans cette morale chrétienne qui est le fond des civilisations modernes. Pour cette morale, tout s'explique et s'éclaircit.

En son nom l'adultère est stigmatisé, condamné, non pas parce que c'est une imprudence qui expose à des désillusions et à des regrets, mais parce que c'est un crime pour la famille. Vous stigmatisez et vous condamnez le suicide, non pas parce que c'est une folie, le fou n'est pas responsable; non pas parce que c'est une lâcheté, il demande quelquefois un certain courage physique, mais parce qu'il est le mépris du devoir dans la vie qui s'achève, et le cri de l'incrédulité dans la vie qui commence.

Cette morale stigmatise la littérature réaliste, non pas parce qu'elle peint les passions : la haine, la vengeance, l'amour; le monde ne vit que là-dessus, et l'art doit les peindre; mais quand elle les peint sans frein, sans mesure. L'art sans règle n'est plus l'art; c'est comme une femme qui quitterait tout vêtement. Imposer à l'art l'unique règle de la décence publique, ce n'est pas l'asservir, mais l'honorer. On ne grandit qu'avec une règle. Voilà, Messieurs, les principes que nous professons, voilà une doctrine que nous défendons avec conscience.

1.2. LE DÉBUT ET LA FIN DE LA PLAIDOIRIE DE M° SÉNART

◆ Messieurs, M. Gustave Flaubert est accusé devant vous d'avoir fait un mauvais livre, d'avoir, dans ce livre, outragé la morale publique et la religion. M. Gustave Flaubert est auprès de moi, il affirme devant vous qu'il a fait un livre honnête; il affirme devant vous que la pensée de son livre, depuis la première ligne jusqu'à la dernière, est une pensée morale, religieuse, et que, si elle n'était pas dénaturée (nous avons vu pendant quelques instants ce que peut un grand talent pour dénaturer une pensée), elle serait (et elle redeviendra tout à l'heure) pour vous ce qu'elle a été déjà pour les lecteurs du livre, une pensée éminemment morale et religieuse pouvant se traduire par ces mots : l'excitation à la vertu par l'horreur du vice.

Je vous apporte ici l'affirmation de M. Gustave Flaubert, et je la mets hardiment en regard du réquisitoire du ministère public, car cette affirmation est grave; elle l'est par la personne qui l'a faite, elle l'est par les circonstances qui ont présidé à l'exécution du livre que je vais vous faire connaître.

L'affirmation est déjà grave par la personne qui la fait, et, permettez-moi de vous le dire, M. Gustave Flaubert n'était pas pour moi un inconnu qui eût besoin auprès de moi de recommandations, qui eût des renseignements à me donner, je ne dis pas sur sa moralité, mais sur sa dignité. Je viens ici, dans cette enceinte, remplir un devoir de conscience, après avoir lu le livre, après avoir senti s'exhaler par cette lecture tout ce qu'il y a en moi d'honnête et de profondément religieux.

Mais, en même temps que je viens remplir un devoir de conscience, je viens remplir un devoir d'amitié. Je me rappelle, je ne saurais oublier que son père a été pour moi un vieil ami. Son père, de l'amitié duquel je me suis longtemps honoré, honoré jusqu'au dernier jour, son père et, permettez-moi de le dire, son illustre père, a été pendant plus de trente années chirurgien en chef de l'Hôtel-Dieu de Rouen. Il a été le pro-secteur de Dupuytren ; en donnant à la science de grands ensei-gnements, il l'a dotée de grands noms ; je n'en veux citer qu'un seul, Cloquet. Il n'a pas seulement laissé lui-même un beau nom dans la science, il a laissé de grands souvenirs, pour d'immenses services rendus à l'humanité. Et en même temps que je me souviens de mes liaisons avec lui, je veux vous le dire, son fils, qui est traduit en police correctionnelle pour outrage à la morale et à la religion, son fils est l'ami de mes enfants, comme j'étais l'ami de son père. Je sais sa pensée, je sais ses intentions, et l'avocat a ici le droit de se poser comme la caution personnelle de son client.

Messieurs, un grand nom et de grands souvenirs obligent. Les enfants de M. Flaubert ne lui ont pas failli. Ils étaient trois, deux fils et une fille morte à vingt et un ans. L'aîné a été jugé digne de succéder à son père : et c'est lui qui, aujourd'hui, remplit déjà depuis plusieurs années la mission que son père a remplie pendant trente ans. Le plus jeune, le voici : il est à votre barre. En leur laissant une fortune considérable et un grand nom, leur père leur a laissé le besoin d'être des hommes d'intelligence et de cœur, des hommes utiles. Le frère de mon client s'est lancé dans une carrière où les services rendus sont de chaque jour. Celui-ci a dévoué sa vie à l'étude, aux lettres, et l'ouvrage qu'on poursuit en ce moment devant vous est son premier ouvrage. Ce premier ouvrage, Messieurs, qui provoque les passions, au dire de monsieur l'avocat impérial, est le résultat de longues études, de longues méditations. M. Gustave Flaubert est un homme d'un caractère sérieux, porté par sa nature aux choses graves, aux choses tristes. Ce n'est pas l'homme que le ministère public, avec quinze ou vingt lignes mordues çà et là, est venu vous présenter comme un faiseur de tableaux lascifs. Non ; il y a dans sa nature, je le répète, tout ce qu'on peut imaginer au monde de plus grave, de plus sérieux, mais en même temps de plus triste. Son livre, en rétablissant seulement une phrase, en mettant à côté des quelques lignes citées les quelques lignes qui précèdent et qui suivent, reprendra bientôt devant vous sa véritable couleur, en même temps qu'il fera connaître les intentions de l'auteur. Et, de la parole trop habile que vous avez entendue, il ne restera dans vos souvenirs qu'un sentiment d'admiration profonde pour un talent qui peut tout transformer.

Je vous ai dit que M. Gustave Flaubert était un homme sérieux et grave. Ses études, conformes à la nature de son esprit, ont été sérieuses et larges. Elles ont embrassé non seulement toutes les branches de la littérature, mais le droit. M. Flaubert est un homme qui ne s'est pas contenté des observations que pouvait lui fournir le milieu où il a vécu; il a interrogé d'autres milieux :

Qui mores multorum vidit et urbes.

Après la mort de son père et ses études de collège, il a visité l'Italie et, de 1848 à 1851, parcouru ces contrées de l'Orient, l'Egypte, la Palestine, l'Asie Mineure, dans lesquelles, sans doute, l'homme qui les parcourt, en y apportant une grande intelligence, peut acquérir quelque chose d'élevé, de poétique, ces couleurs, ce prestige de style que le ministère public faisait tout à l'heure ressortir, pour établir le délit qu'il nous impute. Ce prestige de style, ces qualités littéraires resteront, ressortiront avec éclat de ces débats, mais ne pourront en aucune façon laisser prise à l'incrimination.

De retour depuis 1852, M. Gustave Flaubert a écrit et cherché à produire dans un grand cadre le résultat d'études attentives et sérieuses, le résultat de ce qu'il avait recueilli dans ses voyages.

Quel est le cadre qu'il a choisi, le sujet qu'il a pris, et comment l'a-t-il traité? Mon client est de ceux qui n'appartiennent à aucune des écoles dont j'ai trouvé, tout à l'heure, le nom dans le réquisitoire. Mon Dieu! il appartient à l'école réaliste, en ce sens qu'il s'attache à la réalité des choses. Il appartiendrait à l'école psychologique en ce sens que ce n'est pas la matérialité des choses qui le pousse, mais le sentiment humain, le développement des passions dans le milieu où il est placé. Il appartiendrait à l'école romantique moins peut-être qu'à toute autre, car si le romantisme apparaît dans son livre, de même que si le réalisme y apparaît, ce n'est pas par quelques expressions ironiques, jetées çà et là, que le ministère public a prises au sérieux. Ce que M. Flaubert a voulu surtout, ça a été de prendre un sujet d'études dans la vie réelle, ça a été de créer, de constituer des types vrais dans la classe moyenne et d'arriver à un résultat utile. Oui, ce qui a le plus préoccupé mon client dans l'étude à laquelle il s'est livré, c'est précisément ce but utile, poursuivi en mettant en scène trois ou quatre personnages de la société actuelle vivant dans les conditions de la vie réelle, et présentant aux yeux du lecteur le tableau vrai de ce qui se rencontre le plus souvent dans le monde.

Le ministère public, résumant son opinion sur *Madame Bovary*, a dit : Le second titre de cet ouvrage est : *Histoire des adultères d'une femme de province*. Je proteste énergiquement contre ce titre. Il me prouverait à lui seul, si je ne l'avais pas senti d'un bout à l'autre de votre réquisitoire, la préoccupation sous l'empire de laquelle vous avez constamment été. Non! le second titre de cet ouvrage n'est pas : *Histoire des adultères d'une femme de province;* il est, s'il vous faut absolument un second titre : histoire de l'éducation trop souvent donnée en province; histoire des périls auxquels elle peut conduire, histoire de la dégradation, de la friponnerie, du suicide considéré comme conséquence d'une première faute, et d'une faute amenée elle-même par des premiers torts auxquels souvent une jeune femme est entraînée; histoire de l'éducation, histoire d'une vie déplorable dont trop souvent l'éducation est la préface. Voilà ce que M. Flaubert a voulu peindre, et non pas les adultères d'une femme de province; vous le reconnaîtrez bientôt en parcourant l'ouvrage incriminé.

Maintenant le ministère public a aperçu dans tout cela, par-dessus tout, la couleur lascive. S'il m'était possible de prendre le nombre des lignes du livre que le ministère public a découpées, et de le mettre en parallèle avec le nombre des autres lignes qu'il a laissées de côté, nous serions dans la proportion totale de un à cinq cents, et vous verriez que cette proportion de un à cinq cents n'est pas une couleur lascive, n'est nulle part; elle n'existe que sous la condition des découpures et des commentaires.

◆ Permettez-moi de résumer tout ceci.

Je défends un homme qui, s'il avait rencontré une critique littéraire sur la forme de son livre, sur quelques expressions, sur trop de détails, sur un point ou sur un autre, aurait accepté cette critique littéraire du meilleur cœur du monde. Mais se voir accusé d'outrage à la morale et à la religion! M. Flaubert n'en revient pas; et il proteste ici devant vous avec tout l'étonnement et toute l'énergie dont il est capable contre une telle accusation.

Vous n'êtes pas de ceux qui condamnent des livres sur quelques lignes, vous êtes de ceux qui jugent avant tout la pensée, les moyens de mise en œuvre, et qui vous poserez cette question par laquelle j'ai commencé ma plaidoirie, et par laquelle je la finis : La lecture d'un tel livre donne-t-elle l'amour du vice, inspire-t-elle l'horreur du vice? L'expiation si terrible de la faute ne pousse-t-elle pas, n'excite-t-elle pas à la vertu? La lecture de ce livre ne peut pas produire sur vous une impression autre que celle qu'elle a produite sur nous, à savoir : que ce livre est excellent dans son ensemble, et que les détails en sont irréprochables. Toute la littérature classique nous autorisait à des peintures et à des scènes bien autres que celles que nous nous sommes permises. Nous aurions pu, sous ce rapport, la prendre pour modèle, nous ne l'avons pas fait; nous nous sommes imposé une sobriété dont vous nous tiendrez compte.

Que s'il était possible que, par un mot ou par un autre, M. Flaubert eût dépassé la mesure qu'il s'était imposée, je n'aurais pas seulement à vous rappeler que c'est une première œuvre, mais j'aurais à vous dire qu'alors même qu'il se serait trompé, son erreur serait sans dommage pour la morale publique. Et le faisant venir en police correctionnelle — lui, que vous connaissez maintenant un peu par son livre, lui que vous aimez déjà un peu, j'en suis sûr, et que vous aimeriez davantage si vous le connaissiez davantage — il est bien assez, il est déjà trop cruellement puni. A vous maintenant de statuer. Vous avez jugé le livre dans son ensemble et dans ses détails ; il n'est pas possible que vous hésitiez !

1.3. LES PASSAGES ESSENTIELS DU JUGEMENT

Attendu que Laurent-Pichat, Gustave Flaubert et Pillet sont inculpés d'avoir commis des délits d'outrage à la morale publique et religieuse et aux bonnes mœurs ; le premier, comme auteur, en publiant dans le recueil périodique intitulé la *Revue de Paris,* dont il est directeur gérant, et dans les numéros des 1er et 15 octobre, 1er et 15 novembre, 1er et 15 décembre 1856, un roman intitulé *Madame Bovary,* Gustave Flaubert et Pillet, comme complices, l'un en fournissant le manuscrit, et l'autre en imprimant ledit roman ;

[...] « Attendu que les passages incriminés, envisagés abstractivement et isolément, présentent effectivement soit des expressions, soit des images, soit des tableaux que le bon goût réprouve et qui sont de nature à porter atteinte à de légitimes et honorables susceptibilités ;

« Attendu que les mêmes observations peuvent s'appliquer justement à d'autres passages non définis par l'ordonnance de renvoi et qui, au premier abord, semblent présenter l'exposition de théories qui ne seraient pas moins contraires aux bonnes mœurs, aux institutions, qui sont la base de la société, qu'au respect dû aux cérémonies les plus augustes du culte ;

« Attendu qu'à ces divers titres l'ouvrage déféré au tribunal mérite un blâme sévère, car la mission de la littérature doit être d'orner et de récréer l'esprit en élevant l'intelligence et en épurant les mœurs plus encore que d'imprimer le dégoût du vice en offrant le tableau des désordres qui peuvent exister dans la société ;

« Attendu que les prévenus, et en particulier Gustave Flaubert, repoussent énergiquement l'inculpation dirigée contre eux, en articulant que le roman soumis au jugement du tribunal a un but éminemment moral ; que l'auteur a eu principalement en vue d'exposer les dangers qui résultent d'une éducation non appropriée au milieu dans lequel on doit vivre, et que, poursuivant cette idée, il a montré la femme, personnage principal de son roman, aspirant vers un monde et une société pour lesquels elle n'était pas faite, malheureuse de la condition modeste dans laquelle le sort l'aurait placée, oubliant d'abord ses devoirs de mère, manquant ensuite à ses devoirs d'épouse, introduisant successivement dans sa maison l'adultère et la ruine, et finissant misérablement par le suicide, après avoir passé par tous les degrés de la dégradation la plus complète et être descendue jusqu'au vol;

« Attendu que cette donnée, morale sans doute dans son principe, aurait dû être complétée dans ses développements par une certaine sévérité de langage et par une réserve contenue, en ce qui touche particulièrement l'exposition des tableaux et des situations que le plan de l'auteur lui faisait placer sous les yeux du public;

« Attendu qu'il n'est pas permis, sous prétexte de peinture de caractère ou de couleur locale, de reproduire dans leurs écarts les faits, dits et gestes des personnages qu'un écrivain s'est donné mission de peindre; qu'un pareil système, appliqué aux œuvres de l'esprit aussi bien qu'aux productions des beaux-arts, conduirait à un réalisme qui serait la négation du beau et du bon et qui, enfantant des œuvres également offensantes pour les regards et pour l'esprit, commettrait de continuels outrages à la morale publique et aux bonnes mœurs;

« Attendu qu'il y a des limites que la littérature, même la plus légère, ne doit pas dépasser, et dont Gustave Flaubert et coïnculpés paraissent ne s'être pas suffisamment rendu compte;

« Mais attendu que l'ouvrage dont Flaubert est l'auteur est une œuvre qui paraît avoir été longuement et sérieusement travaillée, au point de vue littéraire et de l'étude des caractères; que les passages relevés par l'ordonnance de renvoi, quelque répréhensibles qu'ils soient, sont peu nombreux si on les compare à l'étendue de l'ouvrage; que ces passages, soit dans les idées qu'ils exposent, soit dans les situations qu'ils représentent, rentrent dans l'ensemble des caractères que l'auteur a voulu peindre, tout en les exagérant et en les imprégnant d'un réalisme vulgaire et souvent choquant;

« Attendu que Gustave Flaubert proteste de son respect pour les bonnes mœurs et tout ce qui se rattache à la morale religieuse; qu'il n'apparaît pas que son livre ait été, comme certaines œuvres, écrit dans le but unique de donner une satisfaction aux passions sensuelles, à l'esprit de licence et de débauche, ou de ridiculiser des choses qui doivent être entourées du respect de tous;

« Qu'il a eu le tort seulement de perdre parfois de vue les règles que tout écrivain qui se respecte ne doit jamais franchir, et d'oublier que la littérature, comme l'art, pour accomplir le bien qu'elle est appelée à produire, ne doit pas seulement être chaste et pure dans sa forme et dans son expression;

« Dans ces circonstances, attendu qu'il n'est pas suffisamment établi que Pichat, Gustave Flaubert et Pillet se soient rendus coupables des délits qui leur sont imputés;

« Le tribunal les acquitte de la prévention portée contre eux et les renvoie sans dépens. »

2. UN PASSAGE INCRIMINÉ : LA MORT DE Mme BOVARY

La scène de l'extrême-onction a donné lieu à une vive polémique entre l'avocat impérial et l'avocat de la défense. Nous avons remplacé les citations au roman par leurs références au texte du classique.

2.1. LE RÉQUISITOIRE

Après cette scène, vient celle de l'extrême-onction. Ce sont des paroles saintes et sacrées pour tous. C'est avec ces paroles-là que nous avons endormi nos aïeux, nos pères ou nos proches, et c'est avec elles qu'un jour nos enfants nous endormiront. Quand on veut les reproduire, il faut le faire exactement; il ne faut pas du moins les accompagner d'une image voluptueuse sur la vie passée.

Vous le savez, le prêtre fait les onctions saintes sur le front, sur les oreilles, sur la bouche, sur les pieds, en prononçant ces phrases liturgiques : *Quidquid per pedes, per aures, per pectus*, etc., toujours suivies des mots *misericordia...* péché d'un côté, miséricorde de l'autre. Il faut les reproduire exactement, ces paroles saintes et sacrées; si vous ne les reproduisez pas exactement, au moins n'y mettez rien de voluptueux.

[Citation des lignes 398-407, p. 138.]

Maintenant il y a les prières des agonisants que le prêtre récite tout bas, où à chaque verset se trouvent les mots : « Ame chrétienne, partez pour une région plus haute. » On les murmure au moment où le dernier souffle du mourant s'échappe de ses lèvres. Le prêtre les récite, etc.

[Citation des lignes 444-448, p. 140.]

L'auteur a jugé à propos d'alterner ces paroles, de leur faire une sorte de réplique. Il fait intervenir sur le trottoir un aveugle qui entonne une chanson dont les paroles profanes sont une sorte de réponse aux prières des agonisants.

[Citation des lignes 449-459, p. 140.]

C'est à ce moment que Mme Bovary meurt.

Ainsi voilà le tableau : d'un côté le prêtre qui récite les prières des agonisants ; de l'autre, le joueur d'orgue, qui excite chez la mourante « un rire atroce, frénétique, désespéré, croyant « voir la face hideuse du misérable qui se dressait dans les « ténèbres éternelles comme un épouvantement... Une convul- « sion la rabattit sur le matelas. Tous s'approchèrent. Elle « n'existait plus. »

Et puis ensuite, lorsque le corps est froid, la chose qu'il faut respecter par-dessus tout, c'est le cadavre que l'âme a quitté. Quand le mari est là, à genoux, pleurant sa femme, quand il a étendu sur elle le linceul, tout autre se serait arrêté, et c'est le moment où M. Flaubert donna le dernier coup de pinceau. « Le drap se creusait depuis ses seins jusqu'à ses genoux, rele- « vant ensuite à la pointe des orteils. »

2.2. LA DÉFENSE

Arrivons à une autre scène, à la scène de l'extrême-onction. Oh ! M. l'avocat impérial, combien vous vous êtes trompé quand, vous arrêtant aux premiers mots, vous avez accusé mon client de mêler le sacré au profane, quand il s'est contenté de traduire ces belles formules de l'extrême-onction, au moment où le prêtre touche tous les organes de nos sens, au moment où, selon l'expression du rituel, il dit : *Per istam unctionem, et suam piissimam misericordiam, indulgeat tibi Dominus quidquid deliquisti.*

Vous avez dit : Il ne faut pas toucher aux choses saintes. De quel droit travestissez-vous ces saintes paroles : « Que Dieu, « dans sa sainte miséricorde, vous pardonne toutes les fautes « que vous avez commises par la vue, par le goût, par « l'ouïe, etc. ? »

Tenez, je vais vous lire le passage incriminé, et ce sera toute ma vengeance. J'ose dire ma vengeance, car l'auteur a besoin d'être vengé. Oui, il faut que M. Flaubert sorte d'ici, non seu- lement acquitté, mais vengé ! vous allez voir de quelles lectures il est nourri. Le passage incriminé est à la page 271 du numéro du 15 décembre, il est ainsi conçu :

[Citation des lignes 384-388, p. 138.]

Tout ce tableau est magnifique, et la lecture en est irrésistible ; mais tranquillisez-vous, je ne la prolongerai pas outre mesure. Voici maintenant l'incrimination :

[Citation des lignes 389-398, p. 138.]

L'extrême-onction, n'est pas encore commencée ; mais on me reproche ce baiser. Je n'irai pas chercher dans sainte Thérèse, que vous connaissez peut-être mais dont le souvenir est trop éloigné ; je n'irai pas même chercher dans Fénelon le mysticisme de Mme Guyon, ni des mysticismes plus modernes dans lesquels je trouve bien d'autres raisons. Je ne veux pas demander à ces écoles, que vous qualifiez de christianisme sensuel, l'explication de ce baiser ; c'est à Bossuet, à Bossuet lui-même que je veux la demander :

« Obéissez et tâchez au reste d'entrer dans les dispositions de Jésus en communiant, qui sont des dispositions d'union, de jouissance et d'amour : tout l'Evangile le crie. Jésus veut qu'on soit avec lui ; il veut jouir, il veut qu'on jouisse de lui. Sa sainte chair est le milieu de cette union et de cette chaste jouissance : il se donne. » Etc.

Je reprends la lecture du passage incriminé :

[Citation des lignes 398-424, pp. 138-139.]

La dernière scène du roman de *Madame Bovary* a été faite comme toute l'étude de ce type, avec les documents religieux. M. Flaubert a fait la scène de l'extrême-onction avec un livre que lui avait prêté un vénérable ecclésiastique de ses amis, qui a lu cette scène, qui en a été touché jusqu'aux larmes, et qui n'a pas imaginé que la majesté de la religion pût en être offensée. Ce livre est intitulé : *Explication historique, dogmatique, morale, liturgique et canonique du catéchisme, avec la réponse aux objections tirées des sciences contre la religion, par M. l'Abbé Ambroise Guillois, curé de Notre-Dame-du-Pré, au Mans, 6e édition,* etc., ouvrage approuvé par Son Eminence le cardinal Gousset, N.N. S.S. les Evêques et Archevêques du Mans, de Tours, de Bordeaux, de Cologne, etc., tome 3e, imprimé au Mans par Charles Monnoyer, 1851.

JUGEMENTS SUR « MADAME BOVARY »

I. LES CONTEMPORAINS

L'accueil fait à l'œuvre fut très réservé. L'auteur, Flaubert, fut acquitté au terme d'un jugement aux attendus multiples, après avoir été accusé d'outrage à la morale publique et à la religion. Voici un extrait du jugement :

« Attendu que les passages incriminés, envisagés abstractivement et isolément, présentent effectivement soit des expressions, soit des images, soit des tableaux que le bon goût réprouve et qui sont de nature à porter atteinte à de légitimes et honorables susceptibilités; [...]

« Attendu que les prévenus, et en particulier Gustave Flaubert, repoussent énergiquement l'inculpation dirigée contre eux, en articulant que le roman soumis au jugement du tribunal a un but éminemment moral; que l'auteur a eu principalement en vue d'exposer les dangers qui résultent d'une éducation non appropriée au milieu dans lequel on doit vivre, et que, poursuivant cette idée, il a montré la femme, personnage principal de son roman, aspirant vers un monde et une société pour lesquels elle n'était pas faite, malheureuse de la condition modeste dans laquelle le sort l'aurait placée, oubliant d'abord ses devoirs de mère, manquant ensuite à ses devoirs d'épouse, introduisant successivement dans sa maison l'adultère et la ruine, et finissant misérablement par le suicide, après avoir passé par tous les degrés de la dégradation la plus complète et être descendue jusqu'au vol; [...]

« Mais attendu que l'ouvrage dont Flaubert est l'auteur est une œuvre qui paraît avoir été longuement et sérieusement travaillée, au point de vue littéraire et de l'étude des caractères; que les passages relevés par l'ordonnance de renvoi, quelque répréhensibles qu'ils soient, sont peu nombreux si on les compare à l'étendue de l'ouvrage; que ces passages, soit dans les idées qu'ils exposent, soit dans les situations qu'ils représentent, rentrent dans l'ensemble des caractères que l'auteur a voulu peindre, tout en les exagérant et en les imprégnant d'un réalisme vulgaire et souvent choquant; [...]

« Le tribunal les acquitte de la prévention portée contre eux et les renvoie sans dépens. »

Cependant Duranty, dans la revue Réalisme, *du 15 mars 1857, n'est guère favorable :*

Madame Bovary, roman par Gustave Flaubert, écrit-il, représente l'obstination de la description. Ce roman est un de ceux qui rappellent le dessin linéaire, tant il est fait au compas, avec minutie, calculé, travaillé, tout à angles droits, et en définitive sec et aride.

On a mis plusieurs années à le faire, dit-on. En effet, les détails y sont comptés un à un avec la même valeur. Chaque rue, chaque maison, chaque chambre, chaque ruisseau, chaque brin d'herbe est décrit en entier! Chaque personnage en arrivant en scène parle préalablement sur une foule de sujets inutiles et peu intéressants servant seulement à faire connaître son degré d'intelligence.

Par contre, Sainte-Beuve souligne l'originalité de l'œuvre :

En bien des endroits, et sous des formes diverses, je crois reconnaître des signes littéraires nouveaux : science, esprit d'observation, maturité, force, un peu de dureté. Ce sont les caractères nouveaux que semblent affecter les chefs de file des générations nouvelles.

Sainte-Beuve,
le Moniteur universel (4 mars 1857).

II. LA POSTÉRITÉ

Après la mort de Flaubert, les hommages sont unanimes : originalité de la technique, importance de l'observation et de l'analyse... L'originalité profonde de l'œuvre est loin d'être épuisée :

Quand *Madame Bovary* parut, il y eut toute une révolution littéraire. Il sembla que la formule du roman moderne, éparse dans l'œuvre colossale de Balzac, venait d'être réduite et clairement énoncée dans les quatre cents pages d'un livre. Le code de l'art nouveau se trouvait écrit. *Madame Bovary* avait une netteté et une perfection qui en faisaient le roman type, le modèle définitif du genre...

Emile Zola,
les Romanciers naturalistes (1881).

S'il attachait une importance considérable à l'observation et à l'analyse, il en mettait une plus grande encore dans la composition et dans le style. Pour lui, ces deux qualités surtout faisaient les livres impérissables. Par composition, il entendait ce travail acharné qui consiste à exprimer l'essence seule des actions qui se succèdent dans une existence, à choisir uniquement les traits caractéristiques et à les grouper, à les combiner de telle sorte qu'ils concourent de la façon la plus parfaite à l'effet qu'on voulait obtenir, et pas à un enseignement quelconque.

Guy de Maupassant.

Sans doute, au premier abord, tous ces personnages, vous les prendriez pour de purs grotesques. En effet, vous croyez apercevoir en eux ce grossissement des traits, cette déformation des parties, cette altération des rapports vrais qui sont les moyens de la caricature, aussi bien dans le roman que dans les arts du dessin. Mais il faut relire *Madame Bovary*. Alors, si vous pénétrez un peu plus avant, et si vous reprenez le détail des conversations du curé Bournisien, par exemple, et du pharmacien Homais, vous remarquez qu'après tout la limite étroite qui sépare le vulgaire du caricatural est rarement dépassée. Tant les idées s'enchaînent sous la loi d'une logique intérieure! tant les paroles qui les traduisent y sont adaptées avec une merveilleuse justesse! tant enfin les moindres reprises du dialogue y sont conformes au secret des caractères et au travail latent de la pensée!

> Ferdinand Brunetière,
> *le Roman naturaliste* (1897).

On peut concevoir une somme de romans sur le type de Mme Bovary, qui embrasserait tous les types humains, et après la lecture desquels on n'oserait plus vivre, de peur de vivre une de ces vies dont l'automatisme y fonctionne en dégageant du ridicule. L'originalité vraie et le malheur du caractère de Flaubert avaient consisté à voir toujours le monde sous cet angle, et par conséquent, à porter une Mme Bovary virtuelle comme le produit de l'œuvre de son tempérament.

> Albert Thibaudet,
> *Flaubert* (1922).

Quand Flaubert dit : « Madame Bovary, c'est moi... », il fait revivre un mot de Cervantès, qu'il admirait tant. Ce mot est rapporté et commenté par Vigny en 1840 dans son *Journal inédit* : « Lorsque Cervantès mourut, on lui demanda qui il avait voulu peindre dans son Don Quichotte. — Moi, dit-il. » C'est que, pour Cervantès comme pour Flaubert, la *grande idée du livre était le malheur de l'imagination et de l'enthousiasme déplacés dans une civilisation vulgaire et matérielle...*

> Edouard Maynial,
> *Flaubert* (1943).

Flaubert a dit aussi qu'au moment où il contait les malheurs de cette malheureuse femme sa « pauvre Bovary souffrait et pleurait dans vingt villages de France ». Elle y souffre et pleure sans doute encore aujourd'hui comme alors. Les années ont passé, les mœurs ont changé; une chose demeure et qui sera vraie demain comme elle l'était il y a un siècle : le sort pitoyable de la créature qui croit s'affranchir de l'humaine misère en prenant son rêve pour une réalité.

> René Dumesnil,
> *Mercure de France* (1er novembre 1948).

Cette diversité dans l'unité a pu donner le change : nous aimons tant les classifications nettes, nous cherchons si bien à simplifier ce qui est essentiellement complexe, que, ne pouvant réduire Flaubert aux seuls éléments réalistes ni aux seuls éléments romantiques, certains ont imaginé d'en faire une sorte de monstre double. Ils n'ont pas voulu voir que Flaubert n'est poète et romantique que dans le moment et dans la mesure nécessaires au sujet, mais sans les dépasser jamais. Je n'aperçois point qu'il y ait eu en lui lutte du romantique et du réaliste, moins encore triomphe momentané de l'un ou de l'autre de ses « démons ». Je ne vois dans son œuvre, au contraire, qu'une constante appropriation du style à son objet. Et c'est ce qui en fait la séduction.

René Dumesnil,
Madame Bovary (1958).

Chez Flaubert et chez Proust, l'objet est là pour être perçu par nous et c'est dans cette mesure qu'il nous concerne, qu'il est notre histoire, dans la mesure où il rappelle en nous une impression. Poser des rapports entre les objets, ce sera pour tous deux les décrire... La littérature cesse d'être le mouvement d'une imagination, pour être le mouvement d'une conscience. Elle ne construit plus de mondes, elle s'efforce de suivre celui qui est offert à nos yeux.

Geneviève Bollème,
la Leçon de Flaubert (1964).

SUJETS DE DEVOIRS ET D'EXPOSÉS

● Alfred Colling, dans *Gustave Flaubert* (1947), écrit à propos de *Madame Bovary* : « Flaubert est parvenu à y maintenir ce qu'il appelait son romantisme, c'est-à-dire sa fraîcheur originelle, ses élans, sa tendresse, son lyrisme, sa poésie en les contrôlant par son réalisme, c'est-à-dire par son souci de la vérité, son scrupule du détail vécu, sa conscience chirurgicale. [...] *Madame Bovary* est une création complète. Flaubert y a réalisé la synthèse de ses contraires. » Commentez ce jugement.

● Flaubert a déclaré : « L'artiste doit s'arranger de façon à faire croire à la postérité qu'il n'a pas vécu. » Mais il affirme aussi : « Madame Bovary, c'est moi. » Ces deux appréciations sont-elles compatibles ?

● *Madame Bovary* est-il un roman à thèse ?

● La Varende écrit dans *Flaubert par lui-même* : « Il s'attache à la résurrection plus encore qu'à la création, et ce serait peut-être le secret du grand livre romanesque. » En quoi le roman *Madame Bovary* est-il une « résurrection » ?

● Le rôle de l'ironie dans *Madame Bovary* : sa place dans les descriptions, son rapport avec les techniques romanesques de l'auteur.

● « On ne peut nier, quelle que soit la morale finale d'un livre, que la crudité de ses peintures n'entraîne un effet immoral », écrit La Varende. Cette considération peut-elle s'appliquer à *Madame Bovary* ?

● La documentation dans *Madame Bovary* est-elle le seul élément de réalisme ?

● Flaubert écrit : « Ma pauvre Bovary souffre et pleure dans vingt villages de France. » L'œuvre a-t-elle une portée universelle ?

● La peinture des caractères dans *Madame Bovary*.

● La peinture d'une société dans *Madame Bovary*.

● Pour Charles Bovary, tout ce qui est arrivé est « la faute de la fatalité ». Dans quelle mesure peut-on dire que l'œuvre est le roman de la fatalité ?

● « Ça s'achète cher, le style », a écrit Flaubert. Le roman *Madame Bovary* semble-t-il répondre à cette affirmation ?

TABLE DES MATIÈRES

IMPRIMERIE HÉRISSEY. — 27000 - ÉVREUX.
Dépôt légal : Juin 1971. — Nº 39003 — Nº de série Éditeur : 13208.
IMPRIMÉ EN FRANCE *(Printed in France)*. — 870 051 E-Janvier 1986.